南城瑣夢
郭乃雄

序

寒日蕭蕭上瑣窗，梧桐應恨夜來霜
酒闌更喜團茶苦，夢斷偏宜瑞腦香

瑣夢如窗，往事似酒。每一趟的回憶，就是每一季的深秋。每一次的穿越，就是每一晚的無寐。

循著《南城舊夢》的足跡，《南城瑣夢》今天翻山涉水而至了！

如果舊夢是秋日的醉人香醇，瑣夢又會是什麼呢？那是夜闌人靜苦而回甘的一壺龍鳳團茶！灌澆的，是心底那株老去的梧桐，搖落的，是夜來髮梢的霜白，還有一絲絲瑞腦的芬芳。

回憶，一定離不開舊日的美食，只因那時我們既傻氣又年輕。

化身一張無形的漁網，《南城瑣夢》在透明如鏡的歲月海洋，打撈所有吃的回憶，包括牛丸牛粉、麵包糕餅、湄河美食、咖啡大包、粉麵冷飲，更有糧食配給制度的「社會主義天堂食物 Bo Bo（薏仁）。」

除此之外，《南城瑣夢》也打撈租書社的歡樂時光、文藝寫作的逝水年華、電影風月的八卦趣聞、風土時尚的過氣餘韻、象棋足球的威水憶舊、番衣街的蘇絲黃世界、金花巷與水鄉的童年童夢等。

這張無形之網，還打撈沉澱於記憶深潭的神祕箱子，裡面藏有鮮為人知的眾多祕辛：買辦風雲錄、華教血淚史、滿城黃金甲等。

《南城瑣夢》，一本匯集作者無窮心血的懷舊書，或許書中內容有部分因考證不足，未臻完善，容或貽笑方家，尚祈各界指正。

瑣夢展翅，時空翻轉，所有精彩不在於終點，而是在於你我的穿越旅途上。

郭乃雄　2020年2月22日巴黎
rdv.saigon@gmail.com

目錄

金花巷到外婆橋

金花巷，因巷內的金花聖母小廟而得名。

這是我的出生地，由坐藤製的娃娃車，到趴在地上牙牙學語，繼而獨自步行上學，我的第一段人生旅程，就在這條位於西貢第一郡阮文森街（法屬時代叫羅腰街）金珠戲院左鄰的巷子渡過。

如果每一條長巷都是一條小河，那麼金花巷於我，好比一條夾岸開滿金盞花，入夜有很多童夢星辰點綴其間的回憶小河。

幼年最愛坐門檻，雙手捧腮，仰望天空發呆，巷子是L字型，所以天空映入我的眼簾也呈L形，緩緩移動的雲朵，彷彿從一個L型模具擠壓出來，有著法文 Lenteur（緩慢）的L，相對車水馬龍的囂鬧大街，長巷是一個慢半拍的小宇宙，跟不貼時代的脈動，卻留住很多魂牽夢縈的故事。

每戶門前都有一條淺淺的明渠，把各家門口串連成一條直線，每逢大雨天，明渠水流變急，我常冒雨把摺好的紙船放逐到流水，再躲回屋簷下目送紙船一路踉蹌溢出視線外。我還會給紙船搭載一個小紙人，由他來扮演浪跡天涯的冒險家船長。

夜裡，依偎母親身邊，帶著對紙船的牽掛，我呼呼進入夢鄉。

大詩人泰戈爾的《紙船》可用來形容我童年的細膩感受：「夜來了，我的臉埋在手臂裡／夢見我的船在子夜星光下緩緩地浮泛前去／睡仙坐在船上，臂彎挽著滿載著夢的竹籃子。」

金花巷何止有星光，我家還給全巷街坊見識什麼是熒光燈電器！

祖母說，父母結婚時，在東方匯理銀行任職的父執袁世伯，送來一支熒光白電管，父親找來電器師傅安裝，當燈管一亮，全巷有些騷動，好奇街坊都跑來我家門外張望，因大家用的是鎢絲燈泡，昏黃而微弱，一旦見到日光燈，眼睛也都跟著發亮，並且嘖嘖稱羨。

每條巷子通常都會有一名很難相處的惡鄰居，金花巷四號的越南鄰居正是這類人，他是退休衙差，作威作福慣了，善良坊眾背後叫他老虎公。

二戰時的金花巷並非家家戶戶有電力供應，老虎公憑著當過衙差的特權，給自己家弄了一個電錶，全巷僅他一家可自街外引進電力，左鄰右里只好求他准予搭電，老虎公論燈泡數量來算緊每一分錢，窮戶付不起錢就全屋只用一個 25 火燈泡，燈泡再微弱，總勝過點油燈。

巷內每戶人家的燈泡都套上一個峴殼形狀的玻璃燈罩，用鏈子繫在天花板，可調校燈罩的高低，不夠亮就把燈罩往下拉近一點。老實說 25 火燈泡有等於無，一枚硬幣掉到地上，休想找得回。

刻薄成性的老虎公收了電費還要限制用電，晚上 11 時他出門巡視，誰家屋內仍亮燈，他就在誰的門外大聲咳嗽！所以每晚五音鐘報時響過 11 下，金花巷就如童話裡中了魔法的城堡，一瞬間家家戶戶沉睡無聲。

為了打破老虎公的電力壟斷，家父發動坊眾聯署請願信，先求大業主黃榮遠堂授權，再由家父拜託他的法國銀行同事菲利普，把有關函件轉呈其在電力局任高職的父親，希望當局為巷內各家各戶安裝電錶，想不到沒幾個星期就馬到功成，從此電力直接傳送各家各戶，誰家要裝多少個燈泡都不再有問題，人人額手稱慶，如同在黑暗枷鎖之中解放出來。

家父何止給金花巷帶來光明，他還給全巷的人帶來自來水。在今天來說，這兩樣東西太微不足道，但在那個生活維艱的舊年代，獲得電力和自來水，乃生活的「大躍進」，所以家父算不算「偉大雷鋒」？

未有自來水之前，坊眾日常用水須靠兩個公共水龍頭，每天祖母姑姐母親要排隊挑水提水，老虎公是太上皇，無需排隊，他每天優先把自家儲水缸裝滿，把門口兩株萬年青灌飽，才開放水龍頭給大家輪候使用。

父親為此再次串聯街坊向黃榮遠堂投訴，問題又迎刃而解，殖民當局派人來給巷內各個住戶安裝自來水管及獨立水錶，從而結束老虎公對水源之獨霸。那時大業主只顧收租，常忘記改善租客居所的設施。

我有一位鄰居，他今天在台灣很出名，自由僑聲久不久就有他的畫展報導，其大名叫林壽山，赴台升學之前，住在巷內 15 號。幼年每逢黃昏，洗好了澡的我就溜進他家的「廊廳」，看他揮毫練畫，他是廣肇母校何瀨熊老師的高足，自幼勤習書畫，其在嘉隆街舉辦的第一次個展，開幕那晚，我家全體總動員，搭的士前往捧場呢！

巷口的金花廟，香火不弱，善信都說金花聖母很靈，其實這是老虎公的宣傳伎倆，說穿了，金花廟不過是老虎公的私人斂財工具。善信不但捐香油，還獻上首飾金鏈作供品，變相養肥該衙差老虎。

某天，巷內人人交頭接耳，似有事發生，而老虎公則暴跳如雷，原來金花聖母的玻璃神龕被打破，塑像身上的金鏈不翼而飛！究竟是誰那麼斗膽竟然老虎頭上釘虱乸？可能為金鏈失竊而生氣過度，老虎公過沒多久就兩腳一伸見金花菩薩去了，舉殯之日全巷街坊都要送殯，父親還戴著帽子前往，預防老虎公家眷強迫每個執紼人須在額頭綁上白布條。

大家還記得「欄尾」之名稱否？故居的屋後有一座露天柴房，即為我家的欄尾，後來才知，欄尾的前世今生，其實就是一條戶戶相連的屎坑巷。不過我家的屎坑巷不臭，還鳥語花香呢，四季盛開的紙花常翻牆闖進我家的欄尾搔首弄姿。可惜欄尾經常有毛茸茸大老鼠出沒，更有喜歡擾人清夢的老虎貓，喵喵喵叫個不停，使得欄尾在夜深時分顯得有點詭異！

我出世那年，金花巷尚未有排糞下水道，人們如廁須使用馬桶，辦法是登上一座下置小木桶，高約兩三梯級的水泥小台。深夜會有倒夜香大叔拉著掛有小油燈的木頭車，沿著「屎坑巷」給各家各戶清理馬桶。祖母說倒夜香大叔是開罪不得的，他若跟你賭氣，把馬桶放歪，糞便掉到馬桶外，一屋子就會瀰漫「巴黎之夜」的香氣。

殖民時期有一名華人孖薦專責市府的倒夜香事務，他叫譚焯軒，外號是「夜香孖薦」，工作雖不高尚，但其民生貢獻，值得褒揚。譚先生跟另一位叫香玉堂的人，合稱國民黨孖寶元老，二人對公益出錢出力，不落人後。香玉堂是香達記搓香莊東主，外號「滿頭香粉」，跟「夜香孖薦」均是以「香」馳名，兩人不啻「越南楚香帥」，可媲美香港鄭少秋。

法國人告別越南之前，做了一件大好事，就是完成西貢嘉定的排污系統鋪設，從此馬桶及倒夜香均走進歷史，《夜來香》更成絕響矣（作曲人黎錦光因陶醉午夜的「窗外芬芳」，而譜出《夜來香》這首經典曲，夜來香與夜香，只差一個來字，意境卻有天淵之別）。

若非一牆之隔，我家天井跟潮州街菠蘿巷是相連的，不算高的磚牆，是擋不住鄰巷傳來的雞鳴犬吠，呼爹叫娘之日常嘈雜。

我常憑聲音去想象牆另一頭的世界，有好幾次鄰巷的三姑六婆發生口角，罵戰由上午直落下午，同屋的大哥哥攀上木凳再豎起腳跟去看牆外的熱鬧，年幼的我只能滿足於「隔牆有耳」的八卦。

雷雨夜的天井也很聒噪，雨點打在玻璃窗，彷似毛躁漢子在發洩內心的澎湃情緒，令人憶起粵語片那些很白燕、很黃曼梨、很余麗珍的行雷閃電，風雨交加的苦情鏡頭。

無雨之夜，隔牆的中華學校及高大榕樹，就是我家天井夜空的兩大構圖元素。一彎峨眉月會在烏雲消散後前來湊興，像玩單杠的頑皮孩子把自己倒掛在中華學校的人字屋簷角，而巍峨的校舍有幾分像傳說中的廣寒宮，大榕樹在月明之夜就是我所幻想的大桂樹，唯獨不見嫦娥及吳剛。

若逢望月，精神飽滿的月亮會利用高大濃密的樹影，跟地面寂寞的我玩起捉迷藏，此時此刻，月亮與我家天井距離最近，我想如果家中有一座小天台，只消登上天台就可觸摸月亮的臉蛋。母親每晚總是忙著給人縫製大襟衫及洋裙子，她一邊工作一邊哼著周璇的《月兒彎彎照九州》《明月千里寄相思》，把安靜的天井襯托得恍似蓋上一張銀色的綢緞——夜，以我家最溫柔！

中華學校的越文晚班辦得很成功，學生以在職人士居多（任教博愛和遠東的阮金鳳老師年輕時曾在該校兼課）。當夜校的瑯瑯書聲傳來，我雖未入學，還是懂得翻開「牛羊草花，樹鳥門窗」幼兒讀本要母親或三姑姐帶領一起唸。遲睡的晚上，我還聽到該校傳來陣陣口琴聲，把長夜襯托得格外空寂，如今思之，頗有《杏花疏影裡，吹笛到天明》之低徊。

後來長大，才知童年所聽到的夜半琴音，是來自該校莫老師和他的兩個兒子，父子三人於散學後就開始練口琴。舊時的男生常在褲子後袋插一件東西，要不是梳子，就是口琴，那時玩結他的人不多，大家一窩蜂醉心口琴。莫老師是一位籃球健將，他太太姓呂，畢業廣州中山大學，乃富家千金小姐，聽說兩人拍拖遭女方家長反對，為了追求自由戀愛，於是雙雙私奔來越，執教鞭為生。莫老師熱衷政治，兩子分別叫莫托夫和莫里尼，跟蘇聯的莫洛托夫、意大利的墨索里尼是同名。

假如大街是一條滾滾而流的大江，那麼踡縮在都市心臟的長巷，該是一條午寐的小河。如上文說的，長巷的節奏永遠慢半拍，在這裡有點避秦的味道，老唐山留下來的風俗習慣，在這裡獲得了良好沉澱。

年終歲晚，巷子最忙碌，家家戶戶大掃除，跟著就是送灶君，然後把臘鴨臘腸跟通勝一塊高高掛起來（故坊間說掛臘鴨是指上吊）。端午節來了，每家都在戶外繫上一束菖蒲來辟邪，過節當天就煮湯給孩子沖涼，唱龍舟歌的大叔亦挨家逐戶來湊興，大叔雙手舞動小龍舟，用濃重鄉音唱出善禱善頌的歌謠，為的是向屋主討個吉利紅包。

輪到乞巧節，巷內妹子就為「七姐盤」的牛郎織女擺設忙個不亦樂乎。中元節晚上大家焚燒金山銀山，許多摩拳擦掌的孩子圍上來，當主人家撒幣，大家一哄而上，火光把每張興奮的小臉蛋照得通紅。中秋節的金花巷，儼如一條流動的熱鬧燈河，用空奶罐和線轆製成的滾動燈籠最搶佔風頭，得得得的響聲像開機關槍，向四方八面掃射節日的歡樂子彈。

金花巷有不少愛雀之人，晚飯前常見大叔們提著雀籠施施然到雀友家互串門子，人在交談，鳥也敘舊，當一隻蟋蟀被餵進鷯哥口中，人和鳥都在詮釋什麼是知足常樂！

夜幕低垂，輪到越南鄰居圍坐雞屎果樹腳下，憑藉小油燈的微弱光芒，開心地玩起四色牌（即四色番或潮州紙牌），莊家老婦一邊派牌一邊吟唱押韻的歌謠，或乾脆來一曲「屠龍女俠（Cô Gái Đồ Long）」，把小巷點綴如遠離塵世紛爭的世外桃源。

有一年，記不起是外公的百日祭還是週年忌辰，母親帶了我和妹妹返平大探望外婆，當時母親一手牽我，一手提行李，還背著妹妹，隨大姨母、二姨母、三姨母等四個家庭乘搭 Xe Đò 客運車出發。家父那時已經離開東方匯理銀行，在「對面海」慶會市一家二輪戲院任管賬兼售票（我的童年玩具，常是父親帶回來的五顏六色戲院票根），並無隨行。

搖搖搖，搖到外婆橋，外婆說我好寶寶……

我外婆真的如童年課本所描寫，她老人家住在檳椥省平大鎮，每次下鄉看外婆，我們都要過好多座橋、乘搭好幾趟渡輪，一路搖晃前進。

每次客運車開上渡輪，車頂的雞雞鴨鴨就會吵個不停，跟人聲互相交織，每次渡河我必迷迷糊糊見周公。搭完最後一程渡輪，登岸是一條黃泥路，走過華人木廠，外公家便在望了。行李安頓後，天也黑了，外婆點亮火水燈，屋裡的黃狗興奮地搖動尾巴，迎向所有人。

外公是中山石歧人，無時無刻都穿唐山裝，越語不怎麼懂就在檳椥省落腳，還娶越婦為妻，即我的大外婆。外公平日在檳椥收買蝦米，再走貨到西貢出售，屬小本經營。他家是一座用水椰葉搭蓋的大茅寮，地面是粗糙泥地，村裡幾乎全是茅寮，連鋅鐵屋也不多見。茅寮最能驅暑，住過的人都會喜歡，紅歌星雄強和梅麗玄合唱的《Túp Lều Lý Tưởng》，就是對「有情住茅屋，一世也幸福」之歌頌。

母親做飯前一定先給我洗澡，但每次一坐進木盆，就被水的黃土氣味包圍，村子沒自來水，洗澡煮飯的水是外婆花錢雇人挑的黃井水。晚間的平大，夜不閉戶，竹門很簡陋，大力一推就倒，關了等於沒關。就寢時常聽到床下的大合唱，自外面溜進來的蛤蟆不甘寂寞地在大演歌喉，我試過鑽進床下憑著微弱的照明去捕捉那些不請自來的「饒舌派歌手」。

屋後是一座靠河的清涼園子，近黃昏時刻，我佇立河邊，兩只小手抓住圍欄的網孔，觀看對岸小孩的跳水表演，歡樂水花高高濺起，配上天真無邪的童稚笑聲，乃世上最棒的天然音樂噴泉！對岸孩子全是「浪裡白條」張順，我多渴望能跟他們一塊玩水，這是我看過最美的椰河夕照。

外婆家後園有幾株果樹，當中有兩株高聳大椰樹。晚飯吃畢，外婆自外面僱來一名壯漢幫忙摘椰子，這名光著上身的越南大叔很了不起，幾下功夫便攀上樹頂，把椰子砍了好幾個下來，有椰青水喝固然是好，但對我來說，看人家攀樹更勝喝椰青水，大叔在上面砍椰子，傻瓜的我，不識危險，跑到樹腳仰望，準備接椰子，嚇得母親趕快跑過來把我牽走。

在鄉間如廁亦一樂也！廁所建在屋外不遠處的河畔，離岸約四五米吧，連接一獨木橋，人的米田共噗通噗通直接排泄到河裡，成為魚大哥的美饌。我上茅廁最開心便是觀看魚群爭食，有時我會興奮大叫，指著一條胃口最大的肥魚，示意母親也來看看，而母親總是微笑不語，縱容她的孩子盡量滿足童心，直至別人要來使用茅廁，才催促我趕快離去。

返鄉路上，我並非兩手空空的，手中時刻提著一個藤箱子不放（我入學的第一個書包），裡面裝的是「上大人、孔乙己」習字簿及筆墨。鄉居期間母親每天都要我習字及做功課，那是我最討厭的時刻，拿筆千斤重，一陣亂畫亂塗之後，九宮格本子滿布墨跡，慘不忍睹。

鄉間下午時分，母親會帶一群孩子到外面逛，大夥兒手牽手，有說有笑走在黃泥路上。孩子群有個比我年長約六七歲的大表哥，對我們這群小的通常很嚴肅，不時用兇巴巴眼神示意我靜下來。每次出門，他都走在前頭，有次路過市集的一個攤子，表哥跑過去撿玩人家的鐵皮機器人，女小販不耐煩下逐客令，豈知越語很溜的表哥馬上回嗆，大人小孩在市集吵了起來，母親趕緊把孩子帶回家，誰知傍晚時分該女小販跑來外婆家門口繼續開罵，直至罵累了才悻悻然離去。

某天下午，一個飛車特技團來了，在村口架起一座圓筒型棚架，我當然蹦蹦跳跳的跟著大表哥前往看熱鬧。哇！那座拔地而起的木棚架，高到令人窮目仰視都會有暈眩感，棚架外牆畫著男女飛車手的張臂馳騁，擴音器傳來一把老煙槍嗓子，猛鼓其如簧之舌招客。豈知大表哥要我乖乖守在大棚架的樓梯口，不要走遠，而他自己買了票，三步當兩步登上頂層的圓形圍欄看飛車，我只好挨著樓梯腳的扶欄生悶氣！

鄉居歲月，令人刻骨銘心，然而隨著戰事升級，原本與世無爭的田園寧靜，被驚心動魄的直升機螺旋翼噪音及隆隆槍炮聲所破壞殆盡。晝伏夜行的遊擊隊對村民下達殺狗令，外公生時最疼的大黃狗，匿藏了一段時日，最終逃不過毒手，成為游擊隊的盤中餐！

不過真正促使外婆決心離開鄉下，在於某天一批兇神惡煞的政府軍登門欲逮捕大舅父，原來他們在一名游擊隊家中搜出一張合照，裡面有我大舅父，幸虧舅父上了堤岸林威廉學校唸書，政府軍撲了個空，外婆當機立斷搬進西貢，從此平大的繾綣鄉土情，只可在夢鄉裡追尋。

所以祖母就常告誡我，勿隨便跟陌生人合照，舅父的例子值得引以為鑒。其實這種事防不勝防，當時我們身邊的越共，無處不在。

沙漏流盡了，一個倒轉，什麼都可從頭來過。然而逝去的往事如何倒轉？更不可能從頭來過。回憶再美，終究南柯一夢！

洋場金粉番衣街

告別了金花巷，我家搬到雪廠街5號，開了一家鬮仔（這是越粵之混合語 Quán Chải，意思是小雜貨店）。

顧名思義，雪廠街是因法國雪廠而得名，雪廠位於街頭，與虎嘜啤酒廠為鄰，街尾是「大馬路（阮惠）」及和解法庭，中間穿過加甸那街（自由街）。法屬時代雪廠街叫洛米街，後易名阮文聲街、麥氏杯街。老華人把雪廠街、二徵女王街、蔡立成街、阮惠大道等統稱為番衣街。

番衣街，文雅的叫法就是洋服街，上世紀初這裡有很多四邑人開洋服店，成行成市，番衣街故而得名。四邑人也投身打金、鐘錶、木匠、藤具、洗衣等手作行業，這兒隨處可聞「劍傘阿壁（金山阿伯）」的廣東台山話，頗似一個「迷你舊金山」，社區風貌跟堤岸殊不一樣。

法屬時期，每逢法國輪船抵達森蕉碼頭，番衣街的洋服店就會晝夜忙個不休，因登岸的法商帶來很多訂單，所以各店上上下下加班趕工，務必在下個船期之前把貨趕好，以便法商來提取，帶返國以批發出售。

早年番衣街有洋服四大行家，即雪廠街的紹華、麗華、加甸那街的超然、蔡立成街的陳恒記。孖鋪面的紹華與我家為鄰，老闆梁南是西貢廣肇幫幫長。紹華左鄰是超然黃老闆的住宅，兩家只隔一條紹華巷。梁南的女婿梁流在水兵街也是開洋服店，記不起店名是否叫高雅。

雪廠街還有好幾家老牌洋服店如南京、廣州、戚富等。戚富在越戰時專做白藤碼頭海軍總部的生意，原因軍營發放的喇叭褲大得像支巨型掃把，不修改是不能穿。戚富給水兵哥修改喇叭褲，不愁沒生意上門。

雪廠街還有一條橫街（潘文達街），我們習慣叫達摩街，只因此街有一家法國人開的 Thermo 達摩電池廠，直通迷靈廣場。電池廠對面有華強洋服店，老闆黃寬強是南越總統御用裁縫師，阮文紹的西裝皆出自其巧手，後來阮文紹和黃德雅愛上記者裝，亦屬黃師傅傑作，這款男裝又稱公務員服，一度成為男士時尚，連我自己都縫了兩件奶啡色。

番衣街洋服老師傅的手藝雖在官場享有噹噹響的聲譽，然而家母更厲害，這些大師傅們的太座及府上女眷，平時所愛穿的大襟衫唐裝（Áo Sẩm 阿嬸裝），都是求家母給她們量身縫製的！

紹華巷離我家約 20 米，巷內全是四邑老鄉，阿壁（伯）最愛吹大碌竹水煙筒，那是粵西男人的第二生命，穿著文化恤短褲的阿壁經常蹲在巷口，拿著大碌竹慢條斯理地吞吐，發出咕嚕咕嚕的水聲，彷彿粵江之水在呼喚異鄉的遊子。其實越北人不論男女均好此道，路邊咖啡檔多數備妥菸具，供車仔佬隨時「充電」，其尼古丁含量是普通煙仔的 9 倍。

我家關仔常有「阿毛阿壁（阿母阿伯）」來光顧，他們的一口「騎戈話（台山話）」起初聽得我如鴨子打雷，不曉得他們說啥，可能見我年紀小小就幫大人看鋪，常反覆問：「鈣過靚袋劍念基衰啊（呢個靚仔今年幾歲啊）？」香港演員鄧碧雲、吳君如、麥嘉常利用台山話製造笑料。台山話混雜古代越語及閩南語，有說它是京族語的來源之一。

台山人開的洗衣店，古老如民初電影裡的店鋪，門戶清一色是裝木板的，堤岸婆廟鄰近的棺材鋪就是這類唐山木門，即關門時須花力氣把一張張木板架在門的上下軌縫來封住出入口，地板是很能散熱的紅土磚。

當美軍大舉登陸，雪廠街的洗衣店如萬盛、怡和、博愛等均生意興隆，那時洗燙純靠人力，洗衣店須僱用大批男工，這些大叔剪平頭，身上不論四季都是一襲白汗衫及一條孖煙筒，有些人仍沿用古老燈籠褲，把寬鬆的褲圍摺起來，再用皮帶綁緊就行，皮帶還扣著一個黑皮小錢包。

雪廠街隔鄰的蔡立成街，台山話無處不在，人們從事打金、裁縫、鐘錶等行業，其中以姓戚和姓黃的打金行家最為枝繁葉茂。該社區除了四邑台山人，還有巴基斯坦、馬來西亞、爪哇裔的穆斯林家庭，分布清真寺四周，他們的大人主要給銀行或貨倉擔任司閽。

雪廠街的華人小孩每次被越南小孩欺負，必向蔡立成街討救兵，兩街華童合組少年台山兵團為「榮譽」而戰，那幾場童趣十足的群架，是法國電影《紐扣的戰爭（La guerre des boutons）》之翻版，戰場就開闢在種滿酸子樹的達摩公司林蔭道上。

為了展示手足情，雪廠街孩子也會拉隊到蔡立成街助拳，幫忙教訓清真寺的馬來小孩，法國人留下的一株株老酸子樹全都見證過我們的不羈童年，令我想起《紐扣的戰爭》那個大哥哥對小弟們的訓話：「可歎我們遲早都會變大人，然後跟他們一樣變傻瓜。」往事如昨，眨眼間我們都變成老人，社會也因此多了一大群傻瓜！

值得一提，蔡立成街的和合利，既是洋服店，也同時是散仔館。早年從唐山搭大中華抵埗的台山鄉里，若舉目無親，就來此投靠棲身，又或失業漢欲人求事，每天都會來此盤桓打躉。每逢法國輪船抵達森蕉，散仔們就前往洽商洋服訂單，然後利用和合利的衣車，日夜趕貨，當收入有著落，就支付和合利的衣車房租等費用，餘錢就存起來作日後打算。

加甸那街的鐘錶鋪，多數屬新會及四會人開設。廣肇學校兩校董黎池、梁志均為四會人鐘錶商。前者有利達及美星，集中在娛樂巷；後者父親最初開麗華洋服，到了第二代轉營鐘錶，家族店鋪有麗生、麗日、恆生。麗華的隔鄰是藤椅巷，遠一點的「大馬路（阮惠大道）」，則是「鏡架鋪一條街」，兩者的成行成市，均標榜著四邑人異地創業之成就。

位於大陸酒店對面的娛樂巷，是因為巷內有一家法國人開的 Eden 娛樂戲院而得名，在未有水晶宮之前，娛樂巷是奢侈品的總匯，比 TAX 還要高檔，娛樂巷有好幾家鐘錶首飾店，老闆幾乎全是新會人，唯獨富華例外，老闆是北越南撤潮州人。以前通貨膨脹很厲害，豪客要買一兩隻奧米茄或勞力士名錶，須帶備一大布袋鈔票，幸好娛樂巷有法亞銀行支店，鐘錶老闆一收妥客人交來的大布袋，馬上就近「抬」入法亞銀行。

法屬時期的西貢，煙館雖無堤岸多，但也不算少，主要分布在潮州街、森磨大道、羅腰街。由東發餐廳至福源茶室的短短路段，煙館有七八家。森磨大道顧繡鋪隔鄰也是煙館，老闆是西貢廣肇幫長黃某。

我家的雪廠街有煙館兩家，分別位於我家對面的 12 號和靠近新振發的 42 號。後者煙館叫樂天，這裡留下過英國大文豪亨利•格雷厄姆格林的身影，其暢銷小說《沉默的美國人》，部分情節即以樂天為背景。

格雷厄姆格林 1950 年獲倫敦時報派駐西貢，長期下榻大陸酒店 214 號房，由酒店漫步到雪廠街不到 10 分鐘，故樂天很自然地是他最常盤桓的燕子窩，大文豪紓尊降貴，跟其他販夫走卒共用一張大床，以吞雲吐霧為樂，《沉默的美國人》的靈感就是在樂天煙床上捕捉的。

樂天是紅土磚地板，靠牆的兩排「雞鵝」木床，被熏得烏黑黑，油亮亮，路人往內張望，最先看到是伸出床緣的雙腳，跟煙民的瘦臉均一般蒼白，那幾盞忽明忽暗的煙燈，眨動如黑夜的燐火，罌粟香氣繚繞，如鬼似魅，人的頹廢到了極致：「萬事不如槍在手，人生幾見日當頭！」

戰後日內瓦公約明訂全球禁絕鴉片，但狡猾法國人把煙館易名「戒煙所」，經營如故！據當年法國 Sud-Est 報爆料，西堤煙館和法國鴉片公司從來沒被越盟投擲手榴彈，全因這些公司每月向越盟交付數以萬計的稅金，來換取相安無事。其實這沒啥稀奇，越盟也向大世界賭場收稅，數目更驚人。延安時期的中國共產黨，也靠在南泥灣廣植鴉片（特貨）來完成老毛的口號：「豐衣足食，自己動手。」

話說名著《沉默的美國人》，格雷厄姆格林不惜大耗筆墨，描寫男女主角在樂天吸食鴉片之細節，即使一支煙槍、一個葫蘆煙斗、一盞小油燈，還有女主角鳳姑娘搓揉煙膏和用銀匙攪拌煙斗之細膩舉止，在書中無一遺漏。大文豪後來還在報章透露，樂天老闆見他是大客，送他一支煙槍作紀念，他珍如拱璧，擺在紐約辦公室內，與他朝夕相對。

《沉默的美國人》先後兩次拍成電影，我最喜歡 1950 年代的黑白片版本，其珍貴之處在於懷舊價值，我們可在電影裡重睹堤岸三腳橋張燈結彩、舞龍舞獅之夜景，還有匠人街（范敦街）唯一酒店的風貌。唯一在抗戰時是「高級」酒店，國府專員邢森洲戰後訪越曾在酒店外搭台演講，向華僑大力推銷國府的關金及金圓券，吸引人山人海來聆聽，當時邢專員用國語說「整頓教育」，人們聽成了「整頓狗肉」。

韓戰結束後有三部美國電影描述東西方的「異國之戀」，全球賣座非凡，一部就是格雷厄姆格林的《沉默的美國人》，其餘兩部是李察梅遜的《蘇絲黃的世界》、韓素音的《生死戀》。三部電影的差異在於《沉》《生》分別以越戰和韓戰作背景，帶有情境寫實及自傳味道，《蘇》則走商業浪漫路線，很受當時華人歡迎。

仍記得《蘇絲黃的世界》在麗池戲院公映之盛況，關南施飾演灣仔吧女蘇絲黃，高叉旗袍配上高跟鞋，跳恰恰時婀娜美姿，獲西方人公認為最典型的東方女性美。以前好萊塢的黃皮膚女主角一律由洋婦演出，華人演華人，關南施是第一人。

拜電影熱潮之賜，西貢很多酒吧忽然換上 Suzie Wong 招牌，連麗都戲院對面也有一家酒吧叫蘇絲黃世界。打扮成蘇絲黃的熱女郎滿街走，不時招引美國大兵的口哨聲，入夜白藤碼頭亦熱鬧如蘇絲黃的香港灣仔。電影裡的灣仔六國飯店，也被堤岸 Arc en ciel 舞廳借用來命名。

雪廠街有家洋士多叫新振發，是閩商蔡石所創，所售的巧克力、洋酒、牛油、芝士、火腿、乳酪、醬肉罐頭等均進口自法國，那時懂得吃新振發的臭芝士 Roquefort 者，獲視為上流人物。普通人家只會在家中有人生病才光顧新振發買兩瓶「祖家水（Vichy」）或一盒美國梳打餅！

蔡石在日軍發動三九事變期間，曾冒險接濟困守廣州灣的法軍，所以和平後獲殖民政府授權代理多項食品進口，還讓他包辦法國軍部的伙食供應，後來還擴展到各國駐越使館。蔡石對城志女中及福善醫院的捐輸不遺餘力，他也擔任中法博愛學堂副董事長，對建校貢獻卓著。

當年黃杰將軍率三萬國軍入越，無立身之地，且蒙受可能被驅逐返大陸之威脅，在這彷徨無策期間，蔡石應尹鳳藻總領事請託，努力向殖民政府斡旋，國軍終獲准在富國島及峴港安身。外交部長丁懋時當時屬黃杰部屬，因其法文造詣甚佳，故每次與塔西爾將軍談判，均由他出馬。

番衣街的復晉洋酒行，老闆洪堂芸大有來頭，除了曾擔任中華總商會會長，早期國府尚未在貢設館，洪公以國府專員身分代攝，復晉門外還掛上大牌匾「中華民國駐南圻貨單簽證專員辦事處」，乃變相領事館。洪公的獨子洪鑾銘被越共清算時不忿祖業化為烏有，淋汽油自焚而亡，同樣選擇輕生的西貢閩商有南都銀行經理柯孫義，因見其就讀啟智書院的女兒少不更事，加入共產黨，他深感打擊，憤而自殺。

蔡石於越戰期間買下其老店對面的法國 Marais 印務局，改建 Astor 酒店（現為香荷酒店），入住幾乎全是外國記者及美國遊客。Astor 的對面是帝國（Impérial）小酒館，最具法式 Méditerranée 風情，室內繪滿歐陸風采的壁畫，藤製桌椅擺滿人行道，那是我從前上學放學的必經之地。

只不過戊申年的一個晚上，帝國小酒館被投擲手榴彈，炸死了好幾人，類似慘劇亦發生在堤岸拉架街小三元粥店，華運特工在桌下放置炸彈欲炸死一名軍人，結果殃及不少無辜。鄰近國民學校也遭兩次襲擊，第一次是槍擊兩名老師，第二次是擲手榴彈，把一名路過台灣技師的手炸斷。

Astor 酒店右鄰的約翰內衣公司，老闆是瓊裔華運分子盧家藩，此人頗有頭腦，靠縫製海綿胸圍而發跡，他年輕時在三民學校當校工，工餘在白藤碼頭向英印軍收購 555 香煙，賺了錢後就搖身變僑領，還以青商會作掩飾，從事地下工作。南越變天，盧家藩一心想當中華總商會會長，但願望落空。他在文莊校園先後弔祭周恩來、毛澤東，遭越共公安逮捕。他在自傳說解放軍半夜來番衣街抓人，他原想循地道逃亡，但最後放棄。他說約翰公司一早就挖妥三條地道，分別通到自由街、雪廠街、蔡立成街！但此人講話太浮誇，所謂三條地道，恐怕吹的成分居多！

約翰內衣公司右鄰是蝴蝶酒吧，再過若干鋪位就是由科西嘉人黑道老闆開的南十字星（La Croix du Sud）舞廳，轉手後舞廳易名自由，由越北華人接手，每週末週日增設下午青春歌壇。Elvis Phuong、白燕、慶莉、青蘭、玉蘭等來此登台演唱法文歌 Love Me、Emmène-moi danser ce soir、Bambino、Oh mon amour、Bang Bang 或范維的越南民歌。

自由舞廳頂樓是一家法國人開的健身跳舞中心，後來轉讓給邊和大地主的少爺陳光訓，這名紈絝子弟遠赴巴黎修讀建築，卻給父母帶回一張 Bằng Cấp Nhảy Đầm（越文很有趣，同法國女士 Bà Đầm 跳舞就變出 Nhảy Đầm 之動名詞。）望子成龍的父母很失望，唯有出錢向法國人購下該中心供其愛子能學以致用，後來該中心變成「舞學少林寺」，西貢很多華爾茲及探戈高手均出身於此，陳光訓亦享有「一代舞王」之美譽。

然而此人不喜歡被約束，玩厭了，就把健身中心賣掉，飛回巴黎繼續其浪漫人生，他在巴黎開飯店、搞旅遊、拍電影，不少花都女士向他投懷送抱，不過到了垂暮之年他仍孑然一身，正如 ABBA 唱的 Happy New Year，當狂歡舞會曲終人散，香檳喝光後，在人生的灰燼底下男人只是一名傻瓜。（In the ashes of our life, Oh yes man is a fool.）

一生跳過不知多少隻美妙華爾茲的陳光訓，某天在巴黎寓所外面雪地滑了一跤，再也起不來，留下人生謝幕的一個永別式旋轉！

自由舞廳對面的 Brodard 咖啡座，法式糕點很出名，其廚房後門望向阮協街，每逢下午 3 時糕點出爐，濃烈的牛油香溢出街外，番衣街有沒有法國味？就以這時刻最具說服力。可惜如今此情不再了，今天的 Brodard 已改建為 Sony 專賣店，沿街高樓蓋得越高，文化濃度越稀釋。

Brodard 右鄰依次是 Bata 鞋店和老牌西藥房 Pharmacie de France。幼年每次路過該孖鋪面的大藥房，必一溜煙衝進去，跳上「秤機」量自己的體重，藥房出售的 Valda 薄荷潤喉糖果粒，是我童年的最愛，還有黃綠兩色的法國古龍香水，亦受華人青睞（購買須自備瓶子）。

該藥房老闆阮伯爵，是留法藥劑師，因目睹越戰日益加劇，乃決定舉家移民瑞士開藥房，其西貢的大藥房賣給海南人改建藍寶石 Mirama 酒店，鄧麗君曾下榻於此，我表弟是其歌迷，以前他經常在酒店門前守候鄧麗君的現身。酒店的吳姓股東是我父執，解放後與家父在博愛學院阮表街路口開百家樂 Baccarat 經濟西餐，吹波雞賣到遠近馳名。

下議院對面的 Givral，前身也是西藥房，以售賣美沙酮而發大財，戰後改營咖啡屋，建築由兩層擴建為五層，裡面有好幾家法國名醫診所，最頂層是工人房，法國人稱為 Chambres de bonnes。我曾於夜間上過該頂層的工人房給一名臥病媽姐義務施針，記憶中我要走過一道昏暗的迴環樓梯才找到媽姐的工人房，斗室只有一個微弱黃燈泡，也無窗戶，找穴施針不容易，老人家病得不輕，見我來還勉力坐起來，未幾她就去世了。

頂樓的貧窮與窒息感，跟樓下的紙醉金迷，形成強烈對比。最想不到是自己到巴黎之初，在紅磨坊附近的西餐廳當洗碗工，因往返路途費時，洋老闆建議我住進餐廳頂樓——工人房！

番衣街的地標包括原為歌劇院的下議院大樓、Givral 咖啡座、大陸酒店、皇后酒店、TAX 集商行等，均是舊日西貢十里洋場的見證者。

皇后酒店是黃榮遠堂的物業，黃德雅任通訊部長的 1973 年，世界中文報業大會就是在皇后酒店召開，與會者有台灣聯合報王惕吾、中國時報余紀忠、香港星島日報胡仙等，現代詩人洛夫也共襄盛會，酒店的歐陸設計及瀕河景觀贏得眾人稱譽，也讓各人感受到「西貢無戰事」之寧靜。

具有法國馬賽麻田街 Canebière 風情的大陸酒店，其設在人行道的露天咖啡座，曾享有「加甸那電台」之美稱，原因光顧者全是外國記者，誰要打探消息就來這裡「收聽」行家的「廣播」，泰晤士報和紐約週報更長期包下該酒店的第一、第二層充當臨時報社。

我家關仔也曾遇上一位新加坡特派員，他與家父萍水相逢，談得非常投契，於是邀家父上帆船酒店用餐，並開口要求家父容許他租下半邊鋪位作辦公室，但家父為人謹慎，婉拒了他的請求。

大陸酒店是一名法國公爵所建，歷經多任主人，1930 年代就落入科西嘉人馬蒂厄法蘭奇尼（Mathieu Franchini）手中，其實馬蒂厄只是馬賽港口一名小混混，某天跳上一艘大貨船，糊里糊塗就來了西貢，他娶美拖望族黎氏重為妻，夫憑妻貴，買下大陸酒店，一直經營到 1955 年吳廷琰上台，害怕被清算，把酒店留給獨子菲利普，自己倉猝離越返法。

其實那時馬蒂厄不走也不行，因他是印支貨幣 Piastres 走私的幕後大老闆，還勾結法國腐敗官員及大軍閥七遠，做的是一本萬利生意，不走的話，吳廷琰兄弟一定不放過他，煎皮拆骨，要他嘔出全部財產。

1950 年法國爆料日報（Franc-Tireur）記者阿爾莫蘭曾撰文揭發大陸酒店走私印支幣之大醜聞，結果激怒馬蒂厄，在一個酒會上扯著阿爾莫蘭衣領，當眾猛摑其耳光，後者意識到有殺身之禍，立即飛返巴黎，惟客機在喀拉蚩加油再飛時在空中爆炸，全機乘客屍骨無存。阿爾莫蘭生時曾發信自家報社，說如果他如遭遇不測，一定死於大陸酒店老闆的殺人滅口。他的故事令我想起希治閣賣座電影 The man who knew too much（港譯擒兇記，桃麗絲黛唱的主題曲 Que sera sera 成為膾炙人口金曲）。

大陸酒店的少東菲利普，能講很道地廣府話，因他是寶安人金姑一手帶大的，太太是潮州街菠蘿巷美人李雯，他視金姑為至親，而金姑亦是他家的恩人，據說老法蘭奇尼有次下鄉收賬被越盟追殺，躲進樹膠園，金姑捨身救主，深入虎穴，把黃金送到樹膠園給老主人作救命路費，故法蘭奇尼一家把金姑當作家族成員，承諾照顧這名忠僕的生養死葬。

金姑退休後買下西貢廣肇體育會隔鄰一戶房子充作姑婆屋，菲利普大年初一必開車來姑婆屋給金姑拜年，或接她去大陸酒店吃團年飯。金姑是我袁世伯的外婆，雖梳起如媽姐，但非自梳女，她介紹過不少唐山姐妹來越打洋人住家工，其中有友姑、群姑等，他們隨主人返法定居，後者到法國僅 12 歲，隨主人定居馬賽，後來獲主人餽贈一份遺產。

金姑的姑婆屋讓許多風燭殘年的老姐妹有瓦遮頭，不致臨老還要流離失所，浪跡街頭。在廣肇學校周圍一帶，姑婆屋共有三處，除了金姑位於阮文森街的那一戶，其他兩戶分別座落甘密博士街和阮功著街。

舊日上學我最常路經甘密博士街的姑婆屋，那是位於華人福音堂鄰近的屋子，裡面住著很多穿大襟衫的婆婆，由於屋子照明不足，以致一張張滿布歲月斑痕的瘦臉在幽暗中幌動，顯得特別淒涼蒼白，有時我一大清早路過該處，見到門外點燃一對白淚漕然的蠟燭，意會又有一位媽姐離世了，屋內大廳果然躺著一具被覆蓋的老人軀體，後來我才知道媽姐後事一定要由姑婆屋處理，不可送回祖家！按唐山規矩，自梳女一旦完成梳起儀式且拜過觀音，意味她已斬斷六親，不能留在祖屋去世。

「解放後」我到羅庵慶雲南院贈醫所探望陳世鐘老師，目睹道觀頤養院住著不少風燭殘年媽姐，有次我還目睹一名氣若游絲媽姐被移離頤養院，單獨安置一處狹窄居停，默默無聲地等候壽終時刻降臨。

從前西貢番衣街的芝陵公園或聖母教堂，常有媽姐牽著金髮碧眼的小孩逛街，她們的忠心耿耿，永遠贏得洋主人的信任，即使越南官宦人家也很喜歡僱用誠實可靠的華人媽姐。

誰還記得堤岸品湖街劉棟榆大宅？其府上媽姐多達 18 人，可媲美西貢黃榮遠，劉家每名少爺、小姐均獲分配一名媽姐貼身照顧，每天孩子們到嶺南上學，須出動三輛汽車才能把人塞滿，媽姐還備妥傘子寒衣零食汽水，跟著後面一邊跑，一邊上氣不接下氣喊：「少爺小姐著返件冷衫啦，因住凍親呀！」後來劉家生意失敗，大宅一夜之間人去樓空，幾位小姐必須自力更生，到越南紗廠打工！

我有次在巴黎唐人街 Phở Bờm 用膳，邂逅一位昔日家住德可的越南老人，他說自己是媽姐帶大的，後來媽姐破戒，辭職嫁人，但亦常回德可看他，帶他上堤岸水兵街吃雲吞麵或到巴哩街唐山臘味買他最愛吃的牛肉乾，把他視作半個親生子對待，這些記憶是他一輩子所無法遺忘。

媽姐有情有義，主人家生意失敗，媽姐會傾盡私己幫主人周轉。越共入城後，許多富商的財產全被充公，媽姐願免費打工，還在關鍵時刻發揮忠僕角色，大著膽子幫主人把家中藏金用菜籃疏散到外面藏匿。

越南的媽姐屬自梳女者，其實不多，只要姻緣來到還是嫁人的，不似粵語片所見，媽姐破戒是要浸豬籠！我有個學妹的母親，給法國人當媽姐，除了做家務還要餵飼一頭黑熊，一不小心就被熊掌抓傷。

講到黑熊與媽姐，幼年聽說西貢動物園發生過一宗慘劇，有媽姐抱著法國小主人憑欄看黑熊，一不留神，讓懷中的好動兒掙脫雙臂，跌進熊穴，結果小孩被黑熊咬死！所以幼年我很害怕靠近熊穴。

南越變天後，許多媽姐境況淒涼，富戶舉家投奔怒海，媽姐慘被丟棄，頓失倚靠，無瓦容身，到處流浪，甚至滿身長滿瘡疥。

我在第 1 郡 19 坊醫療站服務期間，就經常接觸一名自美拖回流西貢的媽姐，每次見面她都向我哭訴主人家有陰功，撇下她投奔怒海，害她露宿街頭，身上長滿了廯毒，惟醫療站的藥櫃空空如也，只有阿斯匹靈和火酒，我只能給她一瓶火酒擦拭，明知於事無補，但無法可想。

過不多久的一個中午，阮文森街榮遠巷有戶人家來醫療站報訊，說巷內有老婆婆在睡夢中去世，我前往察看，發現夢中去世的婆婆正是常向我哭訴的苦命媽姐，她和另一老到不能言語的媽姐共睡一張狹窄木床，她們的板間房比香港劏房還要狹小，媽姐死時兩膝捲曲，我嘗試將其身軀拉直，讓老人家安祥地走，但不成功，因遺體太僵硬，加上房子又小得容不下兩人動手，我唯有放棄，電請郡醫療廳醫生來開具死亡證。

我在法國也見過好幾位來自越南的媽姐，有叫萍姑者，18 歲就跟隨法國主人來法，在紅酒之鄉波爾多定居，一手帶大後來當上醫生牙醫的小主人，萍姑滿口順德大良鄉音，講法語卻字正腔圓，不看其人，你還以為是洋婦在講話，不論春夏秋冬，她身上永遠是一襲藍色唐山大襟衫。

文末要說的是番衣街華商對體育的貢獻，二戰結束後西貢仍未有華人體育會，要到 1950 年代廣肇體育會才宣告成立，發起人主要為番衣街華商，他們有萬國集郵鄧兆梧、麗生鐘錶梁志、紹華洋服梁南、娛樂巷富華金行李廣維、美星金行黎池、舊街市亞洲顧繡鋪黃允洲、壽星公煉奶蔡念因、寶華金行李廣昕、新街市尚美金行邵雨雪、金城金行岑浩才等。

廣肇體育會對推動國術、籃球、羽球、健身、足球不遺餘力，「壽星公」蔡念因贊助白藤碼頭女子渡河泳賽，因別開生面，轟動一時，善泳而又愛出風頭的他當然沒錯過機會，也跳進水裡，一展身手，翌日報紙圖文並茂報導「壽星公渡河顯神通」，引為社會佳話。

蔡公很會享受人生，家中客廳設置一座狗仔嘜 Victor 留聲機（昔日有錢人大廳一定擺設一座自動唱片座機，很多時用來舉辦私人舞會），每逢週末最喜廣邀好友來他家共享78轉速的百代黑膠唱片，那時聆聽留聲機播出 Patti Page 的田納西華爾茲，是很高尚的享受。

西貢華商熱愛游泳，不少人還是游泳健將，組成業餘水球隊，經常與越人作賽，我曾前往動物花園後座的氏藝橋游泳池給這支華人前輩隊伍喊加油。華人泳將平時在石會（Cercle）訓練，亦常去自由街 Neptune（海皇星）游泳池操練，在殖民時期該泳池只限法國公務員專用，我最愛每周二周五泳池換水之日前往遊早泳（以前的泳池經常傳播眼炎），救生員成哥（水師成）在西貢無人不識。

老牌青山籃球隊人才濟濟，有外號「水蛇腰」馬寶山、潘邦基、李景清、鐘家祥、江復祥、岑浩才、鍾長江等，後來易名廣肇隊，加入了黃國沛、洪壽、唐世發、曾廣恩、曾廣章、邵鵬海、陳永柱、許桐欽（豬仔）等國手。這些名將如今仍在世者，恐怕不足五個指頭。

廣肇女籃亦有聲有色，跟堤岸精武女籃一樣是越南女國手的搖籃，吳婉玲（買辦吳應鐸的千金）、黃茵妮、鍾萬全、馮妙蘭、翁國蘭、麥麗萍、麥麗瓊等均屬廣肇女籃猛將，曾入選都城女聯隊及國家隊，她們當中亦有田徑好手，十項全能。

春風化雨華教淚

校長早晨！砰砰砰……

當年簡繡山遇害，所有華文報幾乎不約而同引用以上的聲情並茂句子作頭版頭條，把槍擊案的新聞驚悚效果表達無遺。

槍擊案的時空是 1965 年臨近聖誕節一個寒意很重的清晨。簡繡山非何許人，他是西貢逸仙學校校長。

一大清早，簡繡山已在校長室接待自由村的何擎同學，為他辦理赴台升學的補助申請，忽然一名年輕人自外面進來，禮貌道了聲：「校長早晨！」簡繡山應聲抬頭，以為對方也是來辦升學，示意他坐下，說時遲，那時快，該男生從書包裡拔出手槍向簡氏連開數槍：「砰砰砰！」

槍手殺人後轉身逃逸，卻碰著從樓下走上來的訓導主任潘展雲，身材高大的潘主任竟不顧一切，把槍手牢牢抱住高呼：「有人殺校長！有人殺校長！」掙扎之下兩人滾落樓梯，混亂中槍手向潘老師開了一槍，然後跳上在門外接應的威士巴，飛遁無蹤。

血淋淋的槍擊過程把何同學嚇得呆若木雞，時隔多年向我憶述，他仍不減心中餘悸，當時他目睹槍手的廬山面目，是唯一目擊證人，卻奇跡地獲槍手放生，所以他被抓進全國警總 OMA 時被認定是兇手同黨。何同學對我說，幸虧他是反共堡壘自由村的子弟，獲中華民國大使館和阮樂化神父全力營救，但仍須在 OMA 呆了一個多星期，飽受驚嚇。

簡繡山在日軍進駐越南期間因抗日而被囚禁三年，是中國國民黨資深黨工，戰後在穗城任訓導主任，後來到西貢舊伍倫自立門戶，在麥西街兩列民宅二樓創建逸仙學校，他也擔任西堤華校教職聯誼會主席，幫過不少學生辦理赴台升學，也參與過越北華人南撤之救助。很多家長出於敬重之心，家中若有喜慶婚嫁必邀他充任證婚人，他則有求必應，難得還鄭重其事，穿起西裝領帶，以校長身分到來主持，從不讓家長失望。

簡氏有「象牙校長」外號，又是大近視，長相頗似《塔裡的女人》作家無名氏。簡校長是文教界的著名齊人，傳聞他有六位賢內助，只輸給《鹿鼎記》有七個老婆的韋小寶，簡校長的太太幾乎全都留在學校幫他打工！為了敷衍吳廷琰的壓力，簡校長和馬國宣雙雙出面組織西堤華人青年從軍委員會，鼓勵華人服兵役，這等於跟越共正面作對，故被游擊隊列入暗殺名單。

簡校長習慣天微亮就出門，就近到大同照相館隔鄰的福源茶室飲早茶，清晨的咖啡和一碗雞絲魚片粉是少不了，惟出事之日，簡校長染恙而留家多睡片刻，沒上茶室，無意中跟槍手玩起了貓鼠遊戲，因槍手一早就在茶室各角落做好部署，卻等不到目標出現，槍手還以為走漏風聲，差點計劃作罷，後來把心一橫，決定直闖虎穴，直接在學校內下手。

逸仙學校的十字路口白天原有警察站岡，但由於行兇時間太早，警察還未上班。後來我家餐廳夥計「金牙佬」說，槍手行動時已有隊友喬裝茶客在琳瑯書局對面的海南茶室把風，隨時衝出來把站岡警察了結。「金牙佬」其實也是華運同路人，「解放」前夕被捕，險的是當晚他要趕在宵禁前回家，我好心用機車送他一程，差點連我也出事。

與簡氏同時遇害的瓊籍老師潘展雲，是我同學的舅父，因正義感而無辜陪葬，留下滿門孤寡。其情況跟國民學校祈應霖老師有些相似，祈氏因在飯堂坐了校長容景鐸的位置，而其輪廓背影又與容校長相仿，槍手從背後開槍，不辨真身，誤中副車，令祈氏無端枉死，惟槍手何以熟知容校長之慣常座位？莫非國民有內鬼？事發之時學校因午膳而關上大門，槍手翻牆而進，隔著窗口朝飯堂開槍，故有人描述槍手是從天而降。

事後祁師母向人哭訴丈夫給容校長擋子彈，卻得不到妥善撫恤，校方其後安置祁師母留校任教，讓她和獨子不致無依無靠。槍擊案的另一無辜受害者是容景鐸胞兄的女兒容穗紬（乃父容景泰是廣院董事），槍手沒向她開槍，可是穿破祈應霖軀體的流彈卻要了她的命。容景鐸、景泰的父親容退崖，戰前在水兵街開設岐生堂藥房。

容景鐸逃過一劫，緣於於遇襲當天他如簡繡山一樣抱恙，不同的是他比簡繡山命大，最後關頭沒有返校而倖免於難，事後他火速飛台，一去不歸。變天後國民易名黃建華，此一福中學生正是暗殺簡繡山、潘展雲的槍手，時年 22 歲，三年後戊申戰役爆發，輪到他求仁得仁。

南方易幟，幾乎全部華校結業，僅少數華校保持教學，但校名須換上革命烈士名字，國民易名黃建華，英德也易名陳開源。陳君混入越美印染廠作臥底，除了鼓動工潮，還炸掉孔子大道的亞洲日報。在戊申戰役爆發前兩月陳君被捕，在堤岸花園仔 Bóc Bà Hòa 警局慘被用刑至死。李景漢大年初一攻打花園仔警局，顯然要為陳報仇雪恥，但亦陣亡，其名字後來也就變成安恬街樂善（南海）學校的新名稱。

福德易名陳佩姬之初，獲華文解放報大事宣傳，譽陳女獻身革命是福中之光。但實際上陳女不完全是福中學生，若說她是南僑暨明遠學生反而更貼近事實，陳女最初是唸南僑，該校查封後，1949 年易名明遠，校長李劍生、訓導主任劉光，教育路線維持左傾，陳女跟其他南僑學生照舊留校繼續進修，但過不多久明遠又被封，陳女和南僑師生集體轉來福中，亦即插班生，惟只唸一年多，就在「五六學潮」犧牲。

出身永隆，福建幫長陳水南的掌珠，陳佩姫像鄉下許多潮福富商子女一樣，上堤岸唸書首選是南僑，當時家長文化程度低，聽到南僑以「愛國進步」作標榜就認定是好學校，連當時南和興、益生行、通合行、益生行、遠東日報朱氏家族等古都街一帶的潮籍富商也都出任該校董事，他們完全不知該校所傳授的教育，是專門清算像他們這樣的地主富農巨紳。

南僑校長王貫一、教師孫藝文、郭湘萍等，曾先後參加東江游擊隊、海陸豐農民血腥暴動，大部分人追隨過「殺人王」彭湃，對土豪地主，立妾蓄婢、巫婆媒婆、堪輿算命、瘋癲殘廢，老朽眼盲等 20 種人趕盡殺絕，因受國民黨追剿，他們逃亡入越，王貫一和郭湘萍分別到福建、知用執教，後來在通合行少東郭緒先的資助下，再夥同陳圃心、孫藝文等左翼分子合創南僑學校。他們為了紀念殺人如麻的祖師爺彭湃，還在校內搞了一個彭湃讀書會，給學生灌輸紅色思想，陳佩姫深受他們的耳濡目染，很快蛻變為激進學生。

巴黎潮州會館有位田老先生，與陳佩姫在福中一起唸過初中三。據他憶述，南僑被查封後，陳女和其他來自薄寮、蓄臻、永隆、迪石、藩切、會安等外省同學紛紛轉來福中。其時福中校長葉振漢被驅逐出境，由來自台灣的劉瑞生取代，校方同時轉聘一批新派老師，但在授課時常與南僑舊生意見相左，彼此屢屢暴發唇槍舌劍，僵持不下。

福中的「五六事件」導火線源自 1950 年 1 月 15 日張永記學校高中二學生陳文恩的喪禮（被殖民當局處死），出殯之日福中學聯十數人參加弔祭，並護送靈柩到共和球場對面的西人墳場，事後該批福中學生遭暗訪樓抓去拷問，回來時個個鼻青臉腫。其實學聯全是南僑插班生，連後續登場的「五六事件」也是他們策劃，跟福中學生反而沒多大關係。

福中董事都是生意人，比較怕事，不想學校日後被封，決定「斬腳趾避沙屎蟲」，五一勞動節假期甫完畢就宣布停辦中學和寄宿，不想南僑舊生留校興風作浪，惟此決定因牽連全體寄宿生，引發強烈反彈。

老實說當時堤城華校，凡有寄宿就必定出大問題，因宿舍常變成進步師生的活躍溫床。知用就是例子之一，1950 年代試過被吳廷琰警察於三更半夜拿著手電筒闖入宿舍作地毯式搜捕，儘管不得要領，但知用卻差點被查封，經此事之後，唐富言決定仿效福中，毅然停辦寄宿。

回說「五六事件」，5 月 6 日學生結束假期返校，一場「要讀書，要寄宿」的學潮便燃燒起來，唸初中三的陳佩姬一馬當先，率眾包圍校長室，殖民警察趕來把 70 餘名學生帶返第四郡警局，命令全體人跪在庭院的水泥地，兩手懸空平伸，接受烈日曝曬。

陳佩姬、郭明靜、文素娟等女生入夜慘遭電刑水刑，陳佩姬不支慘死牢房內。拘押期間，有一天外面送來好幾箱西餅給大家裹腹，送贈者是一名好心華商。

在「五六事件」的審訊過程，擔任通譯的人是王國禎老師，他與早期華運領袖林立，同為蓄臻進步教師，何以又會現身衙門給殖民衙差當翻譯員？據說後來王國禎給越南海關做事，在堤岸書信館專責檢閱華人的越港兩地郵件，金融界很巴結他，希望他對外國支票的交收，高抬貴手。

社會對陳佩姬之死，多數人歸咎校長劉瑞生。劉校長事隔多年後對老報人陳大哲說，停辦中學及寄宿非他下的令，早在他來越履新之前，福中校董會就已做此決定，學潮爆發時，他剛好走馬上任，況且他也被暗訪樓拘留了一天一夜，如果是他告密又何須被拘留？

另有傳聞指出，真正告密者是法文老師羅威（跟市議員羅威未知是否同一人），世人批劉，何以無人批判校董會？還有幕後煽動的南僑老師呢？若非搞出如許風波，福中豈會停辦中學及寄宿？

陳佩姬的真正母校是南僑，創辦於 1941 年，校址先後設在堤岸熟皮街、察路中衝街、森舉，浸油。戰時為逃避盟機轟炸還搬到檳榔，戰後才在西貢共和球場鄰近正式落腳，其時法國人還未回來，社會處於無政府狀態，華校為左翼老師盤踞殆盡。南僑一開門招生，知用、福建、義安、華華的進步老師紛紛帶領學生轉校到南僑。

表面標榜為「民主堡壘」，但南僑宣揚的卻是馬列專制思想毒素，並培養一大群走火入魔的「紅孩兒」，愛聯成員幾全是南僑學生，領袖陳華民是當中例子。此外為大家所熟悉的廣幫聞人畢雲照，亦是南僑人。他是福中校長張句的大女婿，王貫一來越之初，獲張句聘任福中訓育主任。

金邊兩大報界紅人潘丙和黎振華均出身南僑。潘是中共安插棉華日報的第五縱隊頭目，龍諾政變後，他奉大使館之命，帶領金邊千名僑幹撤入解放區。黎振華進南僑之前，已在中法學堂負笈，離越赴柬後，他在棉華報、生活午報、端華中學任職，並且給中共官員教法文，他天真地認為中共是赤柬的老大哥，華人無需逃亡，結果他音訊全無。華人翻譯員被赤柬屠殺殆盡，連給波爾布特當翻譯的吳植俊亦無倖免，何況黎振華？

1946 年雙十節，堤岸華校合辦抗戰勝利大遊行，街頭到處豎起大牌樓及「民國萬歲」的橫幅，水兵街亦變成青天白日滿地紅的一片旗海。王貫一等人心有不甘，號召福建義安等校師生及報販茶室牛皮工會，在三腳橋新民小學開會，密謀反制，管它是不是民族光輝的大節日。

勝利大遊行以穗城國民兩校師生為主力，自國民學校出發。南僑隊伍則由搞過海豐農民暴動的孫藝文帶領前進，一路上高呼：「要求民主，要求自由，打倒一黨專政，反對黨化教育。」「我們是鐵的隊伍，我們有鐵的心，維護中華民族永作自由人。」這些口號換在今天可極端反共。

遊行當天，一方出動精武會國術好手，另一方出動富壽熟皮行聯義堂醒獅隊弟兄，兩派人馬在廣東街七府公所外狹路相逢，大打出手。南僑隊伍最後來到大世界門外席地而坐，尚意猶未盡高唱《團結就是力量》《坐牢算什麼》《五塊錢的鈔票滿天飛》等革命紅歌。

1948 年 11 月南僑被查封，王貫一等共產黨員遭驅逐離境，未幾連葉振漢、楊德珍、許若等其他華校進步老師，還有時代報、南亞日報、中華報、越南報等七家左媒，工會領袖譚新等共計 200 多人統統遭驅逐。

教師被驅逐最多的華校是蓄臻中華，校長黃通、張瑞成及眾多老師被充軍多達 30 人。前身叫中新的蓄臻中華學校出過張翼，張弓、張克煌、林立、林思光等極左教師，他們也都是南僑人。張翼且是解聯及華運的首屆領袖，張克煌是中共駐柬聯絡人，赤柬二號魔頭農謝的幕僚。

義安被驅逐的老師起碼有七八名，勞子雅老師對我說當時學校差點要停辦，他一個人要兼其他四五個老師的課，還說其實自己後來也被殖民當局通緝。但這位老先生不知如何卻反而舉家逃來巴黎，奇怪嗎？當中是否有人跟殖民當局做了某些「妥協」？

當南僑、明遠相繼畫上休止符，這期間中法學堂出來了幾名頗有抱負的年輕人：郭松根、鄺仲榮、符根深、余超嵩、施世雄等，南僑火炬就轉移他們手中，自此南僑以遠東校名脫胎換骨，校長由鄺仲榮擔任。

鄺仲榮雖任遠東學堂校長，但實際決策人是郭松根，此君法文造詣甚佳，是中法學堂准予免考畢業試的優秀生，他放著高薪厚祿的洋行買辦不幹，而轉去南僑當一個回鍋學生，動機殊不簡單。

郭松根在南僑當學生僅半年就獲破格擢升為 Surveillant，亦即由學生身分一跳，坐上校監的椅子，這是全世界學校所無的怪現象，王貫一還把南僑產權轉移郭松根名下，顯然要做好「託孤」準備。

王貫一沒看錯這名外號叫「大頭郭」的年輕人，他接過南僑火炬之後凡事皆逢凶化吉，只因對方有個哥哥郭松德任職西貢加句那暗訪樓，所以遠東校風雖仍左傾，並有學生被關進 Nancy 都城警察總署，但遠東始終太平無事，再也沒有被查封的威脅。

我有兩位遠房叔婆，乃父是洋行買辦郭金養，兩人負笈遠東，但思想南轅北轍，姐姐被染紅，非常親共，甫離校就跟同學投奔紅色祖國，文革時才識得後悔，1970 年代逃亡香港，妹妹一早赴台升學及就業，這對姐妹就是國際著名音樂指揮家郭美貞的姑母。

據老校友敘述，遠東進步老師余超嵩曾多次被抓進暗訪樓，每次皆有賴郭松根求他哥哥郭松德出面保釋。聽說余超嵩因是暗訪樓的常客，有段時期乾脆留在牢房教法文。余氏後來投身建築業，當過崇正總會暨中法校友會長，對客屬醫院之擴建貢獻良多。我在校友會活動期間與余會長有過數面之緣，印象中他倒是一位和藹可親的長輩。

昔日校內頑皮學生經常以猜測老師誰是暗探樓奸細作為課餘嬉戲，一時猜是阮金鳳，一時猜是施世雄。其實監視遠東的人是在都城警察總署任職的 Armendier 老師。其實也難怪暗訪樓會起疑，校內有些超齡學生，法語之好，不輸老師，確實有點兒「職業學生」的味道。

話說鄺仲榮在遠東學堂功成身退之後，就利用其留法專長開廠生產霓虹燈管，又在和平街市義塾街創辦榮光英法文學校。1970 年鄺仲榮當選廣肇幫長不久，某天清晨有華運特工闖入學校寓所，向他連開數槍，翌日鄺仲榮倒臥血泊的駭人照片上了報紙頭版！過了一陣子，埠上商界就開始盛傳鄺校長的慘遭暗殺，是與另一廣幫領袖麥劍雄有關。

麥劍雄出身廣東街謝廣盛金行，獲謝老闆病危託孤，繼承老鋪，謝廣盛易名廣盛，其人亦信守承諾，幫老闆妥善照顧妻小。麥劍雄後來加入穗城會館，擔任阿婆廟的財政，其時理事長是同慶集團張細良，此人不大理事，以致大權旁落，天后廟的龐大香油收益，加上元宵聖燈競投年年創新高的進賬，往往變成了一盤糊塗賬。

麥劍雄早在擔任金飾業工會領袖期間就已加入地下組織，屬越共財經組骨幹。除了自家金鋪，他還老遠跑到峴港開雪廠，當時有人傳他頻頻落鄉是有任務在身，西堤華商開雪廠多在平東或竹橋，唯獨麥氏的雪廠最特別，遠遠開到越南的中部去。

據說戊申戰火過後，麥劍雄奉命全力角逐廣幫龍頭地位，一定要把鄺仲榮拉下馬，無奈麥氏聲望有限，鄺仲榮雖無銀彈（鄺氏子姪向我透露，鄺校長身亡時，銀行存款僅得20萬元），但勝在人緣佳，獲新聞界力挺，只可惜，贏了選舉卻賠掉了性命。

鄺氏遇刺三年後，亦輪到麥氏不明不白猝逝，當時商界傳言麥氏是死於美國特工毒殺，那天他自美拖吃完飯返堤，就一睡不起，媒體報導噩耗時說他腦溢血猝逝，但坊間耳語麥氏死時全身發黑，狀似死於中毒？

麥劍雄舉殯之日，我家幾個海南夥計也隨工會去弔祭，當時我肚裡嘀咕，何以海南茶室工會人士弔祭一個金飾行的廣幫領袖？後來得知，他們原來都是同路人。據說麥劍雄靈堂正中置放一個神祕大花圈，連胡璉大使的花圈也得退居一旁。靈通人士指該神祕花圈是河內中共大使送的。

鄺仲榮校長之死，背後亦存在一項驚天大祕密！這是我從一位熟知五幫華人內情的吳姓商界大佬處所輾轉獲悉。

話說鄺仲榮偕郭松根把南僑這塊燙手山芋接過來後，從此便致力打入上流社會，繼續為組織辦事，惟名流當久了，自然會渴望自我漂白，好比劉德華在《無間道》演的劉Sir，好不容易爬上警界高層，就不想回到古惑仔生涯。儘管有人發誓永不出賣組織，但不為上級原諒？尤其當組織要他把廣幫龍頭地位讓給麥劍雄，有人不聽話，所以招來殺身之禍，槍手行兇後把「為虎作倀」四字留在現場，寓意什麼？確實弔詭。

該吳姓商界大佬還披露，上流社會觥籌交錯，實則有若干人是越共臥底（按獅子會及青商會都有他們的滲透）。當年特工四出暗殺，當中有數宗是執行家法，因有人厭倦臥底生涯，欲退出組織之故。精武體育會理事鍾器楷之被暗殺，悲劇版本據說與鄺仲榮相同。「一日江湖路，一世江湖人。」若想回頭，那就死路一條，世上只有死人才最會守密。

順此加插一段八卦花絮，那是一段名流三角戀的故事，發生在林威廉、鄺仲榮、唐清亮身上，三人還一起到浪漫的大叻山城旅遊，譜出近似 Jules et Jim（新浪潮導演杜魯福名作《夏日之戀》）之感人故事。

在西貢廣肇學校任教幼稚園的唐清亮，起初嫁林威廉，後來兩人緣盡分手，很快就有三位校長競相拜倒石榴裙下，他們是廣肇校長鄭法昭、日新（廣肇婆廟分校）校長黃某、榮光校長鄺仲榮，算起來唐老師有四位校長級的追求者。當時廣肇學生拿鄭校長來開玩笑：「大嫂原姓唐，老鄭追到狂……」據說歌謠係出自該校美術老師何瀨熊之口。

知用學校易名李鋒，據海南醫院前董事長盧家藩著書所述，李鋒跟湯明夫婦均曾在他的約翰內衣廠當縫衣工，盧還安插李鋒這名襟弟到健青體育會活動，透過各種文康活動吸收新成員（變天初期健青由湯明帶領接管堤岸三多、皇宮等戲院。）戊申除夕夜李鋒奉命率領一支 15 人小組攻打華華警局，盧氏本人則利用中正醫院救護車，開到富壽跑馬場特定地點準備接應，惟到破曉時分就收到李鋒的陣亡噩耗。

知用有不少學生來自中圻，他們講國語，思想早早就染紅。1967 年某天校長傅式梅主持週訓，曾被「陌生校友」趕下台，改由他們發表慷慨激昂的革命演說，舉止明目張膽，完全無視同學師長及校方的安危。

知用計有兩位老師被暗殺，他們是方行及李樹桓。後者是南越臨變天前遇害，是華校最後一位被暗殺的老師，比他早幾個月前遇害有福德學校李菊隱，李老師實際是進步人士，華運誤殺了「自己友」。

方行任職訓導主任，其遇害事件發生於左派學生大鬧週訓之後的數個月。事發時正逢方老師在家與妻兒慶祝中秋夜，忽有學生一男一女闖入其位於阮維揚街 134 號住所，方師母見來者不善，機警地催促小孩登上閣樓匆留在前廳，果然少頃便爆發槍聲，方老師中彈倒地，兇徒隨即奪門而去，方師母大聲向鄰里呼救，但家家戶戶門戶緊閉，只有方老師每天光顧的三輪車夫跑來施援，協助師母把方老師抱上三輪車，然後冒雨趕往六邑醫院求醫，惟抵達時方老師已離世，滿門孤寡痛不欲生，從此方老師家人不再慶祝中秋，槍手選擇團圓佳節下手，為人之冷血，可見一斑。

華運分子指責方老師是蔣幫特務，其實是冤枉好人，方老師畢業北平燕京大學（南僑校長王貫一也唸過燕京，但因策動騷亂被校長司徒雷登驅逐出校），中英數理化造詣不凡，桃李出了好幾位人傑，唐富言校長的二兒子唐貴勇學成留美，任職 NASA 工程師，即為方老師的得意弟子。

華運暗殺方老師，據悉是因為「反共鐵人」谷正綱訪越，他的貴州腔國語無人聽懂，故翻譯員一職很自然由方老師客串，可能因此觸怒了華運。除此之外，方老師介紹過幾個學生到台資交通銀行任職，並為一些學生辦理赴台升學，故不見容共產黨。

聞說殺害方老師的韓姓女學生乃歸仁瓊籍人士，父母均為越共，她後來落網，被送崑崙島服刑直至南方易幟。然而她的冷血弒師及坐牢，沒為她帶來日後的平步青雲，如今此女定居加拿大，過她以前最痛恨的資本主義生活。其實這也沒啥稀奇，指揮韓女從事暗殺的鋤奸小組（隸屬華僑武裝自衛隊）組長許慶發，到頭來也一樣溜到西方定居。

老實說，槍殺手無縛雞之力的老師及新聞從業員，只有在華人社會才發生，人家越共可從未殺過一名老師或一名報社社長。

讀者不善忘的話，1967 年是很凶的一年，方行遇害次日，中華民國駐越大使館遭炸彈攻擊，造成一名路人死亡。警方事後抓了放置炸彈的蘇孝章和馬莉青，但負責把風的羅士田則逃脫，幕後主腦羅森（馮建如）於戊申年春節在堤岸被擊斃。據說蘇馬二人假扮情侶行事，先約好在璇宮戲院門外領取暗藏炸彈的手提籃，再搭巴士前往西貢中華大使館。

在爆炸案大難不死的大使館參事鍾道，兩個鐘頭後返回其和平街市寓所，竟遭「小龍女」馮玉英攔路槍擊，鍾道身中兩彈兀自負傷把對方制伏在地。據悉馮女在崑崙島服刑至變天，回到西貢，獲分配到中華總商會舊址上班，擔任一份無足輕重的閒職。

大使館爆炸翌日，越美印染廠副廠長陳玖俊在堤岸朋友家門前被槍殺，緊接著該紗廠人事主任張擎霄在傘陀與阮豸的交叉口等候巴士接送上班時遭槍殺，三個月後在越美做臥底的陳開源，因行藏敗露遭便衣警探當街捕殺。所以 1967 年亦稱得上越美紗廠最血腥的一年！

堤岸戊申戰役最先被越共攻打的目標是華華學校，只不過那時的華華已淪為以虐囚出名的恐怖差館。華華原是澳門撈家林潤如的住宅，林氏返澳門後，別墅為丘華聲、林華玉夫婦購下改建學校，命名華華。二戰結束後華華周邊湧現好幾家左派書局如美群書局等，吸引學生流連忘返。華華有學生林鴻光，1975 年 4 月初頭頓淪陷，正是他指揮進攻的。校長丘華聲在吳廷琰年代被充軍，林華玉被長期關押，變天後移民美帝國家。

二戰後的堤岸，進步書局多如雨後春筍，除了美群、大眾、中華文化公司，還有知用教師曾明、彭可濤開設的亞新。當時毛澤東著的新民主主義論一紙風行，深受荼毒者不知凡幾，另外的《中國四大家族》亦對年輕人極盡洗腦能事，其他尚有眾聲、西華青讀書會等，他們還送書上門，把許多學生的思想染紅，進而唆使他們離家出走。

講到洗腦，在此給大家說一個故事，話說賽瓊林圓環的宴芳園茶室有圖章雕刻匠羅某在門外擺攤，此人殊非泛泛，其妻是粵劇班政家邵榮的女兒，是馬師曾的正式上契誼女，想當年茶枱榮大名鼎鼎，二戰前曾創辦普長春班，跟大舞台（中國戲院）的祝華年班大唱對台戲，先後禮聘馬師曾和騷韻蘭、薛覺先和嫦娥英，兩對乾生乾旦拍檔來越登台。

羅某有胞妹羅德馨，在台灣道南學校任校長，做姑姐的有意把兩名侄兒接回台升學（1957 年國府打算撤僑數萬人，道南就是為了準備收容越南小僑生而創立。）無奈兩年輕人被洗腦，加入地下組織，做兄長的還充作殺手，騎機車向美軍投擲手榴彈，失手負傷被擒，在崑崙島服刑，後來思想改變了，晚年飛去美國依親，接受美帝人道照顧。

不談政治鬥爭，華教圈子還是有不少八卦值得分享。例如鳴遠中學的巨款失竊案，在 1970 年代震撼了華文教育界。

據報載，副校長王國伯有天發現 200 萬元公款不翼而飛，懷疑訓導員李詩璜盜竊，告到官府去。王國伯和李詩璜各有陣營相挺，頻頻開記者會隔空過招，前者代表校方勢力，後者有國軍榮光會作後盾，後來大使館出面調停，惟調停好比板門店談判，握完手，寒暄過，出了門口又重燃戰火，互相指罵不休。

李詩璜聘請的金牙大狀相當了得，此君把象徵二百萬元鈔票的白紙帶到法庭，要王國伯回答既然失竊當天曾目擊李詩璜自辦公室離開，那麼李君在當時是兩手空空？還是拿著手提袋？王回答不見有手提袋。律師要李詩璜把象徵 200 萬元的一疊疊剪紙全數往身上口袋塞，因口袋有限，怎麼都塞不下 200 萬，律師據此請求法官裁定李詩璜無罪，因為王國伯講大話，不用手提袋是無法帶走 200 萬巨款！李詩璜最終勝訴，而鳴遠校譽受損至鉅。然則巨款如何不翼而飛？又或盜竊者另有其人？對方又如何能神不知鬼不覺把巨款帶走？答案至今仍是一個謎。

當林青霞演出的《窗外》在麗聲 B 戲院上映，同期間鳴遠也有好幾宗《窗外》的真人版故事發生，演「康南」的老師受不了冷言冷語，某天找上李詩璜的晦氣，聽說有人氣得把一把美國軍刀重重拍在桌上。事實上李詩璜本人也鬧過《窗外》緋聞，在此不好太囉嗦了。

鳴遠尚有一施姓台籍老師，一表人才，據說他授課時愛瞄女生，他也是《窗外》的男主角，只是這回的女主角不在鳴遠本校，而是在他兼職的知用，小女生還大了肚子，對方父母上門逼婚，否則就公開其事，結果同為鳴遠數學教師的施師母，只好下堂求去。

博愛學院亦曾有法國洋老師把年僅 14 歲的小女生搞大肚子，聞說女生還是輕度弱智，這種侵害已超越師生戀，該屬於孌童罪。

還有，中華民國大使館自遷往二徵女王街的宮殿式新館，因經常搞聯誼活動，很受年輕人歡迎，當時鳴遠有某漂亮女生，因仰慕儀表楚楚的台灣外交官，竟因此與一名 Uncle 級的 L 官員發展不倫戀，且懷了孕，女生家長怒氣沖沖到大使館興師問罪，把許紹昌大使嚇得手足無措，擔心醜聞對外曝光，L 官員的美麗太太火速從台北飛返西貢做解鈴人（她是越南首位華航空姐），承認自己老公風流成性，誰個女生碰上他都會倒霉，連她做老婆的也歎無可奈何，惟有以金錢作為賠償，達成和解。

鳴遠亦有一位自台學成歸來的漂亮女教師，甫執教一年就丟下作育英才之理想，跑到大使館做接待員！鳴遠的教務主任氣得拍桌子說這是什麼世界，竟有如此貪慕虛榮之人，寧願放棄高尚教職，甘願跑去大使館為官老爺斟茶遞水！無可否認，台灣的單身男在越戰年代很吃香，他們有專長、有地位，不用為兵役發愁，是女生最心儀的對象。

話說堤岸有一所天主教會創辦的英文高級學府聖約翰（化名），某年校方舉辦民族舞比賽，由校長林神父（化名）帶領幾位文康老師共同擔任評審，幾經評定，有兩隻山地舞和一隻新疆舞獲晉級決賽。前兩者是 6 人集體舞和一人獨舞，新疆舞是 10 人共舞。

林神父對獨舞的周姓小姑娘（化名）特別來電，猛讚她年紀輕輕獨挑大樑，毫不怯場，舞姿又出眾，就想給她冠軍，但另一畢老師（化名）有異議，認為新疆舞10人合跳，步驟整齊，下過很多苦功，沒理由輸給山地獨舞。結果多數人一致評定新疆舞拿冠軍，小姑娘獨舞得亞軍。

有關該舞蹈比賽之內幕，事隔多年後，我從畢老師口中得悉，當時畢老師覺得林神父欣賞周姓小姑娘的眼神，特別充滿「關愛」，以為這是出於長者對晚輩的愛護，不虞有他。

過了一段時日，忽然台灣派來一神職人員接替林神父，並且著對方立即束裝返台，聖約翰書院亦馬上展開大改革。當時大家猜測校方一定出了大事，以致校長須走馬換將，學校架構亦須徹底重組。

法國大文豪尚考克多說，祕密天生就長了耳朵。意思是最大的祕密最後也會一傳十、十傳百，傳遍所有耳朵。

原來自從舞蹈比賽之後，正值盛年的林神父無法抑制對小姑娘的日夕思念，常把她叫到宿舍單獨見面，女孩入世未深，只覺得從林神父身上找到異樣的慰藉，有次神父染恙，周同學還主動悉心照顧，她母親也煮了涼湯著她送到病榻，孤男寡女獨處一室，終於心魔戰勝了理智，二人忍不住偷吃禁果，發生不可告人關係。

當小女孩的肚皮漸漸隆起來，父母晴天霹靂，找上林神父算賬，於是有人偷偷送周女父母一筆7位數巨款，著女孩赴曼谷做人工流產，惟回越後周女心靈受創，須找心理醫生，聽說有人把她送入左關精神病院，結果令周女遭到二度傷害，後來由母親陪同出國，永遠告別越南傷心地。

來越調查的台北教會還赫然發現校方的數百萬元公款不見了，顯然有人事急馬行田，挪用公款來解決自身危機，教會領導階層暴跳如雷，除了把林神父趕回台灣，還對聖約翰書院進行架構重組。據悉林神父回台後就急不及待還俗，沒多久還娶了老婆，新娘子自然不是周女。

中學生的歲月，就是青春的歲月，這個煙花消失，另一個煙花必定沖天而起！但是到了再也見不到煙花，你也跟青春道永別。

唸中學時，最討厭是星期一的週訓，現在卻不知有多懷念！

副校長李其牧（前穗城校長）因曾赴台接受榮總治病，回越後經常在週會大談台灣行的美好見聞，因過分千篇一律，學生自然感到厭煩。終於不知哪裡傳來一份全校聯署信，要求李校長停止給台灣做宣傳，同學聯署踴躍，我也簽了，此事到今天我仍在反省自己有無中了人家的擺布？李校長當然大為光火，在週訓狠批該聯署信，要大家勿被有心人利用。

不同其他華校，博愛學院是嚴禁學生辦壁報，我試過一大清早私自把一張壁報貼上報告欄，但十分鐘後被龐堯民主任撕下來，少頃他來到課室外朝我勾勾食指，把我叫到走廊責罵一頓，接著李副校長召我到辦公室再接受嚴厲訓斥，老人家是緊張大師，斥責時不停掐我手臂肉，還用「金剛鉗指」使勁拗我的指關節！

李副校長的父親李卓峰，追隨國父奔走革命，乃黨國元老，作為名門之後的李副校長，堅決反共，故對學生在校的思想管束甚嚴。但諷刺的是，其留在大陸的女兒卻擁戴共產黨，其在越南的親侄兒也加入地下工作，變天後反被越共以親中罪名囚禁十年，聽說關到整個人癡癡傻傻。

1970 年代的博愛鬧家變，法文部和越文部的兩組校舍，像東西德般分割，各自用大鐵閘隔開，老榕樹的庭院變成「非軍事區」，訓導主任勸越文部學生出入要走成泰街後門，勿走阮豸街正門。

博愛學院自從范文略當校長，就意圖跟法國人聯手鵲巢鳩佔，侵吞華人資產。范氏對校內漢文教育極為排斥，更想取消週訓。校委會主席王爵榮博士無為而治，有傳言說他曾經爭取僑委會的撥款要給「貴族化」的法文部頂樓蓋游泳池，結果僑委會把錢給了更需要經費的自由村。

范文略有越南教育部長吳克省撐腰，而吳是阮文紹總統的表哥，加上博愛家長會為南越官僚所把持，他們跟范文略朋比為奸，所以范的八字腳走路，也就越來越不可一世了。越文部主任阮金鳳為了保住華人基業及華文老師飯碗，多次與他們抗衡到底，結果招來強烈打壓，當時有人放話要買起他。1974 年阮金鳳被逼走，龐堯民、張兆裕兩老師亦相繼離校另創事業。

當范文略的篡校大計只差一步即可大功告成，南越卻迎來改朝易幟的大變天，校內的進步老師紛紛現身當家作主，范的滿肚計劃全落空，他所倚仗的教育部長吳克省聞說 4 月 30 日因擠不進美國大使館的逃亡人潮而自殺！但事實上他被關在勞改營長達 13 載，如今在美定居。

買辦名人祕聞錄

在赤潮衝擊的歲月，曾經從商的華人最怕被貼上資產買辦標籤，以致好一點的衣服不敢穿，出門騎腳踏車，甚至在家養豬養兔，把自己裝成無產階級樣子，為的是避免一旦打成資產買辦，會被送去勞改，甚且還掃地出門，舉家落戶新經濟區。

究竟買辦指的是什麼？今天 80、90 後的人未必懂，買辦之詞出自葡萄牙文 Comprador，是指殖民地企業的仲介手或擔保人。

話說西方帝國的堅船利炮，敲開亞洲閉關鎖國的大門，緊跟其長驅直入腳步者尚有跨國企業，惟人地生疏且不熟風土人情，這些外企得倚賴當地人作仲介來擴張業務，這些仲介人就是買辦，他們本身也是長袖善舞商人，精通殖民國語文，商界地位崇高，且交遊廣闊。

年幼時，祖母常叮嚀要好好唸書，將來學某某當大買辦！早年華人望子成龍，無不如此，家中若出了一位買辦，乃光宗耀祖，且鄰里同欽之事。在殖民時代，買辦經常與洋人打交道，頭上一頂奶白洋帽子，色澤跟身上西裝剛好配對，足下還有一雙油亮皮鞋，走到街上，高人一等。

除了是仲介人，買辦也是保證人，代表公司跟顧客洽商貨物金錢之信貸賒借，洋人不識顧客張三李四，只信買辦，貨物金錢貸出去，老闆既要有抵押品在手，也要居中穿針引線的買辦作保證人，事成之後買辦兩邊抽成，收入可觀，惟一旦爛尾，買辦得負責追討，甚至為客人填數。

細訴買辦風雲，得從東方匯理銀行拉開序幕，該銀行的法文名稱直譯是印支銀行 Banque de l'Indochine。這是一家為配合法國殖民政策而創辦的銀行，除發行印支聯邦貨幣 Piastres 也從事商貿信貸及資產投資。行址最初設在麥馬洪街雀巢牛奶公司原址，直至比利時街河傍的希臘式巨廈落成，東方匯理銀行才正式遷入辦公，越南獨立後易幟為國家銀行。

新址首任行長是保羅簡尼（Paul Ganny），能操粵語，頭腦敏捷，嫻熟金融，銀行在他擘畫下業務井井有條，其在戰前發行的印支聯邦貨幣是亞洲的強貨幣，物價穩定，甚至是史上最低，人人安居樂業，那時的鈔票若面額太大如 5 元的孔雀鈔，民眾可一撕為二，當兩張 2.5 元使用。對於 100 元面額的香爐紙，民眾更加藏起來或深埋地下，捨不得使用。

但好景不常，1941 年日軍把越南變成南侵的補給基地，亟需資金搜購民間米糧，但又顧忌若發行軍券，未必可流通，於是日軍強迫簡尼發行紅頭黑腳的龍嘜大鈔，供其搜購米糧，亦即借法國人的手來代日軍發行變相軍券，幣值根本是零，戰後龍嘜紙被廢，很多人破產，華人更加首當其衝，慘不堪言，簡尼為了此事曾被召回巴黎受審。

雖貴為銀行家，保羅簡尼平易近人，每遇乞丐必主動施捨，以前貧民窟常遭祝融光顧，木屋茅寮一燒，就淪為廢墟，窮人收藏的零星碎鈔常燒得面目全非，他們硬著頭皮來銀行懇求准予換成新鈔，當時家父任職出納處，遇此情況向保羅簡尼請示，他每次皆點頭批准，從無拒絕。

早年越地是咕哩埠，穿得起皮鞋的人甚少，有人戲言堤岸因無政府機構，故全城只有三雙半皮鞋，僅謝孖延，郭琰、馮日初（中華總商會會長）三人穿整雙皮鞋，買辦張宏泰則穿半雙，因他見官才會穿。窮人家是赤腳走路，他們走進東方滙理銀行懇求換鈔，一見簡尼就屈膝拜倒，口中以 Ngài（大爺）尊稱，簡尼為人好憐憫，對他們常有求必應。

1945 年發生三九事變，簡尼剛好自河內護送 30 箱印支幣乘搭火車南下返貢，半途遇盟機空襲，他欲護送鈔票躲進防空洞，但遭日軍阻止，還猛摑他耳光，外號「馬騮王」的他不甘受辱，發怒回擊，結果他在火車站慘被日軍痛毆至奄奄一息，對方用槍抵住其天陽穴說五分鐘後回來把他槍斃，簡尼以為必死無疑，奇跡地該日軍竟不見回來，不知是否被炸死。

簡尼的私生活不乏花邊趣聞，他住在東方匯理銀行頂層，寬敞的居所常有幾名油頭粉臉的小男生伺候他，關係異常親暱，傳言說他是漢哀帝和衛國君的後人，有斷袖之癖，分桃之好，不過此一龍陽癖好後來給他帶來很大的麻煩。

二戰後印支聯邦貨幣 Piastre 走私猖獗，據說走私金額每年高達 200 億法郎，連保大、七遠、越盟等也成為走私樂園的一分子。有次簡尼因拒絕與越盟合作，在印支幣與法郎的黑市兌換提供方便，結果他最疼的小男友被越盟綁架，連心愛小雕像也不見，簡尼可以不要小雕像，但小男友不可不救，最後他只好屈服，滿足越盟的走私要求。

二戰後的西貢為何每月會有多達兩億元印支幣之走私？

話說和平後法國重返越南，巴黎財經部把印支聯邦貨幣 Piastres 跟法郎以 1:17 之匯率掛鉤，即 1 印支元兌 17 法郎。然而黑市匯率是 1: 8，此一匯率差距成為炒家之對沖目標。舉例說，某人從巴黎把 17 法郎帶來西貢，若公價兌換只得 1 印支元，但若透過黑市可兌得 2 印支元，他再把這 2 印支元帶返法國，可兌 34 法郎，即 17 法郎乘 2，賺上一倍。

這種貨幣對沖手法，比任何走私都容易發大財。當時法越兩地走私客絡繹於途，一箱箱印支元靠軍人、機師、政客來充當運送驢子，巴黎起初還蒙在鼓裡，直至一名遠征軍跟兩名越僑因黑吃黑，在巴黎里昂火車站大打出手，走私醜聞才曝光，舉國嘩然，也加速法國退出越南的決心，當時巴黎輿論指出，法國即使不戰敗，也會被腐敗官員的走私所拖垮。

當時法國人把電影爛片、破舊鐵船、老爺機器、過期水泥、尿壺痰盂全都出口來越南，然後虛報貿易盈餘，再把印支元走私回巴黎。很多法兵幫大陸酒店老闆法蘭奇尼走私，發了財就流連大世界及平康里，胡天胡帝。當時保大皇留在香港，法國外交部為打動他自港回越就任元首，竟承諾默許對方走私相當 50 萬美金的印支元到巴黎，作為甜頭交換！

回到買辦名人之正題，東方滙理銀行首任華人買辦相傳是西貢潘珠貞街德和堂藥房的馬老闆，他退隱後，由中山人葉伯行由副補正。同期另一著名大買辦是渣打銀行的曾錫州，亦即林翠、曾江的伯父。

葉大買辦本身也是一名大善人，他對中華總商會、精武體育會、廣肇善堂、西貢廣肇學校、西貢廣肇公所、西貢天后廟等，舉凡創建或修葺之捐獻，他無役不與，鞠躬盡瘁，為了公益庶幾耗盡大半家財。

天有不測之風雲，一場全球大蕭條重創了葉伯行，由於越南出現公司倒閉潮，龐大的借貸爛賬迫使葉伯行要賣清物業來賠償銀行損失，經此挫折之後，他決定返回濠江養老。舉家離越之日，行李過百件，要包下整艘大中華出海。其子葉寶坤，為了愛情留在越南直至變天，這位坤叔胸無大志，與家父稔熟，離越前在樓梯口賣菸仔渡日，坤叔的兒子就是唱《忘盡心中情》《浴血太平山》而走紅歌壇的大歌星葉振棠。

葉伯行 1950 年代在澳門辭世，中華總商會為這位「建會之父」舉辦追悼會，當時家父以中山同鄉會一分子前往弔祭，見到尹領事與歷屆商會長全部到齊，聯袂向葉公致輓，喪禮備極哀榮。

洋人對買辦任用，奉行世襲制度，即買辦去世或離開，就由兒子承繼，對方若無兒子，子侄亦可。葉伯行臨離越前，向法國人指定他的兩位東床快婿黃履中、蘇天疇，以及自己子姪葉添蒸為其繼任人。

黃履中歷任廣肇學校董事長、中山同鄉會暨精武體育會理事長。他的掌珠黃德勳是我的小學啟蒙老師，小孩都怕她，我曾被這位以嚴厲出名的黃老師罰在黑板前高舉雙臂直至下課鐘響。黃履中還有一女黃德新，是越南之聲粵語新聞主播，也是聽眾心目中的廣播公主，當時曾松友主持的「趙先生信箱」，也是越南之聲的王牌節目。

黃履中的中英文造詣不凡，起初任葉伯行府上西席先生，葉公愛其才華，招為快婿。葉添蓀英年早逝，黃履中繼位，成為東方匯理銀行首席買辦，他是金融界教父，狗仔行買辦柯磯全，是他的半個門生。

中山同鄉會每年都在賽瓊林舉辦會慶，我家必總動員參與，酒樓座無虛席，讓首次參加社團飲宴的我大開眼界。當時有不少中山人做孖薦及行江，趙大光藥房就有一名中山籍行江，落四鄉收賬不幸被越盟殺害，遺下妻小，境況淒涼，黃履中與趙大光老闆交涉，讓事情終獲妥善解決。

在該時空，行江經常要下鄉收賬，很多人有去沒回，是一份高風險職業。梁如學街尾古宅主人余少臣，在古芝擁有很多橡膠園，但因游擊隊盤踞，得而無用，余派人與越盟談判，承諾用重金把橡膠園贖回，惟在交收時埋伏一旁的法國公安現身把越盟活捉，越盟知余告密，決心報復，果然余氏父子某天下鄉收賬，從此一去不歸。余家女婿蘇華是我父執，當天本應與岳父大舅同行，但臨時肚痛而作罷，僥幸逃過死劫。

雖飽讀洋書，但黃履中亦有其封建的一面，長子崇樂因愛上大同慶戲院二胡師傅的女兒白笑蓮，欲結連理，但黃履中以門不當戶不對，極力反對，甚至登報脫離父子關係，由於家中長子未成婚，黃家兩千金出閣之日，必須遵循舊禮教，從兄長高懸的褲襠下走過。

吳廷琰強迫華僑入籍，黃履中無法接受，視之為民族屈辱，後來接獲中山同鄉會要解散之通知，黃氏憂憤成疾，未幾便撒手塵寰。

黃履中作古，長子黃崇樂世襲其買辦及精武體育會會長之職務，繼續克紹箕裘，惟其時南越獨立，東方匯理銀行必須遷往隔鄰不遠的小樓房辦公，易名法亞銀行，至於銀行原址，為越南國家銀行所取代。

據說，歷任買辦以葉添蓀最出色，英法語均佳，相貌堂堂，穿梭於洋人社會如魚得水，惟太嗜杯中物，每天無一瓶拔蘭地不歡，結果盛年辭世。本來法國人打算讓其後人世襲買辦，無奈葉的兩子，一在遙遠的巴黎求學，另一幫姐夫黃耀光在阮惠大道鏡架鋪打工，均非買辦接班人材。

葉添蓀長子嘉彬，是法國國家科研所會員，很多年前我有幸在其府上作客，聊天之下，才知 1981 年艾菲爾鐵塔的世紀瘦身工程，葉世伯獲遴選進入工程團隊，當時鐵塔接近百歲高齡，亟需透過工程團隊的精密計算來減掉 1300 公噸「贅肉」，嘉彬叔幫鐵塔瘦身，足見其學養不凡。

葉伯行的另一東床快婿是蘇天疇，畢業法國里昂大學，亦是東方匯理銀行風雲人物之一。日軍進駐年代，堤岸大世界城開不夜，七十二行幾乎行行大發，蘇天疇投資的生意除了大世界，還包括中國大酒樓（玉蘭亭酒樓前身），每天身邊不乏前來巴結的人。

唸番書出身，蘇世伯難得亦是粵劇名票，二戰前曾在西貢國泰戲院原址組織愛國粵劇社，並在娛樂戲院和新華酒樓粉墨登台，義唱籌款。他也是戲班搞手，那時在三多戲院搭檔紅光光登台的梁醒波就經常穿了卡其布短褲來銀行見他，求他開戲（波叔來了越南吃好住好才開始發胖，回港後只好由文武生轉演丑生）。澳門鬼王葉漢在舊伍倫大金鐘主理白鴿標開彩期間，亦常以一身四袋唐裝打扮來找他談生意。

蘇買辦看重家祖父兼擅中法文，又寫得一手漂亮毛筆字，遂聘家祖父擔任其文膽，當時商務書簡一律之乎者也，且用毛筆書寫，作為幕僚須具「左手算盤右手筆」的本領，家祖父一一應付裕如。蘇天疇出過一本教法國人講粵語的教材，書中多處為家祖父代筆。

蘇買辦待家父如子姪，中法學堂出來未久就獲他薦入東方匯理銀行做事。1980 年代家父與蘇買辦香江重逢，恍如隔世，相擁落淚。當時蘇世伯兩子皆早亡，剩下他們夫婦株守一棟沒電梯的唐樓。蘇世伯雖讀番書，與家父鴻雁往來，全以毛筆行體書寫。

凡在打啤學校、中法學堂、波美度等校出來的華人富家子，多數進入洋行任買辦，至於畢業 Chasseloup Laubat 者則登上馬賽號遠赴巴黎繼續升學。我家長輩蔡繼梅，以全班第一名畢業波美度，廿歲就世襲其姑丈當上鄰耳行（Denis Frères）買辦，是全行買辦之最年輕者。

由於越盟經常綁架下鄉收賬人，所以蔡世伯每逢代表鄰耳行到朱篤收賬並給樹膠園工人發薪，都會僱直升機代步，初時鄉民驟見直升機從天而降，還以為是法國 Quan lớn 駕到，豈知走下來是一位華人買辦。

三十而立，蔡世伯就周遊世界，還前往法國滑雪，那年代會玩滑雪的越南人如鳳毛麟角。當時西貢有好幾個福建人花花公子，堪稱玩家中的玩家，一個是曉開飛機的陳福基（六國舞廳業主），另一個是曉滑雪的蔡繼梅，第三個就是打獵打到緬甸原始叢林的黃榮遠十四少。蔡世伯還經常跟黃榮遠卅三少 Dominique 一塊在西貢芽皮俱樂部玩水上滑板。

咱姓郭的，也出過一位大買辦，他就是我的遠房太叔公郭金養，其白手興家傳奇，跟財神銀行的阮進代可媲美。

太叔公未及弱冠，就離開中山三鄉來西貢依親，家住第一郡黃叔抗街吳莊記菜種行的左鄰（此街後來變成美軍合作社老鼠貨露天市場），起初太叔公在法國人家庭充當搧涼小傭工（以前的富人客廳要靠人工扯動天花板的橫紝，令其來回擺動搧出涼風。）所謂人夾人緣，主人家對太叔公青眼有加，送他上法文學校，後來還保薦他入洋行做買辦，於是叔公由搧涼小工搖身變為洋行買辦，不啻男版的灰姑娘傳奇！

其實這還不夠傳奇，太叔公有個聰明伶俐女孫郭美貞，同樣也遇上貴人，她父親郭榕滔（亦世襲買辦）望女成龍，特別僱了一位旅居西貢的澳洲女音樂家教女兒拉奏小提琴，師生一見投緣，前者無兒無女，乾脆把郭美貞認作乾女兒，返國時也一併把郭美貞帶返澳洲，悉心栽培，沒多久連郭美貞雙親也飛去澳洲悉尼與女兒團聚。

郭美貞天賦橫溢，不但以優異成績畢業澳洲悉尼音樂學院，且憑獎學金赴意大利深造，1967 年榮獲紐約 Mitroprulos 指揮比賽首獎，成為全球最 Top 的十大指揮家，上了《今日世界》封面，然而她的趾高氣揚傲氣又為她贏來「音樂女暴君」稱號。太叔公家的傳奇，常是我家閒聊話題，惟兩家階級懸殊，彼此極少往來。

和平後，買辦界更加人才輩出，匯豐有李松錦，東亞有周桂根，渣打有陳定，這三人正逢盛年，業務春風得意，難得還熱心公益，陳定和周桂根分別擔任福善醫院、廣肇學校董事。

中法銀行買辦是溫如才，兒子溫偉南，是日本通，二戰時最為威風，是出了名的大東亞共榮圈商人，其妻是六國舞廳媽媽生，歡場中人沒誰不識這位溫太。

大家可還記得西貢咸宜大道的前美國大使館？1963 年洛奇大使就在此處天台遙控楊文明等人的軍事政變，成功推翻吳廷琰政權。

該座使館的產權屬賭商黃一播所有，其成功租給美國外交部設大使館，每月坐享豐厚租金，實須感激一名神通廣大仲介人，對方就是大買辦溫如才！據坊間傳言指出，美國大使館的租金有大部分是在香港交收，後來南越政府追究此事件，有人不得不避走香江呢。

繼任中法買辦者是蔡益智，出身金融世家，其兄長大名鼎鼎，他就是以出品金城金葉飲譽東南亞的中華總商會監事長蔡煊。蔡益智的侄兒蔡覺民，則是中法銀行堤岸分行經理。

舊日安恬街的南星體育會和青山俱樂部，有一名氣響噹噹的潮籍金融大佬，踢足球，他守龍門，玩籃球，他打中鋒，此人就是西貢法國國家巴黎銀行 BNP 的大買辦吳應鐸。

吳應鐸的買辦生涯很輕鬆，他有青山俱樂部的老闆撐腰，BNP 銀行每年給他訂下的好幾億元業績配額，他常不費吹灰之力就完成，餘下時間夠他約會泰勒將軍、楊文明將軍、符林英、盧英等大人物一塊前往富潤綢紗帶玩高爾夫球（西貢廣肇義祠對面）。吳買辦的高球玩得相當好，還代表過越南參加菲律賓國際高爾夫球賽呢。

很多年前，李麗華、嚴俊雙雙拍拖訪越，應中正醫院院長彭綿秀邀請前往義安球場主持美國哈林慈善球賽的開波禮，幕後搞手正是吳應鐸。有「小貓咪」暱稱的李麗華到達新山一機場，王爵榮醫生一見驚為天人，握手時整個人發呆，老半天沒放開李麗華的玉手！

當年大軍閥七遠派人埋伏雲景夜總會綁架李佳衡，吳應鐸若非命大，差點要跟李佳衡共赴黃泉。出事那晚，吳李兩人本打算一同往雲景捧某紅舞女的場，惟最後關頭獲內政部梅友春通水，說七遠欲對李佳衡不利，叮囑兩人暫宜深居簡出，吳立即轉告李，對方不聽，吳不去，李一個人風流去，結果落在七遠手裡，淪為惡虎大餐。

買辦出入上流社會，無人不是玩家，蔡繼梅如是，吳應鐸亦如是。二戰後吳與郭志豪、葉德利（何鴻燊的妹夫）結伴環遊世界，在瑞士停留期間，三人各買了一隻百達翡麗錶作為珍藏。變天後，吳勞改五年獲釋，蒙老東家 BNP 銀行擔保，來法定居，離境時他佩戴該名錶過關竟安然無事，連錶的出生紙也一併帶來法國，真是奇跡。

來法後，吳應鐸在好友阮廷純（吳廷琰的總統府部長，權力之大更在特務頭子陳金線之上）陪同下，攜名錶前往倫敦蘇富比拍賣行求代售，結果套現 30 萬法郎，就憑這筆錢，吳應鐸在巴黎歌劇院附近買下一座自住公寓，與陳敦炮為鄰。其實吳亦曾考慮過投資香港太古城一座單位，果真如此，今天溢利逾千倍。前不久香港黑警就被太古街坊狠嗆：「呢度係太古，你地毅進仔買唔起架！」

通合行郭琰之子郭志豪也移民來法，可惜他的瑞士名錶帶不出來。當年三劍客在瑞士所購的百達翡麗錶，是史上第一批面世的「雙窗」錶，全球僅 200 隻，今天的身價最少值 200 萬美元，別說一個小公寓，就算要買一座別墅都綽綽有餘。

越南買辦離開越南，轉往香港發展，十有八九，得了水土不服症，蘇天疇和吳應鐸皆如此，在越叱咤風雲，到哪都有人奉承，惟一旦轉戰香江，優勢盡失，成了落難王孫。

但西貢渣打銀行買辦陳定，卻非常例外，他不待南越變天便率先赴港發展，且如魚得水，先在大新銀行任高職，後來注資恆泰銀號成為大股東，這家銀號是越南華商袁福、黃耀光、張樹槐昆仲等人創辦的，乃香港跑馬地「帆船酒店集團」原班人馬。

陳定原籍福建，畢業打啤名校，靠經營單車致富，其人作風低調，家住西貢羅腰街金花巷，剛好是我家鄰居。陳定發跡之前，追隨同鄉買辦謝士奇（福善醫院董事長）任職西貢著名洋行 L'Ucia，亦即集商行 Thương Xá Tax 的母公司。

謝士奇退休後，陳定升格為買辦，後又跳槽 Ziel et CIE 美資公司，負責促銷乳牛嘜煉奶（又稱子賢奶）！陳定的傲人成就是把蔡念恩的荷蘭壽星公、瑞士的雀巢、法國的雪山等煉奶一一打敗，把子賢煉奶推上全越銷量冠軍寶座！

乳牛嘜煉奶所以熱賣，因其價格便宜，再者其含脂率為 7%，較諸壽星公和雀巢煉奶的 9%，濃稠度雖有不如，惟用來沖咖啡奶或白底少啡則最理想。越南人每早離不開咖啡奶，乳牛嘜煉奶壟斷大部分茶室供應，怪不得每月銷量能達五六萬箱，而消費對象因局限嬰兒老人的壽星公和雀巢，則只有一兩萬箱，的確稍遜風騷。

1958 年吳廷琰向日本正式提出戰爭索償，後者願在大叻興建丹艷水力發電站作為賠償，並承諾把大叻開發為觀光區。

日方尚獲吳廷琰批准，在西貢咸宜大道中法銀行左鄰創立東京銀行駐越分行，由總部派來木村、金井、扎木、北村等負責創行，這幾名日人二戰時曾隨遠征軍進駐越南，對越土不陌生，還精通法語。家父亦為東銀創建者，這得感激祖父的前同事劉仰賢世伯之提攜，劉世伯住在方濟各教堂的右鄰，畢業邦美度名校，是東銀第一任財務主管。

東京銀行起初擬聘潮州幫長馬國宣任買辦，因看中他的有權有勢，又是吳廷琰的心腹，但馬幫長忙於共和青年團政務，無意當買辦，把自己的世侄杜與賢推薦給東銀。

西堤潮籍買辦不多，除了吳應鐸，就是東京銀行杜與賢。杜君乃迪石潮州米較富商之子，少年負笈震旦，後因淞滬戰爭爆發，南下香港入讀聖士提反，英文了得，學成後回迪石接手乃父的穗茂米較，克紹箕裘，卓然有成。住過上海的他有海派作風，為人愛交朋友，仗義疏財，故 30 歲未到就當上迪石潮州幫長。在家中排行第十，杜君在商場又有「杜十少」「杜十哥」之尊稱。

這位躊躇滿志的新世代買辦，為東銀賺了很多錢，1960 年代邊和新公路的工廠競相崛起，有部分創業融資來自杜十哥之穿針引線！吳廷琰倒台，馬國宣株連入獄，杜十哥臨危受命，接下其遺缺，成為史上最年輕的幫長，杜氏亦為台北國府重用，獲遴選為僑務委員。

杜十哥粵語流利，與我等晚輩閒話人生，談笑晏晏，毫無架子。十哥的買辦生涯，酬酢不斷，酒樓舞榭常有其穿梭身影，酒量更是一舉數十觴！晚年定居洛杉磯，生活無休，他最愛周遊世界看馬戲及夜總會雜技大騷，平時也醉心氣功及高爾夫球，且拜東洋女師傅學陳家溝太極拳，廿多年前他兩夫婦偕女師傅來法旅遊，探望敝武館，我亦以醒獅隊隆重迎迓，彼此交流切磋，樂也融融。越數年，家父飛洛杉磯探望這位老上司，才知他玩高爾夫球時，突然飛來一球重創其一眼角膜，久醫無效，未幾便傳來其噩耗。

杜十哥的外甥王孝義，是堤岸東方銀行總經理，亦為越華金融界名人，王君來法後成了我同事（同事當中還有天保堂東主魏保光、滙中行羅森），當時我們同在巴黎西陲 Boulogne Billancourt 市府打工，這位王世伯豁達開通，儘管在越是銀行家，來到法國亦深諳馬死落地行之道理，在市政府任職傳達員，昔日坐慣大班椅的他，來到巴黎坐的是一張擺在走廊的傳達員椅子，他坦然接受，我常找他探班，聊盡西堤商界往事。正所謂：「過眼雲煙時時變，不知天下已如何！」

越戰年代的民營銀行比米鋪還多，最高峰期間多達 27 家。據當時規定，每家民營銀行之開設，必須存兩億越元進國家銀行作為準備金，這筆巨款還未包括外幣準備金。然而這些銀行的龐大準備金在變天後全被充公，不知去向。

1960 年代，有一群躊躇滿志的越南青年籌創銀行，經集腋成裘籌足兩億元準備金，1965 年銀行誕生，那就是家喻戶曉的信義銀行，又稱財神爺銀行，惟只撐得一年卻因資金短絀而面臨倒閉。當時為信義銀行扮演白武士的人，是該銀行股東阮進代（Nguyễn Tấn Đời），他是建材地產鉅子，亦為收音機暨電視機大王。他抱著「Chơi cho vui」的玩票心態入股信義 2000 萬，豈知才一年光景，信義便要倒閉，他不得不注資 2 億元，庶幾買下所有股份，讓信義最終起死回生。

阮進代只唸過小學，自鄉下出大城打工，曾在新定市燕杜街一個法國富戶門前露宿，聽說法國富戶每次上車下車，醒目仔的他均一馬當先為他開車門，乃獲賞識，轉而為該法國富戶打工，後來他轉隨華人從事黑市匯兌走私，常穿梭西貢香港兩地，同樣靠醒目上位，當上磚瓦大王及公寓大王。他是金融業門外漢，卻能變身金融界強人，讓許多銀行家大跌眼鏡。發跡之後，他回到早年露宿的燕杜街買下舊日老僱主留下的別墅作居所，經常邀請信義的小股東來參加派對，目的除了炫富，也想爭取股東們的信任，繼續注資信義。

在阮進代運籌帷幄之下，信義銀行很快成為老百姓最擁戴的民營銀行，當時打開報紙或看電影，觸目都是信義銀行的財神爺廣告，家家戶戶都愛上這個鬚長及膝，兩手各提著一串大銅錢的財神爺。

老實說，該財神爺的設計靈感，似乎來自手拿兩串金銀冥鏹之靈堂紙紮公仔。當時社會流行俗氣，標誌越俗氣，市民越愛，選舉的宣傳手法何嘗不一樣？以前候選人的海報標誌最喜歡採用一包米，或一把秤、一隻白鴿、一隻駱駝、一隻水牛。

財神爺的月曆橫掃西堤，獲民眾視為家居招財裝飾，財神爺支票亦隨處可見，市民持票到銀行可即日兌現，不似其他銀行支票，兌現需時兩天，信義銀行漸漸被人改稱財神銀行，存款累積達 50 億，連華商銀行也敗其手下，據傳阮的身邊有華裔高人授計，名字叫許紹，是阮氏金融王國的幕後大功臣。

1973 年巴黎和約簽訂後不足三月，阮文紹總統突下令把阮進代逮捕下獄，罪名是「經濟政變」，結果引發擠兌潮，未幾全國 30 餘家分行全遭查封，當時新聞界可能獲得阮進代的不少廣告好處，齊齊幫他說話，向阮文紹開炮，攻擊極為猛烈。

為何阮文紹會查封財神銀行？有說阮進代是越共，中情局迫阮文紹出手制裁，但也有相反說法，指阮進代才是中情局的人，故被阮文紹先下手為強，當時基辛格因阮文紹拒簽巴黎和約，確曾想策動在越的中情局勢力，發動倒紹政變，甚至欲置他於死地。

南越易幟後，阮進代偷渡好幾次都遇上騙子，好不容易逃亡到泰國，又差點死於大海，當安全落腳加拿大，昔日的財神爺已經被打回普通人。合該此人一世夠運，後來他重逢日本友人佐藤，對方願提供資金給他創立神戶料理連鎖店，如今神戶料理開遍全球各大都市，阮進代的財富較諸信義年代更為傲人，財神爺一生鹹魚翻生無數次，比起鄧小平的三起三落更具戲劇性！

阮進代生時說過很典型的財神爺金句：「運氣就好比一場滂沱大雨，一到來就灑遍所有人，就看你有無足夠敏感度去準備大盆或小盆來盛載這些天掉下來的運氣！」

滿城盡帶黃金甲

八年抗戰給中華民國帶來慘痛通脹，即使發行面額為1億8千萬元的超級巨鈔，仍無阻國家金融陷入崩潰。一戰結束後的1923年，德國為兌1美元必須發行面額為4萬5千億馬克的巨鈔，貨幣比廁紙還賤！

越戰結束後，越南也經歷通脹危機，接連兩次大換鈔，表面是為了實踐農工商改造及南北國幣統一，實則是為了抑制日益惡化的通脹，那時民眾對國幣信心全失，只持黃金美鈔，再不然以錢易物，作為保值。

但無論如何，越南的戰後通脹還是遠無其他戰爭國嚴重，越共實應感激前朝「藏富於民」的資本主義制度。南方人的大量藏金及美鈔，在最危難時刻發揮救生圈作用，讓當時出口是零，外匯是零，外資是零、創造就業是零、經濟增長是巨負的越南，得以浮出水面。

講起亂世與黃金，相信大家還記得變天之初，坊間謠傳國家銀行的16公噸黃金被阮文紹私運出國之傳說。還有人說，黃金是富商李良臣幫忙運送台灣！查實該批現值3

億美元的 16 公噸黃金莫說無人帶走，即使小如一枚金幣亦無人順手牽羊，所有財物皆原封不動留在央行的地窖。

據解密檔案指出，起初阮文紹確打算將黃金運出境外，暫厝瑞士巴塞爾國際結算銀行，那是一家由許多國家央行合創的國際金融組織。阮文紹準備用這批黃金購買燃油彈藥，以便繼續與越共對抗到底，只因當時美國始亂終棄，援助斷絕，南方的軍備庫存只能維持三個月。

該黃金的出走計劃，是在內閣會議攤開討論，馬丁大使也出席，並非阮文紹個人的黑箱作業，當時大家亦深知第二共和氣數已盡，把黃金運走，多少含有寧為玉碎，不為瓦全的焦土抗戰之意。

惟在緊急關頭，黃金運送找不到保險公司承保，連全球最老資格的 Lloyds of London 也不受理，使得計劃受阻，而背棄盟友的華府見黃金不是運送紐約聯邦儲備局，也就愛理不理，拒絕派大力士軍機護送，到了雙方終於妥協，美方才肯下令調動菲律賓克拉克基地的大力神運輸機飛新山一，準備把黃金運回聯邦儲備局，但最後關頭卻被陳文香副總統阻止，他警告阮文紹若把黃金運出國，楊文明上台，紹會被控叛國。

未幾越共兵臨城下，這時真的是「滿城盡帶黃金甲」，深陷炮火重圍的新山一機場，已不能容許大力神軍機降落。據馬丁大使後來在美國參院聽證會說，他離越之最後一刻曾想過向泰國軍方求助，電請對方派出敢死隊及軍機來越把黃金運走，目的不想該16公噸黃金眼白白成為越共的戰利品，但一切皆為時過晚，馬丁很快就放棄此念頭。

因受陳文香、楊文明、高文園、陳文敦、阮百謹（總理）等聯合逼宮，阮文紹只好淒然選擇去國，楊文明當時援引的理由是越共憎恨紹，提出談判的先決條件就是先把紹趕下台！紹下野之後，暫攝總統職務的陳文香命紹以特使身分於25日飛台弔祭蔣介石，亦即變相把他放逐。

但是紹去國之翌日，西方通訊社如路透社、美聯社、BBC等四處散播謠言，指稱阮文紹逃亡時把央行黃金盜走一空！於是西貢所有媒體群起撻伐紹臨危逃命，還帶走大量黃金，乃千古罪人！當時四月天的Nắng Lửa Mưa Dầu（火陽油雨）格外令人飽受煎熬，整個西貢兵荒馬亂。

負責駕駛奔馳護送阮文紹一家出新山一機場的CIA特工，事後竟也無中生有說紹有很多重甸甸的行李，放進車廂有金屬（黃金）碰撞聲。戰後又有好幾本英文出版物抹黑阮文紹和陳善謙，指其盜取國有黃金美鈔逃亡台灣。很可悲，造謠者不是敵人，而是舊政權「自己友」！

阮文紹離越15載後首次赴美，當面對舊部屬和越僑的指責，阮文紹自我申辯稱，如果我真的把黃金帶出國，請問我能存放哪裡？不論帶到哪個國家都會被沒收，別忘記越共獲國際承認，它有權向任何銀行追討失去的國有財產。飽受冤屈氣的阮文紹還表示，別說重甸甸的黃金，就連一份總統府文件，陳文香都不許他帶走，大家想知道黃金下落大可問越共。

阮文紹確實說對了，只有越共才知道黃金的真正下落。

事隔多年，越南央行終於打破緘默，透過共青團辦的青年報給世人還原「盜金」真相，河內最先澄清是官方從未宣稱阮文紹盜走黃金，也知他是清白的，其次是黃金確實留在越南，官方一直沒澄清，是因為謠言來自外國通訊社和舊政權的人，非關河內當局，而且也從無人向越南中央政府求證。

但事實並不盡然，1980 年代越共前國防部長阮進勇在「春季大捷」回憶錄，曾白紙黑字栽贓阮文紹，指他盜走國有 16 公噸黃金。遺憾真相大白於天下之日，阮文紹已含冤離世多年。

越南政府緘默了三分之一世紀才吐露真相，自有其難言之隱，黃金雖沒被阮文紹盜走，但結果仍一樣，黃金統統被送外國，一片也不留。

真相是：所有黃金於變天後的第四個年頭就送去莫斯科！

其時越南局勢面臨三大危機：①積欠蘇聯老大哥的軍火債務到了償還期，甚至是催債期；②越南無錢還債之餘，尚須應付解放柬埔寨及越中邊境戰爭的雙重巨大消耗；③社會主義旗幟下的民生配給制陷入破產，舉國財政到了山窮水盡地步。

河內為濟燃眉之急，只好動用南越國家銀行的 16 公噸黃金，另加清算資產買辦及組織半公開偷渡之收益合共 56 公噸黃金，像切蛋糕般將最大一塊（35 公噸黃金）送去莫斯科還債，並用作質押向老大哥洽商再借一大筆美元，用以購買燃油雜糧，東切西切，剩下的 5.7 噸黃金才存入瑞士。

長征生時也曾向一位大將透露，為了挽救當時形勢，從南越國銀轉移到河內央行的黃金，每隔一陣子就須變賣一批以濟燃眉之急，國家就靠這些黃金來「慢慢摵」，有一天，過一天。

變天後，世上敢挺身出來為阮文紹清白辯護的人有兩位，一位是曾任教美國哈佛大學的前南越計劃部長阮進興，另一位是南越央行的末代總裁黎光苑！他們生時均曾力證阮文紹從沒染指過國有黃金。

當年黎光苑甘願放棄逃亡，留在央行守護黃金直至解放軍的坦克車隆隆開抵，他全力配合新政權的接管，巨細無遺地出示所有賬目明細。事後連解放軍都很滿意，也極感意外，原來打了那麼多年仗，南方央行還保存那麼多藏金，而且一個銅板也不少。

恪盡職守，把黃金完璧無缺移交新政權，照理該論功行賞，但是黎光苑最終還是要在清化接受勞改三載。黎妻是法國駐越大使館職員，也是越南女童軍主席，黎光苑1978年獲釋，隨即赴法團聚，並獲東方匯理銀行母公司蘇彝士運河銀行招聘擔任海外高職。黎光苑的副手阮福勇，相對可憐得多，熬不過折磨及疾病，魂斷清化勞改營。

南越央行是東南亞最富有的央行，殖民時代臨結束前的黃金儲備有33公噸，比1970年代更多，法國人撤退時竟把央行黃金盜走一空，吳廷琰上台後，發現央行已成空殼，自是大發雷霆，法越關係因此齟齬不斷。

法國人運走了黃金，卻留下天天貶值的大批法郎，讓吳廷琰頭痛不已，多次要求法蘭西央行准予兌換為美金，卻屢遭法方賴皮拒絕，直至1958年戴高樂復出執政，建立第五共和，33噸黃金才有了合浦珠還之日，惟法郎討回來時，匯價大縮水，越方損失慘重。

當戰勝者走進南方央行地庫，震驚程度如同阿里巴巴走進72大盜的藏寶洞，金山已夠目眩，萬元面額水牛紙還到處堆放，越共來接管時，央行儲備為1250億元，另有20餘家民營銀行存入央行的抵押金190億元。

此外，南越央行還有一大筆外國債券存在聯儲局、花旗銀行、美國銀行BOA、瑞士國際結算銀行BIS，時值合計2.52億美元。

這還不止呢，南方 26 家商銀與央行在國外擁有資產時值合計 1.4 億美元，但因美國的禁運而一直被凍結。直至 1995 年克林頓訪越，越美關係正常化，禁運於焉解除，前朝存在美國的資產亦獲完璧歸趙，數億美元的連本帶利，不下 10 數億美元。

南越央行的藏金分金幣和金磚兩類，金幣裝在木篋，置於大夾萬內，成色較金磚略差，但具古董價值；金磚共計 1234 條，有美國標準的 10 公斤，也有英國標準的 12.7 公斤，來源分屬美國聯邦儲備局、南非金礦公司 Montagu、西貢華人金城金行。

金磚分藏兩座固若金湯的地窖，由兩道半米厚可抵禦炮彈襲擊的花崗石牆分隔保護，兩座鋼門皆重逾一公噸，每次打開，須要開三重鎖及一組密碼，三支鑰匙分由行長、稽查局長、發行局長（越共臥底）持有，每次打開需三人在場，缺一不可。

為何南越央行會有金城金磚？據悉，早年有不少走私客自寮國偷運黃金入越，他們把瑞士金磚切成細塊，裝在保險套包內，塞進肛門，過關一旦失手，黃金就被海關充公，移送央行存放，當累積到一定數量，央行會將緝私得來的黃金送去金城，由華人師傅將之煉成千足金磚。

到了煉金之日，央行及海關聯袂護送黃金前往金城，而金城亦休業一天專心煉製金磚，一隊荷槍實彈的軍人在金城門外布防，央行與海關官員則留在工場全程監督，華人師傅快馬加鞭，務求在當天完成任務，每塊出爐金磚，師傅會在上面鑽一個小孔，提取樣本以便分析其成色。

據金城一位世伯憶述，金磚煉妥就立即送返央行，過一兩天世伯帶同老夥計進入地窖金庫，按每塊金磚的成色打印，亦即留下越南人所謂的 Số Tuổi，法文叫 Số Titre，並且再給每塊金磚簽發有金城背書的出世紙，這是很重要環節，只因金城字號代表童叟無欺，在國際市場暢通無阻。越南歷屆政府對待華人雖有過不友善的紀錄，但一講到要煉金磚，央行非找華人不可，尤其是信譽卓著的金城金行。

河內有「東方巴黎」美譽，西貢則以「東方瑞士」著稱，原因西貢黃金儲藏量冠絕東南亞，越戰年代南方還因藏金過剩而須拋售黃金，當時華人金鋪競相低價掃貨，再轉售香港賺取利差。

堤岸金鋪主要分布水兵街、廣東街、巴哩街等，記憶中有隆盛、華盛、東盛、謝廣盛、廣恆盛、廣同盛、天福等。西貢老牌金鋪集中在舊街市武夷危街和吳德計街，以四會黃老源家族最出名，其家族金鋪有黃和生、黃生生（兒媳）、達生（妹）、錦生（妹）、黃南生（弟）、梁廣生（族人）等。同街還有天祥、雷鎮和、寶華。其中的寶華，跟娛樂巷的富華，是同老闆。雷鎮和及生生兩店兼營鑽石，生生老闆娘黃太非常精明，她是中正醫院創院首屆護士，婚後從事寶石生意，我每逢路過生生，均見裡面坐著幾名珠光寶氣的越南富太太在打探行情。

講到鑽石，昔日堤岸金鋪賣鑽飾不多，主要集中在西貢，最大鑽石商應數德可市許福美當鋪（老闆出身於黃榮遠當鋪），其次是娛樂巷越北人開的德蔭（Đức Âm）。再其次就是家姑丈在水晶宮的 Vinh，姑丈是留法鑽飾師，幫第一家庭鑲造鑽飾，由西貢一路鑲到巴黎。

1962 年范富國駕機把總統府炸塌了半邊，吳廷琰夫人的大夾萬被炸得飛上天，裡面首飾全部支離破碎，唯獨姑丈打造的鑽飾，鑽石仍牢牢固定在白金臼爪內，足見法國工藝之非同小可。1980 年代伊朗國王巴列維在巴黎訂製皇冠，姑丈獲猶太人鑽飾師工會邀請，一起參與打造。

昔日走進堤岸的金鋪，一定會見到痰盂！水兵街廣益書局隔鄰的隆盛，兩排酸枝木椅底下，就各擺一個牡丹花痰盂，西貢老金鋪則無此「特色」！華人自李鴻章以降，不啻是一個滿口「珠痰玉液」的民族，走到哪都會痰上頸。隆盛壁上還有一幅國父題字的百鳥歸巢圖，是國父早年來越奔走革命送給老闆羅樹人，以酬謝他對革命的捐獻。我在巴黎當歐洲日報記者時，曾收過越南的一封信及附來照片一張，來信人說他祖父遺下一幅百鳥歸巢圖，上款人是國父，請我代找買家，許諾事成有厚酬，我記不起對方是否姓羅，即隆盛金鋪的後人。

西堤華人金鋪雖生意興隆，但規模始終不如大叻的裴氏孝、芹苴的永發。前者包辦泰柬寮及中圻的黃金走私，後者老闆奇叔，在芹苴開五家戲院，富甲一方。據說裴氏孝變天時被沒收的黃金，明有六千兩，暗則不知其數！據悉被充公的巨量黃金，有部分是老顧客寄存的。裴氏孝把家財全數獻給革命，才換得自由身，飛來法國里昂定居。

1950～1970 年代的西貢，黃金交易暢旺，冠絕東南亞，當時西貢金價便宜，成色又高，比香港的兩個 9 還要多一個 9，簡直又平又靚，香港美麗華集團一見金城金葉，進貨多多益善！聞說金三角大毒梟坤沙也曾派人潛入西貢，用美鈔狂掃黃金。

據聞同慶酒樓老闆張炯良，本身亦做黃金美鈔玉石生意，當時每班穿梭港越的航機，常滿載堤岸的華人師奶，她們幫張先生辦事，當中有笑容可掬的老婆婆，也有挑通眼眉的美艷貴婦，大家樂於走水貨兼免費「游飛機河」，那年代華人若能暢遊香港，在虎豹別墅留影，或在香港仔珍寶舫享受海鮮餐，常會「恨死隔籬屋」！

聞說，越共入城前夕，張炯良夫婦以為阮文紹會派直升機降落其住家四樓天台把他們一家接走（張宅蓋建時，天台的鋼筋水泥特別加固，可供直升機起降），惟期望落空，結果成了越共的頭號清算對象。據說智慧過人的張太，暗忖與其心圖僥倖把金葉藏起來，倒不如把所有藏金攤出來跟女幹部密商，建議她將黃金上繳一半，留下的就二一添作五，結局如何？盡在不言中。後來該女共幹跟張太結成好姐妹呢。其實張太最心疼是失去邊和的龍眼園，園中有一株龍眼樹王，越共用籬笆圍起來，喧賓奪主地宣布這是國有資產，連主人家也不准採摘！

越戰期間，沒人不需要黃金，連越共也不例外，他們需要金葉來支應戰略上的特殊使用，所以他們也是金城的老主顧，有次清華影業公司的瓊裔老闆吳清華（吳母是中區越共財經組）向金城索取黃金千兩，據說是送入歸仁，賬款在港結算，不消說係由充大胖子的中共埋單。

1975 年之前的南方民間藏金，難有確切數字。據老行尊的評估，由殖民時期至南方易幟，幾乎每天都有黃金走私入越，好比 1954 年美國賣座電影「螞蟻雄兵」，黃金像螞蟻搬家源源流入越南，若以每天走私黃金百公斤來算，歷半個世紀之累積，南方藏金起碼逾 50 萬噸。

舊日芽隆 Bến Nhà Rồng 碼頭（法國電影《情人》取景所在）每當有大輪船靠岸，岸上經紀客必一擁而上，向水手旅客收買金條美鈔。法國戰後的金價為每公克 580 法郎，若然把黃金賣來西貢，每公克可得 1300 法郎，即獲利翻一番！如果再把 1300 法郎兌為 200 元印支幣，帶返祖家還原法郎，1300 又可變成 2600，發財易得像變魔術！

芽隆碼頭很有懷舊價值，早年華越學子赴法負笈均在此登船，歷 28 天始抵馬賽港。啟定皇帝及阮必成均曾在芽隆登船赴法，前者還帶了 12 名妃子同往馬賽參觀博覽會（啟定皇帝實際是龍陽君），後者則登船當廚師，展開救國之路。

奠邊府戰敗，法國人撤退，但黃金走私可沒偃旗息鼓，官員機師空姐全都加入走私行列，連神父也樂於「祕撈」，主教每逢到教廷開會，歸途必停日內瓦轉機，行李箱會忽然之間重了許多，因裡面多了幾條瑞士金磚也，海關對神父多予免檢禮遇，黃金走私可說萬無一失。

我常說，一家金城金行抵得十名財經部長，當初若無福建人蔡煊創辦金城，出品有口皆碑的金城金葉，奠定民間厚積薄發底子，就算財經部長學問多高，恐亦無法令越南經濟在戰後廢墟中獲得浴火重生。

魯迅說，自由固不是錢所能買到，但能夠為錢而賣掉。

此話是不對的。我們投奔怒海，追求自由，正是靠一兩兩黃金去換取的，我們無人會為了錢財而賣掉自由，只因若無自由，縱使你擁有家財萬貫，早晚也不屬於你。金城金葉雖給我們帶來過不幸，但也幫我們實踐了自由夢。至於金城的前世今生，問世間，又有多少人能知曉？

話說早年大小五金皆由信實可靠的福建老鄉執牛耳，當中有泉州人氏蔡煊，於1936年聯同妻舅王華生在西貢新街市合創金城金行，隨著業務之大展鴻圖，金城分店還擴充到河內金邊，出品以兩作單位的千足金葉遠銷東南亞，無人不愛。

金城金葉足秤一兩重（37.5公克），由俗稱「片糖」的兩塊半金葉組成，端端正正裹在長方形的柳紋雞皮紙內，包裝印有紅字商標。金葉有滾軸輾壓過留下的TT（蔡煊的姓名字頭），還有「金城金銀號」「千足赤金」「河內西貢香港金邊」之中法文說明，這些具歷史性的紅字映入誰的眼簾，誰都會眼前一亮。據歐清河說，南越易幟後，有商人願出厚酬向王華生收買庫存的金城雞皮油紙，但為王氏一口拒絕。

對老唐山來說，裹在雞皮油紙內的「片糖」，不光是普通金葉，當中還包含許多千山萬水事跡，華人世代來越扎根打拼，平時鹹魚青菜，省吃儉用，一儲夠錢就買片糖，珍如命根子藏在陶磚枕頭內，又或家中灶頭角落，藏妥後就不再碰它，到了孩子興家創業或成家立室，或應付兵役紙張，還有追求自由的投奔怒海，那就是金葉重見天日之時刻！

從前煉金業相當蓬勃，濱城街市除了金城，由越北人開的金煌、金輝、金玉、金信、金象、新新、新城等也自備煉金爐出品金葉，其中阮世才開的新城，最為出名也最易辨認，因其門口擺設一對張牙舞爪的老虎瓷雕（擋住潘珠貞街直衝過來的煞氣），它跟華人慣用石獅子守門的習慣大異其趣，華人最忌白虎，越人卻愛供奉之，街頭的榕樹頭或貧民窟巷口，就常見老虎壁畫供人膜拜。

越人金葉，成色永遠差於金城，一般是兩個 9 或甚至只得一個 9，在 9500 至 9700 之間徘徊。相對金城金葉，則努力維持在 9990 至 9995，亦即保證一定有三個 9，所謂「黃金無足赤，白璧有微瑕。」金城能夠維持該成色，算很了不起。

金城座落新街市右側的潘珠貞街 39 號，廣幫體育界名人邵雨雪的尚美金鋪位於右鄰，這條街道不長，沿街店鋪有藝生、泰山鐘錶行、東興園餅家、何少中醫師曾駐診的德和堂藥房、宜春樓大酒樓，轉角的阮安寧街有家老牌雨傘店叫「洋遮九」。

值得一提，德和堂與新街市差不多同期誕生，馬老闆聞說是西貢國泰戲院業主，亦是法蘭西銀行第一任華人買辦。藝生二戰時因囤積鐘錶零件而發大財，傳說其大夾萬每次一打開，鈔票滿瀉而出，南越變色後，藝生女婿湛先生舉家移民三藩市，後因厭世而自縊身亡。湛先生的掌珠湛錦屏曾入選過越南羽球國手，巴黎著名牛粉店為平，即為錦屏所創。

1955 年吳廷琰對華人頒布 11 項商業禁令，金城亦無倖免，在無計可施之下，金城租予越人經營，那年偏逢創辦人蔡煊謝世，其子蔡覺民無意秉承父業，只想學以致用，在中法銀行堤岸分行出任經理（堤岸第五郡警局對面），於是金城的收租佬角色就由王華生接手。

金城譽滿東南亞，本來不愁沒生意，但租下金城的越北人卻越做越差，最終把金城退回業主王華生。到了 1966 年，金城由隔鄰的泰山鐘錶行接手，股東有岑浩才、羅光、張樹槐兄弟。但同年碰上謝榮被打靶，華人商界一時草木皆兵，金城股東們不敢持牌，找了曾任職暗訪樓的潮籍老衙差陳八擔任持牌法人，直至戊申戰役後阮高奇下野，經濟部長歐長青落台，換上喜與華人打交道的范金玉，金城才歸正由岑浩才持牌。

光顧金城的人形形式式，別小覷來光顧的鄉下耕田公，他們頭戴大草笠，身穿無領的莊稼漢薄衫，赤著大腳板走進金城（他們來我家餐廳鋸牛扒喝拔蘭地也是不穿鞋，腳板大得像巨人腳），一口氣購入黃金可幾十兩或成百兩，在那個烽煙年代，連目不識丁的人也懂得買金保值。

西貢武夷危街的黎康記魚生粥，每兩三個月老闆就來金城買廿兩黃金，付的全是面額為 5 元 10 元之又髒又破的碎鈔，這些「飽經滄桑」的鈔票皆來自吃粥人的手，張張都帶有勞動者的血汗。黎康記上世紀初開業，一碗白粥售 6 占紙，生魚片同價，雖利薄如紙，惟山大斬埋有柴，白粥也可變黃金。

以前大商家每逢賺盡一筆現金，在未決定下一波投資之前，就會把手頭熱錢買入黃金，但不帶走，而以記賬方式存於金行。對金行來說一批黃金可做幾家主顧生意，何樂而不為？託管方提貨時若逢金價上揚，金行就蝕了差價，否則就賺進溢價，交易有點像黃金期貨投資。

南越變天後，金鋪無論大小，只要一查獲黃金就充公，然而金鋪的藏金未必全屬老闆，有些是顧客託管的。聽說芹苴臨「解放」前，當地富人擔心家園被戰火摧毀，紛紛把藏金移送一家叫明珠的大金鋪寄存，原因該金鋪有全市最安全的保險庫，每天鎖定一個時間才能打開，且有軍方作大靠山，豈知越共來了，反而「一鑊熟」，慘不堪言！

南越覆亡前夕，許多軍頭四出打劫富人，此時很多華人僑領的行李箱裝滿美鈔鑽石，焦候中華民國使館專車到來接載出機場，豈知使館專車等不到，卻等到南方軍頭殺上門，對方威脅若不交出財物就以通敵罪帶返 OMA 拘押。我的袁福世伯就是這樣子遭殃，他被嘉定衛戍總司令鍾進康找上其同慶大道寓所，劫走整箱子的美金。

金城目標那麼大，更加難逃南方軍之搶掠，OMA 的刑警科大隊漏夜來拍門，將保險箱的 2000 兩黃金統統掠走，說是帶返舊伍倫第二郡警察局扣押，不過對方還算盜亦有道，經談判後，允讓金城領回千多兩，只留下 500 兩作為黑警兄弟的逃亡費用。

這批安寧部黑警也不放過其他越北人金鋪，按照江湖規矩，每家掠走 500 兩，10 餘家金鋪合起來恐要損失 6000 兩。但無論如何，南方軍官再貪婪也只取 500 兩，沒讓店老闆一煲清袋。金信老闆後來去了美國，獲悉當年洗劫其金鋪的刑警上校也在美定居，於是夥同幾名壯漢找他算賬，結果當然不得要領，金信老闆唯有把對方臭罵一頓來洩心頭之恨！

金城工場的煉金爐足可媲美太白老君的煉丹爐，雖然煉的並非長生不老藥，但煉的是給越南經濟補身的「大力金丹」。昔日金城日產金葉五六百兩，環顧全國有誰能作出如此巨大貢獻？金城歷年為越南的厚積薄發儲足本錢，若說華人對居住國沒貢獻，實在很不公平。

二戰後法國人重回越南，宣布廢除紅頭黑腳的龍嘜鈔票，東方匯理銀行把回收的廢鈔送去白藤碼頭的 Bason 兵工廠（三板廠）付諸一炬，另有部分則送金城的烘爐焚化，所以金城的煉金爐很值得博物館收藏，它的烈焰照亮過越南的經濟，也見證過動盪歲月的京華春夢！當金城由岑浩才、羅光、張樹槐等人接手經營，為精益求精，從法國訂製效率更高的煉金爐，令產能更上層樓。

時局變天之後，黑市黃金交易空前蓬勃，金葉還價分幾等，有所謂「大山」「細山」「明柳」「暗柳」「光身」「沙底」之差別，這純粹是經紀客為了炒賣而巧立名目，其實所有金葉均為千足赤金，金城以劃一價格發售，惟流入炒家手中，就名堂多多。

出品金葉是須要經過模具輾壓，當歲月一長，模具便有磨損，在金葉留下深淺不一的柳條斑痕，清晰的柳紋就叫明柳，相反的叫暗柳，輾壓模具完好時期的產品，金葉光滑，就叫光身，否則叫沙底，若模具留下一個看似山峰的小斑痕，又會被渲染為「大山」「細山」兩種價格，以前凡屬「大山」及「明柳」的金葉，都會被經紀客炒高兩三美元。

亂世騙子滿街跑，騙金老千最擅長是偷龍轉鳳，或偷偷剪下金葉的一小角，詐騙手法層出不窮。我曾目睹老千在我親戚家的餐廳用「偷梁換柱」之計把賣金人的鈔票換成廢紙，後來上得山多終遇虎，公安在餐廳預先埋伏，把騙徒一網成擒。

當半公開偷渡潮起跑，不少聰明人與其用十或十二兩金去買一個偷渡船位，倒不如假裝送船，用一或二兩劣質黃金收買把關幹部，結果就輕易登了船。海虹號發生危險超載之事，正是由於幹部私自收下黃金數千兩，硬把幾百名「不速之客」臨時送上海虹號，船主不敢拂逆其意，只有啞忍份兒。

赤色歲月裡，匹夫無罪，懷金其罪！當越共大隊人馬上門抄家，第一件事就是搜查黃金，一旦搜獲，則寸草不留！

金城股東們不但被勒令交出黃金，還被帶到海軍總部囚禁，該處還關了陳清河、羅義、許逢鎮、朱濤生等西貢華商，偵訊幹部不分晝夜恐嚇他們須交出所有藏金，後來該囚牢又多了前華運分子盧家藩，此君剛解放時不可一世，豈知也很快淪為階下囚。

已故老友魏保光兄，即孔子大道天保堂藥房暨勝利雪廠東主，抄家時他們夫妻被隔離審訊，入夜各有男女幹部「陪睡」在側，每到三更半夜就被身邊幹部搖醒，然後接受疲勞轟炸式迫供，又佯說閣下老婆或老公已經全盤招供，促他或她好好跟革命合作。保光兄說他當時差點被逼瘋了，難怪會有那麼多人自殺，紅花油成搶手貨，亦有人不堪藏金盡失而淋汽油自焚，三腳橋即曾發生一例，結果蔓延為一場社區大火。

越南網友把大富商李良臣寫成金城始創人，完全不對。查實李良臣未發跡前是在金城打工，職責只是一名行江，也一直追隨九江籍煉金師傅曾阜左右（又叫曾家阜，香港中盛投資公司創辦人）。

曾阜是金城始創期的靈魂人物，金城能夠出品三個9金葉，應歸功曾阜的煉金術。家姨丈陳慶，與曾阜分屬同鄉，二人擅長煉金，在金城共事，但在際遇上，兩人卻有天淵之別，曾阜赴港發展，風生水起，視富貴如浮雲的我家姨丈，則留在堤岸白鐵街市開了一家生意淡薄的茶室。昔日堤岸商界有兩個點石成金的九江人，一個是張一帆，另一個是曾阜。

離開金城之初，曾阜曾另起爐灶，創立泰豐，未幾又跟越商合作在阮安寧街開達信。每次的商場異動，曾阜都把李良臣帶在身邊，同進共退，即使後來李良臣晉升第一富商，每次有重大寸頭調動，李氏仍得仰仗曾阜的一臂之力。

後來曾阜赴港發展，跟董建華的父親董浩雲合作從事拆船業，船王回收廢鐵，曾阜回收船上器材，並在筲箕灣買下大片地皮興建倉庫用來存放回收物，當拆船業式微，曾阜就把倉庫改建工業大廈，再變成鋪位，如今香港「鋪王」的名單有曾阜的中盛集團。朋友說，具九江佬節儉美德的曾阜喜歡乘搭叮叮車，常讓自己的勞斯萊斯在叮叮車後面慢慢跟。

有件趣事不得不談，就是金城每隔一週就有一位撈鬆（老兄）到來回收地面沙塵垃圾，工人木屐，還有排水渠的過濾容器等，這些回收品是要拿去焚化，藉此融出肉眼看不到的金糠，然則究竟有無收穫？光看該湖南大叔一做就做了十多年，可見黃金垃圾堆裡淘，收穫一定不差。

「滿城盡帶黃金甲，黃粱一夢百花殺！」曾經輝煌無比的金城現已如古羅馬龐貝城之隕滅，幾乎沒留下任何雪泥鴻爪。至於舊日的「明柳暗柳」「大山小山」，在時代的烈焰裡早已完成了轉世輪迴。

餐搵餐食餐餐有

今天，你仍記得剛「解放」的那段日子是怎麼熬過去嗎？

三更半夜被合作社人員拍門叫醒去輪購發臭的豬肉瓜菜、家家戶戶婦女坐在家門前像挑虱子般低著頭從粗糙米粒裡挑出砂石及小黑蟲、還有那些只需吃一碗就飽到上喉嚨的社會主義天堂恩物 Bo Bo（薏米）……諸如種種的經歷，誠屬畢生難忘。當時我們還開玩笑說，平時別習慣吃得太飽，六分飽最好，避免腸胃撐大了，哪天缺糧會特別難熬！

今天不知明天事，那時的人餐搵餐吃，今天你運氣好，吃得飽，但不保證明天也一樣，萬一被抄家，或被驅趕到新經濟區，那就更加苦過梁天來，慘過金葉菊！今天我們不捨得倒掉冷飯殘餚，每頓飯都吃到「美人照鏡」，原因我們每個人都嚐過糧食分配的苦哈哈歲月。

變天後出現很多新名詞：「政治學習會（Họp）」「組合公司（Tổ Hợp）」「管理（Quản lý）」「通行紙（Giấy Đi Đường）」「糧食配給（Bao Cấp）」「Tăng Gia

Sản Xuất（增加生產）」「Vượt Mức Chỉ Tiêu（超越指標）」等，均屬我們前所未見的「鐵幕產品」。

南越是世界三大糧倉，即使兵燹連年也無人捱餓，連最窮的人也有米下鍋，然而當戰爭結束了，人民當家作主了，反而糧食不夠吃，需要政府「管理」，全民實施配給，每個家庭獲分派糧食冊，豈不奇哉怪也？

南方人第一次見識蓋滿了印章的糧食冊，那份痛苦與震撼，實非筆墨能形容，大家過去只從媒體聽聞鐵幕國家的糧食分配，也讀過不少鐵幕趣談如，蘇聯官員吹噓說下一個 5 年計劃實施後每 5 人就有 1 架飛機，美國官員問要飛機幹嗎？對方答當然有用，莫斯科的人知道列寧格勒有香腸輪購，就可以立刻開飛機趕去排隊。當時大家做夢都想不到，這些荒誕不經之事，1975 年大變天後竟會發生在自己身上。

配給制限每人每月購大米 9 kg，附帶幾公斤粟米、白薯、薏米等副糧。然而分配的米，多數發霉有蟲，許多市民不得不忍痛買黑市白米來下鍋，1 kg 黑市米大概要 7 元新鈔，等於 1 美元，普通工人的薪水是 40 元，不夠買 10 kg 黑市米，這在 1975 年之前，是無可想象的事。

豬肉當時限購多少克？記不起了，只知北方人的糧食分配比南方人更慘，豬肉每月分配是 150 gr，政府還宣揚這是符合聯合國的營養標準！每月吃 150 gr 肉，換了是今日，連一碟豬扒飯也做不出來。

不過高幹享有特權，每月獲豬肉配給是 6 kg，說明社會主義所標榜的階級平等，全是謊言大炮，光看中國共產黨自延安迄今，天天享受高營養的「特供」，就知道共產主義的愛說謊天性。

戰時的北方很慘，無肉可吃，據聞一所大學試過 200 名大學生分享一隻 7 兩重的草鴨，那年代的口號是：《Sống cùng sống, chết cùng chết》意思是活著就一起活，餓死也要一塊見馬克思。邱吉爾說得妙極了：「社會主義的好處是平等分享痛苦！」

回憶到福門勞動的日子，每人要自備 9 kg 米前往，我分兩次攜帶，有次揹著重甸甸米包走過獨木橋，差點連人帶米掉進水溝。每天午飯大夥在勞動的荒地開餐，四人分吃鹵蛋一粒，連汁也少之又少。我帶備一個 Guigoz 奶粉罐（這種法國奶粉銻罐子曾經是勞改營及偷渡者的隨身恩物，老人家也用它來儲藏棺材本）的鹵腩肉，是祖母做給我加餸的，吃了四五天，味道變餿，入口發酸，換了平時必拿去丟，但我不捨得，餿了也照吃不誤。

北方失去中共的援助，缺糧問題很嚴峻，當地人吃的是「蘇維埃社會主義天堂」才有的幸福 Bo Bo，吃少量便能飽肚，多吃更令人便祕。南方雖是魚米之鄉，但要供糧北方，又要給蘇聯抵債，一碗飯分開三份，後果自然僧多粥少。儘管如此，官媒天天都高唱各地生產戰線形勢大好，農業大豐收，工廠超額生產，出色完成指標任務等，媒體報喜不報憂，是共產黨的一貫浮誇，但越南再浮誇也比不上中國大躍進的「放衛星」，所謂畝產三萬六千斤糧的大話，結果換來四千萬人餓死之歷史大悲劇。

當時運送鮮肉瓜菜的大貨車無冷藏設備，很多運輸必須在大熱天趕路，抵達城市時糧食已發霉變味，就算沒變壞，但合作社無冰箱可供存放，故非要在第一時間沽清不可，碰上大貨車三更半夜抵埗，合作社社員會漏液拍門把民眾從春秋大夢中叫醒，催促大家瞪著惺忪雙眼去購買，我家試過好幾次漏夜趕去買豬肉，可惜到手已變壞，但轉賣出去仍不乏問津者，發尤其是肥豬肉，即使發霉也很搶手，足見社會窮人甚多，每天不是吃發霉米，就是吃發霉白薯、發霉麵粉，或堅如石頭的雜糧。其實當時也是被迫光顧合作社，為的是害怕有人打報告，越共會來清算我家。

華人多數抗拒合作社，寧願多花點錢光顧黑市，幸好南方始終是南方，小買賣在工商業改造浪潮下，仍能在夾縫中掙扎求存，華人的糧食手冊經常備而不用，為免被土共

（Ba mươi）打小報告，人們偶爾會穿得邋邋遢遢到合作社排隊。到了後來，合作社門堪羅雀，無貨可賣，只好關門大吉，標誌黎筍的 Bao Cấp 制度全盤破產。

變天的頭兩年，全國缺糧，很多人吃不飽，我有個住在堤岸澤街的窮叔公，早午飯分別安排在上午十時及下午四時，省掉一頓晚餐，一入黑就上床，藉著見周公而忘記肚子打鼓。叔公說他的街坊都是這樣子勒緊腰帶等上天堂。其實按照當時宣傳，我們已經活在社會主義的幸福天堂。

未變天之前，叔公最喜到廣院的花園跟其他老人做甩手晨運，午飯就上員工飯堂搞掂，那時華人團體很可愛，公立醫院等於大善堂，飯堂常有不速之客來「黏餐」，院方不引以為忤，觀念上多一個人不過多一雙筷子，以致廣院每月大米的消耗成千公斤累計兩百多包，後來醫院被越共接管，吃大鍋飯的天下為公現象，反而在社會主義旗幟下消失。

越共進城之初，年輕人天還未亮就被叫去做晨操，其時我家住在西貢甘密博士街，每早要在阮太平街第二郡警察局門前報到做晨操，人人睡眼惺忪，跟著一個思想很紅的福建華青做早操，此人是銅鐵商的兒子，明明是資產階級，卻把自己裝成非常先進，滿口革命經，結果最先投奔怒海的人是他。

變天之初，大學生常被叫去開會及掃街，地點一時在鳴遠，一時換了知用，最後又在啟智，我在那裡碰到文友雪夫，他看來弱不禁風，還說要配合革命，落鄉插戶，後來聽說這位很有才氣的文友在鄉下病逝。

記得當時我們這群假紅衛兵，五六人一組，拉著木頭車在趙光復街漢興茶家一帶巡來巡去，沒收人家的港台武俠文藝小說，其實我們裝腔作勢而已，怎會真心沒收書籍。正是那時刻，我察覺到天后廟來了很多衣衫襤褸的金邊難民，從他們口中得悉柬埔寨正在上演一場種族滅絕的大浩劫，當時我真不敢相信那些託庇婆廟的婦孺老幼，全都經歷九死一生！一名老者含淚對我說，他一家徒步逃亡到越南，家人大半死在路上。

沒多久，華文解放報開始長篇連載海外孤兒（李金城）著的《金邊浩劫》，透過該報導，我對柬國的反人類慘劇又加深了許多認知，該連載文章詳述柬埔寨華人遭受赤柬虐殺之經過，字字血淚，慘絕人寰，文中還披露中共專家見死不救，在金邊1號公路的三夾板廠掛上一面牌子：「華僑不是好東西」，不啻認為華僑死有餘辜，令人憶起史上荷蘭人在印尼洪溪屠殺華人上萬，乾隆皇也是大讚荷蘭人殺得好，並稱華人貪戀無歸，自絕化外，乃自作之孽。

作者李金城在巴黎對我說，解放報發給他一筆可觀稿酬，他將之變換一車白米，送去柬埔寨難民營。其時解放報的另一叫座連載是唐人著的超級爛書《金陵春夢》。

「以物易薪」是黎筍在當時的治國路線，原因馬克思主義本來是不主張貨幣存在，因貨幣代表私有制，必須消滅，所以南方也嘗試跟北方看齊，物質須高於貨幣（赤柬恐怖統治期間完全廢除鈔票），政府發薪水也只發一半，餘下以物質代替，工人一般工資領 40 至 60 新鈔，除此之外尚可領一袋麵粉、一袋沒鴨蛋成分的純麵條、一袋粗米、一袋黃沙糖、幾包香煙、幾罐煉奶、一桶臭得要命的蘇聯汽油。那時工廠學校機關用劣質物品來權充假薪，政府發假薪，工人只好幹假活、開假會、寫假報告，一切皆形式至上，沒人肯真正踏踏實實做事，總之你假我又假。

合作社發給很多東歐麵粉，我們拿去山寨廠製成麵條，那時造麵作坊生意應接不暇，須日夜加班，有時一團團的麵條來不及烘乾，廠家就催顧客帶走，於是家家戶戶門外出現麵團晾曬奇景。

南越易幟 4 個月後，亦即 9 月間，噩夢降臨，先是 9 月 9 日的資產階級批鬥運動雷厲展開，繼之是 9 月 21 日大換鈔。

中秋節當天傍晚，解放政府突頒布全國戒嚴，翌日進行大換鈔，華商晴天霹靂，人人不敢暴露財富，家中藏款只拿部分去兌換，餘下的就四處拜託親友代換，真的無法可想就關起門來燒鈔票，火焰映照著往往是一張老淚縱橫的臉孔，想不開者有人仰藥身亡或淋汽油自焚。有人託親友代換，對方卻去如黃鶴。亂世如一面照妖鏡，把人的貪婪照得無所遁形。

服務東京銀行的家父，漏夜被召去左關處理換鈔工作，一連幾天不許與親友聯繫，想洗澡也無設備提供，入夜席地而睡，換鈔比例是 500 元舊鈔兌換 1 元新鈔，每戶頂多只許換 10 萬元舊鈔，餘款強制存進銀行。有次家父見女高幹自外帶來一個大布袋舊鈔，囑父親立即處理，不許問長問短，個中弔詭，不言可喻也。當時誰家有紅白事要花錢，得申請好幾個蓋章，始獲准許提款，但上限是 30 元，這些存款可進不可出，到了最後更加人間蒸發。

換鈔後的市面一片蕭條，入夜更如死域，變天後就以這段日子最難熬，也讓人們上了生平最寶貴的一課，當你不關心政治，政治總有一天找上你，大家終於大徹大悟，原來世間萬物，只有自由才最可貴，於是人人渴望衝破鐵幕，即使九死一生也不在乎。可惜華人出來後，九成都是好了瘡疤忘了痛，整天說自由不好，中共的極權體制好。

換鈔甫結束，民間掀起了婚嫁熱潮，我的幾個同學及表哥均在這段期間匆匆走進「愛情的墳墓」，做父母的為免有第二次換鈔，鈔票又再變廢紙，加上逃亡在即，不如趁手頭還有點金塊，便催促年輕人早日拉埋天窗！我的湖北人同學相親兩次，就奉父母之命成婚，我也忙著客串婚禮攝影師。那時的婚禮無人膽敢鋪張，在家劏雞殺鴨，擺兩三桌，宴請姨媽姑爹就算聊盡禮數，至於渡蜜月嘛，就是「投奔怒海」！

窮則變，變則通！路邊攤販及經紀客取代了傳統店鋪。文教界人士聚集拉架街、阮煌街、洪龐大道一帶擺地攤，海光音樂學院校長葉廷基在梁海記門前開檔，昔日的無冕皇帝紛紛改行賣露天咖啡或香煙，我的一位教師同學在豪華戲院賣冰條。也有人因自己的土共身分，比較敏感，落難了不好見人，遂到鄉下開養雞場。

家父有一位陳姓莫逆，妻兒原在拉架街擺地攤，於換鈔後陳叔叔登門求父親出借三兩黃金，用來投資山寨原子筆作坊，那時個個泥菩薩過江，基本上借貸免問，但家父顧挨義氣，允他所求，來到法國後家父繼續給他郵寄瑞士原子筆鋼珠，皇天不負有心人，今天陳叔叔父子終於闖出一番大事業，還成為越南原子筆暨文具大王，共和路到處是他公司的廣告。

當政策鬆綁，原已休克的市面終於有了呼吸，家父跟朋友在阮文森街合資開經濟西餐，掌爐師傅很了不起，他們先後在德可百家樂和西貢天南兩大餐廳任職，是他率先帶動吹波雞熱潮，本來生意不俗，無奈當時的工商業改造朝令夕改，好不容易取得地方公安批准，不旋踵又說市委下令取締，以致經濟西餐變成打游擊生意，時做時停，搬來搬去。

後來搬到博愛學院阮表街口峴殼加油站鄰巷，我家的經濟西餐才安定下來，百家樂招牌亦重新擦亮。這次站穩腳，除了因政策鬆綁，尚因我們的包租公是一位河內潮籍高幹，跟我們分屬同宗，有他撐腰，萬事好商量，當我們全體股東遠走他方，百家樂順理成章由他接手。

我還記得郭太太是河內廣府人，甫移居西貢，就形象蛻變，把自己打扮得非常時髦，郭太擅唱女腔粵曲，歌藝不凡，暇時最愛在家放紅線女的黑膠唱片，我邊吃西餐邊聽女姐的昭君出「菜」，頗覺有趣。去國多年後，我上堤岸順橋飲早茶，意外見到郭太在台上客串高歌！

百家樂晚晚高朋滿座，吹波雞每晚售 40 多隻，平安夜百家樂的吹波雞賣出逾百隻，連貴價的生汁龍蝦也能賣 30 客，且銷售一空。當時吹波雞每隻售 10 元，龍蝦售 20 元，相當阮文紹舊幣的 5000 元、10000 元，不算很便宜，但照樣有人捨得吃，毫不吝嗇，甚且供不應求。

大啖生汁龍蝦的人，一定恍如隔世，這在變天之初是完全不敢想象的事，越共一入城就誓言剷除私有制，嚴厲取締所有街邊小販，連一檔擺賣了半世紀的雲吞麵車都被驅趕，那時誰都以為今後要吃一輩子社會主義的粗糧雜糧，根本無人會料到還可吃生汁大龍蝦。

胡志明市革委會主席武文傑，頭腦與鄧小平差不多，他曾經佛口婆心勸止黎筍勿把華人驅逐出堤城及頒布禁絕華人經商之不近人情政策。他還借重前朝副總理兼央行行長，出身哈佛大學及世界銀行的阮春瑩（沈翠姮的丈夫），共同推動經濟有限度開放，政策好比換雀籠，由小換大，同樣關著鳥兒，但鳥兒多了空間，雖未騰飛，但起碼能跳上跳下唱歌。

黎筍去世後，阮春瑩還大膽說服越共黨中央放棄馬克思主義的部分教條，容許企業私有制存在，允其獲得銀行融資。聰明的阮春瑩第一時間找來華商共襄其事，他知道越南經濟的起死回生不能沒有華商，政府的第一步就是重新起用華人資產買辦，合創 5 家公司（按，西堤原本有華越貿易公司 3000 家，越共入城後全部結業，所有倉庫亦搬走一空）恢復對外貿易，而貿易優先對象選定新加坡，政策立竿見影，短短兩年內，該五家公司的貿易額，竟然等於整個北方的總出口，簡直不可思議！

其實早在貿易展開之前，越南政府於 1978 年就已經跟新加坡人共同合作人蛇走私，方式是用大貨船運載船民出海，所得黃金互相分賬。所以後來有越航客機被劫持飛新加坡，李光耀政府不顧國際輿論指責，決定原機遣返西貢，就是不想得罪越南這個貿易新夥伴。儘管華商貢獻至鉅，但始終有鳥盡弓藏之日，當 IMEXCO 崛起，該貿易五虎將便功成身退矣。

市場日益鬆綁，民眾呼吸暢通了，笑容也多了，無人再懼怕被驅逐到新經濟區，那時連青年下鄉勞動也變得寬鬆，不願下鄉者可花錢請人代勞。市面貨物恢復充裕，不知何時起，人們的糧食冊變成了廢紙，那些社會主義的「幸福糧食」——Bo Bo，想找一碗來思苦憶甜也不容易。

那時革命政府開始懂得變通，以收稅方式容許擺地攤，一來增加國庫收入，二來解決失業問題，三來正好發揮人民的積極性，有百利而無一弊，當時很多商人因吃過被清算的滋味，再也不敢做大事頭，寧願把店鋪大門關上而搬到路邊擺攤，一時之間全民皆小販，個個都活得開心。今天中共總理李克強大搞地攤經濟，正好是半世紀前越南的翻版。

當時只須觀察富林的野味越菜館，夜夜高朋滿座，消費者吃的若非藥材燉穿山甲，就是沙煲炆果子狸，在新馬路客家菜館大嚼鹽焗雞、在和平街市新雅酒家大啖燒乳豬和燉蛇羮、而國有化的同慶、賽瓊林、美麗華等，還有西貢河畔的美景樓、銀座等，消費者開懷大吃大喝，不亦樂乎。平民喪殯也辦得越來越鋪張，動輒召來十多支銅樂隊大奏《今天不回家》或《檳城艷》，連大紅袍喲吖隊也有七八支，在在反映經濟之重拾活力！

西貢舊街市燕芳園茶室的路邊洋酒攤，生意暢旺，老闆娘售賣的干邑拔蘭地及威士忌，乃如假包換的正牌貨，一瓶 VSOP 馬爹 12 美元，紅紙威士忌（越人叫 Ông già chống gậy）則 8 美元，仍不乏劉伶光顧。咸宜大道是法國日本二手車的露天交易場，北方人來這裡搜購，帶返河內海防轉售。當時連山葉牌的漁船馬達也有人叫賣，炒到二三百兩黃金一部。西貢巴士德街百藝學校門外的舊書攤，專賣美軍留下的《花花公子》《閣樓》成人雜誌，對北方幹部而言最具吸睛效果。

變天之初，為掃除階級差別，所有高級飯店全變平民食肆，不論西餐啤酒，價錢一律大眾化，比黑市還便宜。那時只要有點收入，我也曾大喇喇光顧皇后、大陸等觀光飯店，要不前往市政廳路口的 Pagode 品嚐一客燒雞馬朗哥，西餐吃膩了就到白藤碼頭水上餐廳銀座吃牛肉七味，吃時憑河遠眺對岸的點點漁火，吃得舒暢無比，真該感謝胡伯伯。

那時政府嚴禁私人派對，誰被公安抓到，須掛牌遊街示眾，當然這跟文革式遊街截然不同，畢竟南方人受的教育遠勝中國文革盲從，群眾不會對你投擲石頭，頂多是掩嘴而笑。今天胡志明市公園隨處可見民眾跳恰恰或牛仔舞，早上跳，晚上跳，校內也跳，再無人須要掛牌遊街。

Đổi Mới 政策上路之後，許多西洋樂手歌星重新歸隊，不過樂隊演奏只限的士高板的革命紅歌及世界民謠，《關達那摩姑娘》《鴿子》《往日時光（越文版是遊牧情歌）》等被翻唱得最紅火。堤岸麗聲 B 戲院的「南方芬芳歌舞團」晚晚爆滿，華人歌星韋保羅、黃慧君、氣功師陳雷鳴是該歌舞團的台柱，韋保羅用山地舞手法重新編導 Tiếng Chày Trên Sóc Bom Bo 大獲越南藝界好評，陳雷鳴表演的拉鋸琴亦很叫座。三多戲院的新派西樂粵劇《雷雨》更是連滿三個多月，當時堤岸還出現戲迷會呢。

經歷過打資產及兩次大換鈔，當時的人有「死過翻生」之感，多數人看破世情，覺得錢財乃身外物，享受人生才是第一，發大財的經紀客天天大吃大喝，結果有不少人腦溢血中風。投奔怒海進入高峰期，大家離別在即，更是今朝有酒今朝醉，只求與君更盡一杯酒，他日出海會無期！

1977 年 5 月 3 日第二次換鈔登場，每戶財富若超過 3000 元新鈔就屬工商改造對象，但這回大家都懂得如何兵來將擋，水來土掩。最主要是北方幹部嚐過資本遊戲的大甜頭，懂得誰進場，誰就有機會發大財。

1978 年 5 月 27 日越南公布華人新政策，凡華人有意回籍及回國，須預先向居住地公安單位辦妥回籍表格填寫，而且規定每人離境只准攜黃金 20 克（半兩），白銀 100 克，若是整個家庭離境，不得攜帶黃金總量超過 75 克，白銀則為 500 克，這些苛刻限制很不近人情。但仍有不少華人相信中共愛護華僑，且一定會派船撤僑，大家競相賣屋賣床，束裝就緒。

誰知中共所謂派船撤僑，只是虛晃一招就班師回朝，許多華人受騙而落得無家可歸，大家再次領教了中共的言而無信！最苦是服務軍公教的華人，一旦申請回籍就立刻成為打壓對象，我的一位曾姓朋友，在陳友莊學校任教，須漏夜躲起來，因他辦理回籍，地方公安就上門要抓人。

給大家說個故事，我有位金邊難民村好友蝦叔，獲全國警總衙僱聘為常駐理髮師，每天給解放軍理 30 多個頭，連剪刀都鈍了口，仍不夠養家，於是他放下剪刀，改行拿菜刀，賣狗肉煲去了。

當時的阮豸街和吳權街，經紀客多如過江之鯽，堪稱堤城最大地下金融中心。我有朋友沒半文本錢，學大夥兒站街，如此守株待兔竟也守出成果，有大老闆主動把 1000 美元及 10 兩金交付於他，囑咐他自己找客源交易，不夠再加碼，入夜才結餘，彼此數目分明，不欺不騙，全憑一個信字。那時連巴沼舊邑的越南經紀客也來阮豸街向華人要貨或託售，越人對華人的信任真的沒話說，同樣地把金葉放下就走，改天回來結算。

當時的黑市金融有兩員潮州大佬坐鎮，一個是「滙豐老」，另一是「興成老」，他們來自金邊，難民村的「貨」多數由兩人支配，西貢舊街市有叫成哥者（化名），也是黑市交易的幕後大老闆。這幾位金融大佬還做港單生意，正好填補上一代華商遺下的空缺，為偷渡者把財產轉移到香港，如果外地人欲寄錢資助在越親友偷渡，只要透過他們就會有辦法。

當時有經紀朋友向我透露，難民村的黑市金融能夠蓬勃發展，皆因金邊華人無需害怕被下放新經濟區，越共扶掖韓先上台，對滯越的金邊難民特別包容，即使他們兜售假通行證及假金邊出生紙，就算被抓亦獲從輕發落。唯一最特殊個案是敝友B君售賣通行證給一偷渡客，不虞有他，誰知事後被抓去清化改造，原來他朦查查把通行證賣給了南越復國軍！

那時金邊人申請來法，手續容易，於是有不少華人女子跟金邊難民辦假結婚出國，代價由黃金 10 至 20 兩不等，費用雖昂，總勝於投奔怒海。其時堤岸有好幾名金邊難民，跟移民局搭通天地線，他們可幫忙把出境紙弄到手，這幾位衙門駁腳後來移民巴黎，成為潮州同鄉會僑領。

黑市黃金交易活躍，這也是騙徒四出覓食之良機。當時我在西貢舊街市咸宜大道幫長輩打理飯店，常有騙徒來飯店布局，他們裝成經紀客向顧客收買黃金，當騙徒收下黃金，會把鈔票交付顧客清點，確認銀碼準確無誤，騙徒就假好心把鈔票要過來用橡皮圈扎好，就趁這一剎那鈔票被掉包，當各自散，顧客驚覺手中拿到的竟是一團廢紙，嚇得魂飛魄散，在街上狂奔，四處尋覓騙子，哭得像個淚人，非常可憐。

廣東人把討生活說成了搵食，在越南搵食，到國外闖也是搵食，所以「解放後」準備逃亡或等候機期者，曾興起一股拜師學廚熱潮，以為到了外國可藉此技能搵食，於是乎十指不沾陽春水的富太太，紛紛捲起衣袖走進油煙瀰漫的廚房，飛刀舞鏟。老實說，當時大家怎麼也想象不到在洋地方打餐館工是很辛苦的，而且幾乎不見天日的，我自己就有過此體驗。

當時賽瓊林、愛華、玉蘭亭、新雅等酒樓的大師傅，甚至檔次稍差的新馬路飯店「候鑊」，個個忙於開班授徒。學做酒樓菜的學費不菲，需好幾兩金代價，但仍有人願拜師，畢竟經歷過巨大變故，大家對金錢的觀念再不復往昔，況且攜帶財富出國要冒險，與其如此，不如花錢給自己做增值投資。據說曾經教過不少富太太炮製酒樓菜的賽瓊林大師傅吳章，移民美國後，鴻運當頭，中了頭獎，立刻打本給兒子開餐館。

不知誰說過，老外很喜歡吃油炸鬼，到外國光是賣油炸鬼可搵到三餐！於是人人一窩蜂跑去學做油炸鬼和笑口棗，金邊來的潮籍老鄉正好大演身手，我最欣賞他們教做的笑口棗，炸得又大又脆。某金鋪老闆則學做潮州薄餅 Bò bía，拜師對象是遠東蔗水門外的薄餅小販，學費一兩金！

月餅學習潮掀起之時，連鐵匠木匠也受惠，原因做月餅需要鐵製烤箱和木雕餅模，這些工具總得找人訂造，於是老師傅們天天有工開，月餅模具供不應求。那時的烤爐是放在炭火上燒，有點像大陸的土法煉鋼。

最滑稽是，人們離境時，個個帶著月餅模具登機，代表著每個人的「登月自由夢」。當時也盛傳西方國家沒電飯煲，人們擔心在洋地方沒飯可吃，以致日本樂聲牌電飯鍋不管多貴都有人搶購（日本電飯鍋也是北方幹部搶購的頭號熱門貨），我們華人名副其實是「飯桶一族」！

富太太除了學燒菜，也學糕餅烘焙術。然而一旦在西方定居，這些舊日所學，全都被荒廢掉，只剩檸檬蛋糕，仍然是許多富太太的唯一拿手絕活。據聞加國若干富太太常在家接單造檸檬蛋糕，以打發無聊時間。同慶大酒樓張太太在多倫多做的私家檸檬蛋糕，鬆軟可口，遠近馳名。

往事如昨，如今恐怕再無多少富太太仍有氣力烘焙檸檬蛋糕了，人生如果是一桌飯菜，現在該到了吃檸檬蛋糕之尾聲。

湄河美食風情畫

看過法國電影《情人》，沒誰不知沙瀝有個風流倜儻的黃公子，在湄河的美順渡頭邂逅芳華 15 的法國女孩瑪加麗特杜拉，兩人一見鐘情，譜下難捨難分的戀曲。

沙瀝夾在前江和後江之間，是一處得天獨厚的魚米之鄉，除出了一個風流黃公子，還出品河粉及肉餡大包，馳名全國。湄河男女最多情，連美食也同樣令人一嚐傾心。

老父一提起沙瀝河粉就讚不絕口，說河粉柔軟綿滑，不論佐以雞湯或撈豬油靚抽均不叫人失望。老一代人解釋沙瀝美拖等地，兩百年前是真臘國荒蕪之地，全靠華人開拓，才聚合人煙，粵人的米食製品很早就流傳當地。拜水源充沛，盛產白米，故沙瀝河粉、米粉、粉餅、粉皮等品質超眾，沙瀝湯粉跟美拖粿條、金邊韌粉，是南越西部小吃的三張王牌。

早期的沙瀝湯粉很樸素，符合老一代人的儉樸飲食習慣，河粉配料只有瘦肉豬肝豬腰豬心，不似今天多出鮮蝦、墨魚、肉扎片、鵪鶉蛋、韭菜、青蔥、芫荽、豆芽、冬菜、紅蔥蒜末、豬油渣、紅辣椒等，所有「梅香（丫鬟）」角色應有盡有。昔日沙瀝河粉店全是華人老闆，馳名者有 Cá 叔（佳叔）、志成、嶺南、志記等店，皆為父傳子、子傳孫之老鋪。

據越人記載，沙瀝有建築判頭商黃盛貴，每天一早就光顧嶺南的沙瀝粉，吃法井然有條，桌上除了熱氣騰騰的淨湯河，尚有豬骨一碗，豬心豬肝豬肺一碟，蕉絲香草一碟，拌以指天椒的甜抽及魚露亦各一碟，黃老闆分類醮吃，慢慢品嚐，慢慢回味，連骨髓精華也吮到開花。

戊申戰火那年，沙瀝河粉忽像炮彈般炸開了知名度，西堤老饕們三不兩時就吃沙瀝粉，視之為飲食時尚，這要感激改良戲藝人沙瀝五婆，其時夜夜宵禁，劇院影院全部停業，藝人生計沒著落，瀕於斷炊，老旦伶人沙瀝五婆暫時轉行，在堤岸用自己藝名開了一家小吃店。

經常演惡家姑或慈母的五婆，很有生意眼，她的小吃店開在人流暢旺的英德學校隔鄰，亦即阮智芳和雄王交岔口的鐵軌旁（附近有一家叫映紅的牛肉七味餐廳，名氣跟自由太平洋學院對面的 Bagolac 不相上下）。

沙瀝五婆為了保證粿條的道地風味，僱專人每天乘「野雞車（車窗常掛有許多雞籠的城鄉客運車）」自原產地沙瀝趕運新鮮粉來堤。沙瀝五婆還於門外設多座巨型蒸籠，售賣沙瀝大包，並豎起一個粉筆字看板在路旁：「Bánh Bao Cả Cần（大哥勤肉包）」。

周星馳的「功夫」，有個暗瘡滿臉的趙薇在路邊賣饅頭。沙瀝五婆當然不會用暗瘡女孩作標誌，她以自己的 Áo Bà Ba 舞台畫像豎起一個大看板，以廣招徠。日子久了，該看板就成了堤岸阮智芳街地標，你只要說出沙瀝五婆，計程車就曉得把你送到炊煙裊裊的鐵軌旁。

後來沙瀝五婆捲入商標侵權官司，興訟人是美拖名廚陳奮勝（現居滿地可，擁有三家食肆），據說 Bánh Bao Cả Cần 是他所創，聲稱擁有商業專利權。但有消息指出，告沙瀝五婆者是富潤市一名狡猾商人，他目睹沙瀝五婆生意滔滔，心生一計，先赴美拖跟陳奮勝洽商專利，待手續辦妥便入稟告沙瀝五婆侵權，法庭一審判該商人勝訴，促沙瀝五婆必須賠償對方所有損失，五婆嚇得呼天搶地，全力聘大律師上訴。

後來該民事訴訟達成庭外和解，沙瀝五婆把店子賣給大包原創人 Ông Cả Cần，但繼續提供其形象作宣傳，每月收取很可觀的形象費，總之和氣生財，皆大歡喜，沙瀝五婆的看板繼續留在阮智芳街成為民生亮點。

若我沒記錯，影響之下，有陣子堤岸刮起吃大包熱潮，拉架街就有好幾家食肆專門賣大包，沙瀝五婆斜對面的新建大廈（慈德寺樓下）就有一家新開張的頂好，以大包作號召，天天客似雲來，頂好大包用料更為上乘，冬菇臘腸從來不缺，比沙瀝五婆大包更為真材實料及美味。

時代不同，今天的茶樓不再賣大包，而只供應短小精悍雞球包、叉燒包、小籠包、湯包等。大包已過氣，讓位給日新月異的精緻點心，茶客喜歡少吃多樣，適合勞苦大眾的大包太容易塞飽肚，故日漸失寵。

想當年茶樓賴以招徠，就是靠經濟抵食的大包，所謂「食個包，飲杯茶」曾幾何時是市民的口頭禪。坊間常說的「賣大包」，意思是大平賣或半送半賣，茶樓賣大包旨在「益街坊」及擦亮招牌，實際是好賣不賺錢，時間一久，東主自然「縮沙」，改為每日限量出爐。

童年常隨父親飲早茶，若非上堤岸水兵街的嶺海，就是留在西貢舊街市的嘯海吃大包，當時孩子有大包吃就很開心，心情跟現在小孩吃麥記漢堡是一樣的，父子或爺孫同桌吃大包，是人間最溫馨的天倫樂畫面。小孩子把大包拿在手中端詳，彷彿變成小阿甘（Forrest Gump），當阿甘猜測糖果盒內的巧克力會是什麼口味，小孩亦會邊吃邊猜測脹卜卜的大包裡面會有什麼餡料？豬肉球大不大？蛋片和臘腸片呢？藏在哪裡？

昔日廣州有三大茶樓：大同、大公、大三元。其中大同以賣大包而著名，門外有一幅楹聯：《大飽易賣，大錢難撈，針鼻削鐵，只係微中取利；同父來少，同子來多，檐前滴水，何曾見過倒流。》不知出自哪位高人手筆，該對聯精妙地說出大包的哲學：①賣大包要靠蠅頭小利；②浩歎父親牽兒上茶樓就如屋簷滴水，從來不見倒流。

可惜該楹聯在文革時被神經病的紅衛兵拆下來燒掉，這真是大大的罪惡。大同招待過蔣中正、范文同、金日成等國家首腦，不知這些大人物品嚐「大同大包」之同時，對「大同世界」有何領會？

越人愛吃大包，遠勝老廣府，跨越一兩世紀至今，大包在越南仍歷久不衰，反觀港澳茶樓，大包已經式微，今天的入夜胡志明市街頭，仍見小販踏著裝上大蒸籠的三輪車沿街叫賣出爐大包，令港人引以為奇是越人吃大包多數在晚上，尤其當宵夜吃。港人聽到越語稱大包為「賓爆」，有心邪者忍不住笑出來，聽到「賓爆」，男子漢哪還敢吃？

沙瀝粉、美拖粉、金邊粉之「三國演義」究竟誰勝出？前兩者存在已久，金邊粉則遲至 1970 年才異軍突起，那年施亞努王子被推翻，龍諾將軍上台，受排擠的越僑紛紛束裝返國，連金邊潮州人也大舉來越，並把金邊粉一併帶進西貢，由於金邊粉採用韌身粿條，甚有咬口，蒜油肉碎也特別多，吃法乾濕皆宜，讓人有新鮮感，未幾即在首都大行其道。

巴黎唐人街有家食店叫旺興，老頭家在金邊莫尼旺大道享有「粿條王」美譽，1970 年老頭家移民西貢，先後在博愛學院後門成泰街、西貢黎聖宗街，向人租下半邊鋪位賣金邊粉，門庭若市，老當家最拿手是那一缸特製加料豬油，採用豬頸的肥膏跟蒜蓉蝦米一起泡油，吃時淋上金邊粉面層，不論乾撈或湯水，均帶出非凡美味，盡顯金邊粉的魅力。

說到美拖粉，最具代表性食肆要數第一郡 Ohier 街（宗室帖街）的青春 Thanh Xuân 了。起初青春是設在62號的樓梯口，後來賺到了錢，店主租下左鄰右舍擴充為店鋪，最高峰時期，大片人行道均被其佔用，忙到要兩個人煮粉，下午三時即打烊。

青春創業迄今超過 70 載，換了是人，青春早已完蛋，惟這家食肆對美味的忠誠，卻予人青春不老之感覺，人會變老，美味永不老，開張日掛上去的招牌今天仍原封不動，即便豎立人行道的小看板也奇妙地把青春留住，曾有外國人想購下該廣告看板，帶返美國橙縣作「鎮店」之寶！

青春的古董招牌畫上螃蟹鮮蝦，標榜該店美拖粉採用淡水河鮮，而且蟹肉只取最厚肉的蟹鉗肉，熟得恰到好處，所配搭的唐芹、芫荽、韭菜、青檸，不啻女巫的煉丹藥草，把蟹肉的魔力統統釋放出來，令人吃得靈魂出竅！除了鮮蝦鮮蟹，今天青春還多了叉燒、豬肺、豬心、墨魚等。湄河三角洲是否物阜民豐，吃一碗青春美拖粉，就可真實感受出來。

與青春同街，有一座建於 1885 年的印度教婆廟，我們習慣稱之 Chùa Chà Và，裡面供奉馬里阿曼女神的 18 個化身。

我家曾遷至該廟正對面的 45 號，跟青春的 62 號僅隔一條馬路，所以我對青春的美拖粉不陌生，我的「青春」歷程沾染過青春美拖粉的肥蟹肉及青檸汁的香味。我還記得青春有趟辦喜事，一醋娘子來鬧場，由早上罵到下午。醋娘子痛心自己賠上「青春」，大罵「青春」？

青春隔壁有一家印度羊肉咖喱店，邋邋遢遢，但咖喱風味絕佳，在這裡可吃到不常見的印度烤餅及甜品。每年 9 月至 10 月是馬里阿曼女神節日，青春所在的街道湧滿了信徒，走到哪都可嗅到印度古龍水及茉莉花香，人人額頭印上賜福紅印，他們喜歡順道來這家咖喱店大快朵頤。

青春美拖粉的斜對面，是高級餐廳西南和巴黎，前者由餐飲界女強人娥姐經營，後者曾是法國妓院，後為一洋婦改營餐廳再轉手給瓊商。西南門面裝潢採用赭色大塊木材，有美國西部屋子的風格，食客不乏外交使節及政客，在這裡有最肥的椰蟲香煎牛油供應，阮高奇經常來此進補！

印度廟靠巴士德街側翼的屋後天台，聳立一座灰鴿巢屋，鴿子經常成群結隊到此盤旋，在當時硝煙四起的南越，這是看到最多「和平鴿」的地方。鴿巢的高牆下，有全越聞名的遠東蔗水店。

遠東蔗水（Nước Mía Viễn Đông），老西貢無人不知，創自二戰結束後，老闆姓高，潮州人，後來轉行在隔鄰開洋酒店，蔗水檔就由其陳姓親戚接手。遠東蔗水廣受歡迎，是在於在輾蔗時加進美國金山橙皮，故蔗汁特別甘香，為了應付需求，蔗水老闆向飛機師空姐收購他們自外國帶回的一箱箱金山橙，後來因成本關係，棄金山橙皮轉用小甘桔。

遠東蔗水位置太好了，鄰近有黎利大道的舊書攤及啟智書局，斜對面則是金華餐廳、Casino、麗池戲院、TAX 集商行等，日夜人流暢旺，遠東蔗水還帶旺周邊小吃攤，逛書店的學生必來此解渴，也順便解饞，小吃攤有滷味（越人叫「拍滷 Phá lấu」，「拍」指食材與醬料撈勻）、薄餅、烤魷魚、越式粉皮等，這兒消費低廉，是親子的最好樂園。豪華麵家跟遠東蔗水相距 50 米左右，家祖母最愛就近來這裡吃水餃麵。

移民美國的已故醫生兼作家黎文麟，曾寫下一篇美食詩來紀念遠東蔗水：

Anh ơi, Nước mía Viễn đông
Hai ly chưa đã, mát lòng em luôn
Thêm đĩa bò bía chấm tương
Ăn kèm phá lấu, em thương anh nhiều
Ốc sò, muối ớt, chanh tiêu
La ve, củ kiệu, càng nghèo càng ham
Cóc chua, tầm ruột, ổi dầm
Thua gì xoài tượng, mới dầm đã chua

此詩描述一對戀人拍拖來到遠東蔗水店，女的心情甜蜜，先來兩杯加冰蔗水解暑，然後開懷大嚼，先是潮州薄餅、滷味加料、再來青檸汁椒鹽白焯血蛤，啤酒蕎頭，人窮就是嘴饞（Càng nghèo càng ham），肥芒果好吃，菊果油柑子雞屎果也不輸……生動有趣的美食詩的確勾起人們的回憶，如果你有足夠的想象力，那不啻是一幅最傳神的南國美食風情畫！

遠東蔗水的鋪面小如彈丸，卻經常有六七人擠在一起工作：兩人刨削蔗皮，兩人開動馬達輾蔗取汁，一人用鐵錘敲碎冰塊，兩人收賬。甘蔗採用檳椥省產品，每天消耗大概兩輛人力三輪車的甘蔗，大節日還得漏夜補貨，光是一個平安夜就賣掉蔗水三萬杯！

遠東蔗水還有一檔分支設在舊街市安利號門口，因地處巴士及林必打車的終站，生意非常好，該蔗水檔旁的小木屋，專賣刨冰木瓜，是我很懷念的人生駐腳點。

傳說的點石成金，到了這戶陳姓人家則是「點蔗成金」，蔗水猛加冰塊，比例是 1：5？或 1：10？天下再無比這更賺錢的行業了。遠東蔗水後來還有多餘的錢放債給自己的業主，即位於街角的遠東電器行，但後來傳出金錢瓜葛，雙方對薄公堂，還上了越文報呢。

越人酷愛吃蔗，不一定喝蔗水，而是一碌（根）在手，就施展自己的銅牙鐵齒功夫，跟蔗皮蔗肉展開猛烈肉搏戰。好幾次乘搭「野雞車」落鄉，客車一停站，戴著大草笠的赤腳小孩便湧上來隔著車窗兜售切成花束的甘蔗塊，為憐憫小孩的日曬雨淋，我多數會光顧他們，也不去理會衛生與否，只想用咬甘蔗來消磨無聊旅程。三多戲院門外有熱甘蔗出售，觀眾最過癮是一邊看戲一邊咬熱蔗，看到劇情緊張處，不期然肉緊起來，更加「咬牙切齒」，散場之後，整家戲院垃圾狼藉，慘不忍睹。

靠近石會俱樂部的黎文悅路段，於 1970 年代初冒出好幾家路邊蔗水檔，賣的是「新派」蔗水，除了甘桔還有香蘭草，後來還增加大叻草莓，沐浴愛河的大學生最喜夜間來這裡飲冰，後來石會一帶的若干別墅搖身變為高考補習班，晚上放學時間一到，路邊蔗水檔就圍滿了紅男綠女。

土生華人多數愛吃魚露及越南餐，有車階級的華人最常開著雪鐵龍或標緻，全家直奔平利橋，目的地是其時仍保留村野風貌的守德，當地越南餐很可口，生酸肉 Nem chua Thủ Đức 更是老饕們的最愛。

我還記得 1960 年代間，在守德一座土牆茅舍，跟父親及其東京銀行同事，一起接受守德大汽油商的邀宴，大夥吃過一頓全野味宴，那是專為我們而烹飪的農民住家菜，烤炸蒸煮，無所不包，壓軸是一碗散發著紅蔥焦油香的雀肉粥，非常精彩。茅舍寬敞，涼風習習，門簷下的籬笆疏落有緻，花果點綴其中，還有兩瓦缸紅劍游魚，不啻五星級用餐環境！

昔日時局太平，有錢人家的青年最愛騎威士霸 Vespa 往守德果園採摘龍眼蓮霧，經典電影「羅馬假期」的格力哥利柏和柯德莉夏萍雙雙共乘威士霸暢遊羅馬，是大家愛模仿的對象。

後來林鳳和麥基主演的「榴蓮飄香」風靡一時，人們又轉往那蓧採摘榴蓮去，我試過騎腳踏車前往，買回一個榴蓮掛在車的方向盤，結果後悔不已，因為每踩一下，膝蓋就往榴蓮刺撞一撞，根本就是自討苦吃，，恨不得把榴蓮丟棄途中。

守德是生醃酸肉的傳統聖地，無人不識，豬肉生吃，內有蒜粒和辣椒，帶有濃郁芭蕉葉香，酸肉可跟米粉或賓海伴吃，也可用來煎蛋，惟南越臨變天前，我重臨守德吃生酸肉，覺得大失水準，不但肉薄如紙，且酸得難以下嚥，今天其「Nem chua 王」地位已為那篠產品取代。

以前西貢舊街市的鐘錶行老闆最喜結伴到守德渡週日，他們合租一間別墅，並約好一位印度大叔開著小貨車來會合，貨車上器具齊全，該大叔就在別墅現場架起火爐，為幾位鐘錶老闆烤其最拿手印度小山羊，一邊烤一邊塗醬料，看來西貢的華商比堤岸華商更懂得田園享受。

邊和新公路未通車之前，西貢人前往守德遊玩，必須穿過德可、巴沼兩市，再奔上一號國路，共計跨越五座橋，其中的平利橋最出名，汽車過橋要減速，一路搖晃，還發出吱吱咯咯的響聲，車上的人憑窗遠眺，湄河風光盡收眼底。大家可還記得中非皇帝波卡沙的「越南千里尋女記」及「真假公主」之轟動事跡？波卡沙於 1950 年代就是在平利橋當守兵。

平利橋有一家越南食肆，是西貢清世 Thanh Thế 餐廳女婿所開，清世以炮製烤肉串、燒雞糯米飯、蝦膠米線湯 Bún Suông 馳名，所以清世的駙馬爺亦非泛泛之輩，其烹調的大頭蝦最獲口碑，從前任職紗廠的台灣技師常來此品嚐碳燒大頭蝦及沙煲香辣大頭蝦，這兩道南國小吃把台灣人吃得樂不思台！大頭蝦的肥膏跟五花腩肉一起炆扣（Kho），特別好味。

1957年林黛偕鄒文懷、舞王郭申生（在《空中小姐》跟葛蘭共舞一曲《我愛卡力蘇》的那位瘦皮猴男士），來越在豪華戲院登台，亦曾到平利橋品嚐越南餐，該頓美宴係由中正醫院董事長郭鎏堯做東，豈知當天竟有狗仔隊記者分乘三輛車一路尾隨而至，變成平利橋餐廳的不速之客，原來他們除了要採訪林黛的在越行蹤，還有特殊任務，就是代西貢一名黃姓地產富商（傳聞是黃榮遠的第十五少）伺機向林黛提出邀約，該富商素喜跳舞且仰慕林黛，希望獲得佳人賞面在六國舞廳共舞一曲，結果當然無功而返，記者們亦因此失去每人一套大西裝的獎賞。

同鄉長輩鄭友祥叔，早歲與家祖父一塊乘搭「大眼雞」帆船自唐山來越，友祥叔在守德落地生根，娶了越妻，開天香園越南食店（至今仍在），其肉丸串燒濱海，柚甘葉生肉、蔗蝦等全都很出名。早年守德的越南餐多數在街邊擺攤，罕有像天香園搬進店鋪經營，友祥叔對鄉里很熱情，幾位叔公自唐山抵埗常到他店子「打躉」。幼年跟祖母上天香園，總聽到老人家講的一口濃重鄉音越語，天香園的招牌還用斗大漢字書寫，顧客一定大惑不解賣越南餐者何以是一名老唐山？而老唐山一般又討厭吃魚露。

昔日越南改良戲伶人雄強和白雪合演的諧趣劇「唐叔之戀（Tình Chú Thoòng）」，敘述娶了越妻的老唐山，因食古不化，又講滿口廣府音的蹩腳越語，常跟越南太太鬧笑話，變成鬥氣冤家，該賣座劇還搬上電視，我一邊看就一邊想起了自家友祥叔，他的女兒雖已越化，與越人無異，難得十年前竟興起尋根之念，帶著子女回唐山祭祖掃墓。

華人郊野外遊的好去處，除了百多公里外的頭頓，就該輪到守德玉水游泳池。泳池依靠小山丘地勢建造，佔地寬敞，花木環繞，空氣清新，還附設幾張撞球桌及「比棟（Baby foot）」，跟市區游泳池大不相同。

玉水有一道烤童子雞美食相當出名，雞身用嫩椰水泡過，以碳火烤之，最後用麥芽糖漿塗勻雞身，陣陣焦香甚富田園風味，童子雞有嫩椰清香，復有麥芽甜美，與糯米團進食，美味無窮，也有老饕佐以日本清酒進餐，肉香開胃，酒香醉人，精彩極了。

玉水老闆娘人稱 Bà Ngọc Thủy，先天弱視，早年來巴黎就醫便長居不歸。她在守德有一座龍眼園，入夜常聞飛禽走獸嚎叫，後來得知那是越盟的行軍暗號，故天黑後大家不敢進林。玉水老闆娘說當時已預感南越政府無法戰勝神出鬼沒的越盟。這倒使人想起大叻的鬧鬼別墅，凡自西貢開車進入大叻，在上山坡路只消抬起頭就可瞥見該立於半山的鬼屋，後來有人說鬧鬼是游擊隊刻意散播，目的阻嚇生人勿近，不知今仍存在否？

聞說拉架街的風流醫師陸順堂，最喜跟廣院護士說笑聊天，說自己的錢多到花不完，於是大家纏著他載去守德游水吃飯直落，所以陸醫師每逢到守德邊和出診，也把護士姑娘載去玉水玩，自己就不時暈其大浪。

堤岸富林的田園館子（Đồng Quê）又是另一番南國美食風情畫，對許多懷舊族來說，那才是我們的「江南水鄉」。越南餐的香草甚多，如果進膳環境有田園水鄉襯托，更加美妙不過。從前富林尚未都市化，沼澤魚塘處處，入夜涼風拂面，陣陣鄉野清新氣息，是吃越南餐的好地方。

當地食肆多數建在沼澤魚塘上的高腳大屋，周邊點綴著幾株疏疏落落的芭蕉，南方人特有的青檸烤嫩牛腓利、烤肥膏大頭蝦等皆極出色，那還未包括果子狸、穿山甲燉藥材。食客要吃烤生魚，可親手憑欄垂釣，水塘有大量游魚，魚餌才放下，魚群即湧至爭食，無不唾手可得，小孩見了個個鼓掌，即釣即烹，鮮美自不在話下，Đồng Quê 美名，誠屬不虛。其他食肆如 Đồng Nai、Đồng Hương 也是經常高朋滿座。

這裡食肆只做夜市，華人食客不少，每次享受明火碳烤牛肉或烤蔗蝦，碳爐就會劈哩啪啦，唱起歌來（Feu qui chante），火星的濺射，恍似快樂起舞的螢火。遇上驟雨來襲，原本此起彼落的聒噪蛙鳴，一下子全都換上嘩啦嘩啦的雨聲，意境比樂曲「雨打芭蕉」更勝一籌！

舊伍倫的章揚街，入夜有人擺檔賣碳烤生魚，騎機車路過的人常被烤魚的焦香味「窮追不捨」。1990 年代初章揚街近領兵橋路段，還有人賣猴腦，被灌醉的猴子，頭顱固定在桌子中央圓孔，毛髮剃光後，再用鑿子掀其頭蓋，吃者用匙羹生吃活猴腦，吃相殘忍，後來被公安取締。

我跟黃廣基、潘正基、曾境棠等《筆壘》早期召集人曾一塊去頭頓玩，夜宿賽瓊林旅店。用餐必定光顧頭頓街市的大排檔，記得兩餐都吃酸魚湯，開胃非常。可歎當年吃頭頓酸魚湯的四人行，如今兩人已離世，廣基對該青春頭頓行亦不復記憶，反而我對當時吃過什麼、夜宿哪裡，都記得一清二楚。我最難忘是鄰房入住一大群年輕華人，男男女女徹夜彈唱說笑，他們不睡，我也輾轉反側，好比渡過一齣仲夏夜之夢！

酸魚湯的故事還未講完呢，我認識一位鄔太太，她在傘陀街美麗華酒家任職，有次她隨隊護送酒席到阮高奇的空軍總部，須借用該軍部的廚房爐頭，鄔太太和同事們發現越南廚子正在熬一大鍋酸魚湯，香噴噴的氣味太誘人了，鄔太太主動提出「Deal」，待宴會結束，大夥兒留在廚房交換美食，結果美麗華員工把多出的名貴紅燒翅來換飛將軍的酸魚湯，雙方吃得滿意非常，這種交換就好比王子與乞丐的身分調換，相當有趣。可見美食無貴賤，吃膩了魚翅湯，嗅到酸魚湯氣味也會流口水！

鄔太太曾多次進出獨立府，為阮文紹總統的國宴提供到燴，同時到燴的酒樓有同慶、天虹、愛華、亞東、玉蘭亭等，不過主人家的那張桌子就一定由美麗華包辦。鄔太太說，有次總統府還送來象拔，指定美麗華大師傅黃漢（鬼仔漢）特別為總統的主家席炮製紅燒象拔！至於其他珍禽異獸入饌，如炆熊掌者，亦不在話下。華人大師傅炮製的鴿吞燕，包括吳廷琰在內的官場上下，沒誰不愛，原來官場識飲識食者，大不乏人。

越南的鴿吞燕很出名，當中以美麗華號稱最佳，股東黃柱有自己的南苑乳鴿場，取材完全佔優。鴿吞燕有「天下第一湯」之美譽，越南中圻因盛產優質燕窩，故南國的鴿吞燕特別美味。

兒時得了雞咳，祖母買了兩片中圻燕窩泡在水裡，一有空就拿著小鉗子，俯下滿頭銀絲，細心清理燕窩的羽毛砂石。幼年的我不懂事，嫌燕窩滑膩膩有怪味，只愛吃冰糖水，糟蹋祖母的苦心。

有一位歸仁朋友葉先生，他說做燕窩採摘生意太殘忍，故他放棄繼承父業，不想成為歸仁的大燕窩商。朋友的慈悲，不無道理。每逢燕窩採摘季節到了，廿多隻舢板就分頭划進沿海的潮濕而陰暗的礁岩坑洞，打鑼打鼓，趕走老燕子，未懂飛的乳燕則留在岩壁巢穴不斷啁啾哀鳴，發出垂死呼叫。採摘工人先用泵具向壁上巢穴噴水，把乳燕射得七零八落，然後架起高高的棚架，供身手敏捷工人游壁而上，把燕窩採摘下來，還嗷嗷待哺的乳燕若非死於兇猛水槍，就是死於工人的利鏟。所以朋友說做燕窩這一行「Tội Lắm!（造孽）」

歸仁、芽莊、會安，是越南三大燕窩產地，全屬海南人天下，歸仁是葉全（葉氏在歸仁擁有一座大別墅，被出了名的貪污將領杜高智強占為私人官邸）、芽莊是潘佳記、會安是符氣鑾。最有錢的海南人全都聚集中圻，包辦咖啡園和燕窩等生意，在西貢的真正海南富商只有一個符林英，其次是芳泉汽水陶老闆，聽說越共進城之後，陶老闆家人馬死落地行，在三多戲院門口賣雪水，但也有人說他未雨綢繆，一早已把財產轉移國外，為了免遭共產黨清算，才故意裝成小販。順便一提，座落總督芳街的芳泉汽水廠，其左鄰有一大菜糕食攤，西堤馳名。

1970 年代的南越，經濟畸形繁榮，飲食業雖無今天的輝煌，亦算欣欣向榮，新菜式更層出不窮。堤岸和平街市新雅飯店創辦人黃強，創意很有一手，所以富人常拉著他討新菜以飽口福，他想出來的「翡翠雞翼」和「生死魚（好像又叫生人抬棺材什麼的）」讓人拍案叫絕。前者是釀雞翼，兩頭分別塞進一截芥蘭；後者則是鹹魚片和生魚片以麒麟方式上碟。

那些年，台灣技師紛紛來越謀生，他們是新興消費者，也推動了川菜的誕生，同慶大道八達酒樓隔鄰就崛起一家可樂川菜館。天虹大酒樓也跟潮流推出川菜，其中一道「鐵板海鮮飯焦」，飯焦先泡過滾油，再淋上什錦海鮮濃汁，熱汁與高溫鐵板相遇，發出吱吱響聲，老饕稱之為「平地一聲雷」。我童年也愛吃飯焦，祖母最喜飯焦炒韭菜芽菜，再包以賓海或米片，蘸魚露進食，可惜自從日本電飯鍋面世，我們再無飯焦可吃！

專欄作家蔡瀾說他嚐遍珍饈百味，還是以平淡最好。我則認為，平淡之好，莫過於一碗越南魚生粥！尤其西貢舊街市武夷危街的黎康記，其魚生粥堪稱「平淡最好，最好平淡」之表表者！

黎康記，早於一戰前就已存在，是舊街市最古老的華人食肆，店鋪位於武夷危街和吳德計街交界。當阮惠大道尚未填平為大馬路，而是一條人工運輸河，黎康記已經在營業，一碗魚生粥只費6尖紙（六分錢），一條油炸鬼僅1尖紙，當時1蚊都嫌太大，要撕開一半來消費。

地板是唐山赤紅土磚，紅木桌椅亦超過半世紀，黎康記的價值就是在於一個「舊」字。掌爐大叔永遠只穿一件白色文化恤和一條短褲，白粥和白文化恤，本身就組合了一個「異鄉是故鄉」的故事。

雖然拉架街小三元和大良合記的狀元及第粥，傲視同儕，但在我的味蕾，黎康記魚生粥是當之無愧的「粥王」，因肥佬老闆長期以來只用金邊洞里薩湖的生魚，眾所周知，洞里薩湖是東南亞第一淡水湖，千年水產取之不盡、用之不竭，湖裡的生魚，肥大厚肉，非越南下六省生魚可比。

黎康記為求送粥的生魚片，白嫩而不「軟削」，花盡心思讓游水生魚餓一兩週，要等到手指伸進飼養池都會被其咬噬才算達到標準，這時的生魚片最有質感，肉中泥味亦清除殆盡，吃時佐以薑蔥油條或酸芒果片，保證胃口大開！！在法國喝過洋水的越南飽學之士，經常棄西餐而來此吃魚生粥，吃完還要喊 Thiếm Xực（越人學粵人講添食）？

西貢宗室淡街廣肇公所隔鄰的潮州粥，生意麻麻，光顧者主要是附近稅務人員，他們平時吃香喝辣，腦滿腸肥，最喜來這裡清清腸胃。該粥店無生魚供應，但有豬肚豬腸、滷味鵝掌、甜菜脯、鹹酸菜等，很有老唐山的樸素情懷，正是：「薄粥稀稀水面浮，舌尖小菜樂心頭！」

昔日大金鐘賭場，內有紅棉和樂平兩食肆，前者炮製粵式小炒，後者則以賣越南粥馳名，店主張鳴，是大羅天老闆黃大的手足，但他不賣潮州白粥，反而禮聘舊伍倫煮粥高手六姑（Cô Sáu）為他炮製越式豬腳粥和魚頭粥，其祕製鹹蝦醬，跟豬蹄和魚頭一起進食，異常醒胃！

白居易獲皇上賜粥，大讚：「吃過一碗，口香七日！」咱大詩人原來是一個馬屁蟲。明人張方賢的煮粥詩，玩味淡泊，值得跟大家分享：

煮飯何如煮粥強？好同女兒細商量，
一升可作二升用，兩日堪為六日糧；
有客只需添水火，無錢不必問羹湯；
莫言淡泊少滋味，淡泊之中滋味長！

茶樓粉麵頻留香

早年的堤城如同廣州，茶樓是一個男權至上的場所。茶樓九成座上客都是男人，女性茶客極少，儘管二戰後不再是「三步不出閨門」的年代，但女兒家多數不上茶樓。而且還有個現象，父子來多，父女來少。一般男人只喜歡帶家中男丁上茶樓。

二戰前，堤城茶樓的企堂是全男班，女工是要留在廚房幹打雜，戰後賭商黃一播在洗馬橋腳新華酒家打破陳規，大膽破格聘用女招待，自那時起大家才聽到點心姑娘此起彼落的嬌滴滴喊聲：「好靚蝦餃燒賣」「新鮮出爐大包」「熱辣辣粉果」「幫襯奶油包啦」。

但樓面的要角仍然是男企堂的天下，他們身穿白文化恤，提著大水煲滿場跑，肩頭時刻搭著一張大抹布，一般具有眼觀四方，耳聽八面的本領，點菜落單及埋單找數就施展「千里傳音」功夫。企堂大叔永遠消息靈通，也無所不知，誰要索取字花貼士，更加合其「河車」。

童年跟大人飲茶，若不上堤岸水兵街嶺海，便就近光顧西貢舊伍倫的生活園或奇珍，好奇的我最留意企堂大叔的一舉一動，別看他們個個是瘦皮猴或排骨精，重甸甸的大水煲拿在手裡卻舉重若輕，在人來人往的擠迫空間，左穿右插，如入無人之境，大水煲也從無一次把人燙傷。

客人一坐下，企堂大叔就過來打招呼，問明幾個位，就把桌上原本覆蓋的茶杯一一翻過來，第一步驟是洗杯，大水煲的開水一瀉千里淋向杯具，繞兩三個圈子，動作快狠準，此乃功夫茶的「關公巡城」，杯洗過後就沖茶，茶壺只沖七八分滿，以免茶水外溢而令客人狼狽失措。

當時洗杯僅用開水沖一沖，算是把千千萬萬細菌殺個片甲不留，歷史悠久的杯子，垢跡斑駁，但無人計較，只要水滾茶靚就可。茶客有時會表演「白鶴沐浴」之洗杯絕技，用三根靈巧指頭滾動沸水裡的杯子，當然動作要快，以免指頭燙傷。後來茶盅被淘汰，大水煲亦然，沖茶變成了倒茶，桌上放著一個大茶壺，任君自取，飲茶自己蒞！人家說老手茶博士還有什麼「雙龍爭珠」等絕技，我倒沒機會開眼界。

記憶中的茶樓全都是髒兮兮的，最髒是桌下痰盂，痰涎、煙蒂、茶渣、蟑螂，統統齊全，污穢不堪，虧古人還美稱痰涎是「珠玉」：「咳唾成珠玉，揮袂出風雲。」企堂大叔還要兼顧洗痰盂，任勞任怨。

每次上茶樓，最常踫中桌下三樣東西，一是痰盂、二是搭枱人的二郎腿，三是桌底覓食的貓貓狗狗。

兜售彩票報紙的、托缽行乞的、敲木魚唱南音的，往往是茶樓的活裝飾。有人一邊品茗一邊張開新聞紙細讀，也有人在座位豎起一隻腳，再把原子粒收音機貼近耳朵專注收聽廣播，這就是早年的茶樓眾生相。

其實，稱得上茶樓兩字者，應該是西貢舊伍倫的生活園和奇珍，原因兩店皆有二樓，真正有茶也有樓，嶺海只能稱茶居。我偏愛茶樓，只因「樓上雅座」四字對童年的我最吸引，飲茶像看映畫戲，坐到樓上去，高人一等。可惜生活園和奇珍的臨窗桌子，長期為一夥老茶客所佔領，我每次只能坐進卡座，但目光始終捨不得離開憑窗而望的位置。

老茶客帶來了雀籠，所以靠窗的桌子非他們莫屬，只因茶樓窗口架設橫桿，供他們懸掛雀籠，而籠裡面的黃鸝或了哥，永遠是恃寵生嬌的小傢伙，隨主人上到茶樓，高興得上下跳躍，對著窗外的熱鬧街道高歌，吱吱喳喳，你唱我和，唯恐世界不知其存在，主人滿臉歡顏，一盅兩件本已夠寫意，再加愛雀常伴，如斯悠閒的南國生活還須要思念唐山嗎？

我還清楚記得當中有位老茶客，蓄的是向兩邊高高翹起的濃密八字鬍，模樣十足大軍閥，此君聲如洪鐘，任何時刻都在夸夸而談，一下子大談雀鳥經，一下子又縱論世界大事，其他人做聽眾，別人提一個鳥籠，他有時每手一個，雀籠打孖來，在他身上很有舊日西關大少的玩家氣派。

拜雀籠的點綴，生活園和奇珍煥發著廣州茶樓的太平盛世風采。詩云：「一鳥如霜雪，飛向白樓前，問君何以至，天子太平年。」若非四季硝煙，相信所有鳥兒都會飛來南國安享太平！

祖母常叮嚀父親，上茶樓別跟陌生茶客談論政治，只因「黑啰（便衣）」常喬裝茶客，誰唱衰政府，就被跟蹤回家逮捕。我每次聽了都心頭打突，上茶樓時總是用我的小偵探目光打掠鄰座的人。長輩還說坐進計程車也須小心講話，凡車輪鋼框漆上紅白圈，司機必是便衣喬裝。聽說中正醫院第七屆董事長魏瑞圖就是因為在茶樓洩露自己寄錢返唐山接濟親友，結果落入「黑啰」耳目，被關進崑崙島，後來還變成大越共。

企堂大叔全都是心算高手，埋單靠目測。我家開食肆時，自己也曾有此經驗，多數顧客是你算多少就付多少，但也會碰上一分錢也不善罷的精打細算者，所以茶樓每逢「坳數」，掌櫃總會端出算盤的的得得地敲。

越南人也喜歡 Nhẩm xà（飲茶的越語發音），上茶樓次數多了，很自然地學懂了幾句魚露式廣府話：「Phổ ky thẩy su（夥計睇數）」又或「Hẩm ba lăng kỷ tố Xien（冚罷冷幾多錢）」。

據說湖南人 Mao Xến Sáng（毛先生）在延安跟梅縣大叔葉劍英交談時用過這句「冚罷冷」（南北極雜誌）。老毛呆過廣州，曾賦「飲茶詩」贈友人柳亞子：「飲茶粵海未能忘，索句渝州葉正黃，三十一年還舊國，落花時節讀華章。」可見老毛很懷念粵式飲茶。

生活園和奇珍的茶客要結賬時，必須到樓下櫃檯，樓上的企堂對著通話渠的「大嘴巴」向樓下掌櫃高聲報賬，報賬術語有時會讓人尷尬。例如：「拖兒帶女光頭佬開菈十五蚊九毫子啊！」「一對肥瘦夫妻又開，打孖揸住（十蚊的意思）！」「四眼阿駝齋飲雙計兩蚊雞……」其實他們不稱「樓上狗男女開菈埋單九個九！」算很斯文的了。

回想戊申戰亂，該兩茶樓差點毀於炮火。當時我家遷至逸仙學校樓下，跟兩茶樓相距兩百餘米，某夜我在睡夢中被迫擊炮的淒厲破空聲所驚醒，那幾妙鐘的懸疑非常要命，還來不及禱告，一聲巨爆驟然傳來，自己很慶幸炮彈沒落在頭上，不久有消防車停在逸仙學校路口，即琳瑯書局門外，用喉管汲溝渠污水趕去灌救！天亮之後，我跟街坊一起前往觀看被炮火擊中的民居，發現阮功著街尾的兩家機器鋪幾乎盡毀，屋內華人恐凶多吉少矣。生活園和奇珍與機器鋪相隔約 20 米，差點也淪為粉碎！

西貢老牌茶樓還有舊妹街市的津津、大同照相館對面的永泰、舊街市洞發酒樓隔鄰的廣海、武夷危街的嘯海（後易名建國），品茗是稍遜風騷，但包餃點心經濟抵食，廣海和嘯海的叉燒包不輸嶺海和越華，肉汁淋漓的蒸肉餅燒賣，正好配油炸鬼或鹹煎餅同吃，不過嶺海的痳油燒賣又稍勝半籌。我對永泰的糯米卷相當偏好，其外表像蛋糕卷，餡料則為蝦米冬菇，乃別處所無，如果永泰開在堤岸拉架街，糯米卷一定大熱賣。

西貢不是所有茶樓都供應一盅兩件，老闆若是海南人，廣式點心必定被糕餅所取代，海南茶室的糕餅主要為法式忌廉餅，有短棍型的 Éclair（法國人叫閃電餅，因幾口就吃光，快如閃電），葫蘆型的泡芙 Chou à la crème，千層酥型的 Milles Feuilles，還有不倒翁似的雞蛋球沙翁。

我家海南姨丈是烘焙高手，在左閭開茶室，他用進口吉士粉炮製的忌廉蛋漿，柔軟香滑，入口清涼可口！他也烘焙中式糕點如合桃酥、紙杯蛋糕、蘭香蛋糕卷、脆麻花牛繩。幼年上姨丈的茶室，一定走近紗櫃，細細端詳裡面的忌廉餅及牛繩，恨不得把所有糕點全吞下肚。

說到紗櫃，那是最令人懷念的東西。以前多數人家沒冰箱，家家戶戶都造了一座木紗櫃，用來存放碗碟及冷飯殘餚，櫃腳用水碗承托，防止螞蟻兵團到訪！紗櫃有兩個小瓦缸是必備之物，即用來炒菜的豬油缸、另一是生抽缸，我家最愛豬油生抽撈飯，特別是年尾臘月，北風虎虎，早餐吃一碗熱騰騰白飯撈豬油生抽，肚暖連心也暖。

除了大包燒賣，湯水粉麵也是茶室的王牌項目。

大家還記得昔日西貢金融城嗎？區域涵蓋阮功著街、咸宜大道、武夷危街、巴士德街、公理街等，是銀行、保險公司、出入口行、報關行、洋貨行之集中地，這裡有全越最好吃的雞絲魚片粉及法式巴的酥！

每天早市銀行大班及金融經紀均齊聚於此，他們一邊用早點一邊探詢行情，一碗雞絲魚片粉埋單不過 20 元，但完成的交易可能過百萬，又或飽餐一客茄汁牛腩，打個飽嗝，當天外匯行情就出來了。

法蘭西銀行大買辦黃履中、南和興老闆翁典南、兆豐香煙東主陳立矩、法國 BNP 大買辦吳應鐸等，早茶常聚首潮州街。港單大王袁福、同慶集團張氏兄弟、金城岑浩才、羅光、張樹槐等，亦是燕芳園的老顧客。

燕芳園座落越南商信銀行對面，雞絲魚片過橋河粉譽滿首都，早市人山人海，光是煮粉就有三位師傅，是金融人士之最愛，老實說，凡未嘗過燕芳園的雞絲魚片粉，就不算在潮州街金融城打滾過。

燕芳園的河粉是舊妹提探街尾一位大叔供應的，大叔的作坊剛好位於我大姨丈的志文服裝公司隔鄰，這戶人家全年不打烊，整棟屋子因長年採用豬油蒸製粉條，故地板牆壁無處不烏黑黑、油膩膩！

燕芳園老闆是韓姓海南人，只賣啤酒汽水，河粉檔則由廣府人馬氏兄弟包下來經營，他們熬的骨湯靚絕西堤，聞說其竅門是放進許多雞腳。相對曹操嫌雞肋吃之無味，馬超後人卻想出了用雞腳骨膠原熬出一流靚湯。一碗粉若不能飽肚，越南人最喜歡多要一個燕芳園巴的酥作「添食」。

附近的蝴蝶茶室、菠蘿巷口的雞絲粉、廣肇學校路口的悅來茶室也都以雞絲魚片粉馳名，雞絲取材大騸雞，所以絕不澀削。李良臣大廈門外小吃亭所賣的茄汁牛腩粉，帶有咖喱香，如果不吃河粉，大可要一兩塊卜卜脆法式麵包，蘸牛腩茄汁進食，美妙絕倫。

今天胡志明市南利食店的雞絲魚片粉，獲老饕推崇為 Ngon nhất thế giới ，很多人以為南利是燕芳園後人所開，事實不然，兩者毫無關係，燕芳園很早就舉家移民美國，反而堤岸賽瓊林對面的宴芳園，跟西貢燕芳園似有親戚關係。雖然兩家茶室名字發音相同，惟名氣卻有天壤之別。

西貢車仔麵的數量跟堤岸不相上下，黃榮遠大樓所在的羅腰街不論街頭街尾，車仔麵幾乎十步一檔，簡直就是粉麵一條街。

老廣州風味的木頭麵車，今天在省港星馬早已絕跡，但在越南則仍代代相傳。其最大特色是彩繪玻璃，入畫的戲曲人物總離不開劉備過江招親、三英戰呂布，三顧草廬、貂蟬拜月、孔明借箭等，麵車正中鏡架的彩繪若非一座高樓就是疊羅漢採高青。彩繪人物跟我們童年所玩的公仔立體剪紙很類似，好比萬花筒的菱鏡，折射出我們成長過程的所有點滴，即使到了今日它仍像斑斕的彩蝶，時常停駐在我們的童年舊夢。

車仔麵的彩繪玻璃，反映舊日鏡架業的發達，從前最常見的鏡架是老鷹在地球上展翅的「大展鴻圖」，又或葉醉白的「馬到功成」。醫館牆上的「再世華佗」「妙手回春」鏡架，更標誌著懸壺濟世者的口碑。「某某門上歷代祖先」之鏡架遍布全越各家各戶，回憶我在福門做水利時，有次整隊人在菠蘿田迷路，幸虧遇上一戶越人親切送水解渴，其茅寮就有一面漢字書寫的祖先鏡架，默默宣示著戶主的慎終追遠精神。

打造木頭麵車的師傅多是花縣人，最出名是陳靜根師傅，工場最初設在Y字橋對岸的正興屠場，後來搬到堤岸六岔路，這位來自唐山的師傅採用的木材，是直接從伐木場買回來的原始樹幹，然後靠手鋸及刨刀逐片逐塊雕琢，出來效果端正平直，如同使用電鋸，最妙是整架木頭麵車的構造全靠木榫牢固，無一口鋼釘，四輪除外！陳師傅的後人買了梁海記在德可街市的分店，平日生意甚佳，難得是不但自製生麵，還自製麵車！

我家對麵情有獨鐘，最愛光顧羅腰街冠珍棧門口的業利車仔麵，原因業利老闆自唐山抵越，曾在西貢新街市西班牙街華記茶室落腳，那是我家曾姓姑丈公開的，祖父初來埗到，也在華記打躉。我6歲即已懂得端著搪瓷的漱口盅，赤腳跑去業利把雲吞麵買回家，那時一碗雲吞麵是可餵一家幾口，祖母最喜把冷飯加進熱湯裡，足令我們三婆孫吃得津津有味（阮高奇也愛用牛粉湯撈飯），只是每次我出馬去買，面層的炸蝦餅一定在途中被我偷吃掉，美其名為「納稅」。

戊申除夕子夜，因宵禁解除，所以我和父親看完金珠戲院的尾場賀歲西片，捨不得立即歸家，順路光顧業利，那晚業利座無虛席，食客都是前往西貢婆廟及鳳山寺上年夜香的香客，當我們大快朵頤之際，劈哩啪啦的炮竹聲亦不絕於耳，事後才知不遠處的美國大使館正遭到猛烈突襲，我們還朦查查覺得當晚的雲吞麵特別好吃，渾然不知戰火燒近了屁股。

原來雲吞麵好吃，會令人失去警覺性！當年日軍頻頻轟炸廣州，夜間實施燈火管制，唯獨街頭粉麵車不受限制，原因陳濟棠喜以雲吞麵作宵夜。即便領導全國軍民抗日的蔣委員長也愛吃雲吞麵，據說官員有誰自廣州搭機飛重慶，必定把池記雲吞麵帶上機，送去重慶給蔣委員長解饞。

戊申那年，都城經常停電，那時我家遷往逸仙學校樓下 63 號，每次停電，閒極無聊，我們會光顧同街的車仔麵，麵車光線不足，只靠一盞大光燈照明，當雲吞麵端上來，要吃才知碗裡雲吞有幾粒。很多時邊吃邊耳聞對岸傳來的槍炮聲，我們只管埋頭吃，心裡在想，吃完一碗再說吧！

羅腰街除了業利，還有崇正里巷口的就記和時記，當中的就記比較特別，雲吞麵除了附送炸蝦餅，還有幾條塘鄔菜或西洋菜，堤岸車仔麵可沒此風味，西洋菜略苦而香，拌以雲吞麵及炸蝦餅同吃，風味獨特。

從前越南的花縣人賣麵，麵條一定是自己親手用大竹昇，像騎木馬般一下一下擀出來，而且常是父子爺孫世代相傳，使得幼長的麵條多了一份家族薪傳的堅毅感，雲吞的肉餡可能材料不夠，但裡面所包藏的溫情卻是滿滿的。惟昔日麵條爽口之餘，鹼水味太重，故吃麵時一定要加浙醋。

唐記不是粉麵車，而是兩父女挑擔沿街叫賣，而且賣的是雞絲魚片粉，儘管是挑擔，水準不輸店鋪，湯底黃油浮面，味道媲美公所街的燕芳園。唐叔親手蒸製河粉，透明而薄，故當時唐叔又有「粉王」美譽。每天唐叔一到，擔子才放下，街坊就來光顧，因河粉和湯鍋是用擔子挑的，容量有限，而大叔滿有性格，賣光便走，遲來向隅，明天請早。

羅腰街一帶的廣東麵食並非一枝獨秀，福建米黃、福建炒米、潮州老鼠粉亦佔一席之地。福源和濟記的炒米，鑊氣尤其頂呱呱，我曾經在大陸福州西湖酒店（非杭州的西湖）吃過一道由僑辦官員親自吩咐下去務必要炒出最好的福建炒米，遺憾原產地的炒米不論鑊氣或味道均比越南遜色！蔡瀾說過，海外華人最可愛，人念不念舊，吃他們炒的家鄉菜，就可原汁原味吃出來！

羅腰街米黃的材料雖然輸給賽瓊林及梅山街的路邊攤，但其摻進肉碎和大粒豬油渣，魅力仍然強勢如推土機！海外越人煮的粵式粉麵，特別是乾撈麵，完全忠於古老西堤的口味，韮菜從不或缺，有更特別者還加進唐芹唐鄔，反觀港式粉麵省這又省那，味道層次感不夠豐富。

越南改良戲有位美艷名伶叫青娥，她也是賣座電影《Nắng chiều（黃昏之戀）》的女主角，無人不識，但大家可又知道西貢陳興道街有一家車仔麵係叫「青娥麵 Mì Thanh Nga」？地點位於公路警察總局對面，傍晚才營業，顧客坐滿人行路，聽聞車仔麵老闆是潮籍華人，青娥願以其名氣入股，且時不時偕其他名伶現身食檔，加強麵檔的人氣吸引。

越戰年代的西貢番衣街，入夜常有三輪麵車沿街叫賣，小販多數是兩仔爺，父親負責煮麵，小兒子則沿街叫賣，並敲打手中的竹片或使用蝴蝶響板，一路上發出「獨得獨得」響聲，深宵工作的吧女通常聞聲會跑出來叫停小夥子，向他下單，少頃小夥子就把熱騰騰的雲吞麵端上門。

資深報人鄺魯久早歲在八卦小報撰寫艷情小說《古都街二奶》，風靡無數讀者，小說男主角正是一名「獨得獨得」少年郎，他每晚把雲吞麵送去古都街一座富人大屋，蚊帳裡面總是有一把銷魂蝕骨聲音在等候，玉掌這廂緩緩接過雲吞麵，那廂拉住少年郎的手不放，男女肌膚相親的一剎那就好比天雷勾動地火！雲吞麵在艷情小說裡變成一劑春藥，虧鬼才鄺魯久想得出來。70 年代沈翠姮演的 Như Hạt Mưa Sa，一開幕就是靠一陣陣由近而遠的「獨得獨得」帶出哀怨劇情。

舊時華人形容事物的獨一無二，舉例說今期彩票僅一人中頭獎，就會說今期彩票頭獎係「雲吞佬——獨得」！

堤岸人可有誰聽過 Mì Chú Họa，即華叔炒麵？眾所周知，越人口中的 Chú Họa 華叔，就是指阮文森街黃榮遠大樓老主人，所謂 Mì Chú Họa 就是稱在黃宅門外擺賣的炒麵。該大排檔原名勝義，是一個姓江花縣家庭開的，惟大家叫慣了黃榮遠炒麵，反而忽略其原名。每逢入夜，該大排檔的桌椅就擺滿兩邊人行道，包括廣肇體育會隔壁屋內。

越南人天生愛吃 Mì Xào Giòn（油炸脆麵），越脆越愛，而「華叔炒麵」最合他們口味，麵條泡以滾油炸至酥脆，再淋芡汁，配料有蝦球、豬肝、墨魚、青骨菜等。嚴格來說，炒粉更可口，因粉條不能預先炒好，必須即炒即食，故不怕吃「鑊屎」者，「華叔炒粉」絕不令你失望。

來這裡宵夜的人是感受不到時局的好壞，即使剛剛完成換鈔，人人窮得要命，仍有人在此開懷大吃。試過一次，狂風大雨，我躲在帳篷下吃炒麵，面前的勝義炒麵雖仍霸氣十足，那晚我卻吃得心事重重，思緒亂如街外的雨。

早年西貢公所街戚煥嬌產房對面的天香飯店，有位林姓潮州大叔賣炒粉炒麵，相當出名，林大叔有三個貌美如花女兒，敝友葉先生自歸仁來西貢求學，就常光顧天香，藉機親近「國色天香」。

堤岸參辦街洗馬橋的友記麵家（羊城酒樓對面），是由幾個順德媽姐合營，家父一說到友記，就推崇為「西堤第一麵」，祖母也常帶我們兄妹前往光顧，店面無比守舊，地面是紅土磚。黃榮遠後人不時來光顧，每次皆獲友姐親自招呼，她永遠記得誰是第幾小姐，誰是第幾少爺，原來友姐早年曾在黃家大觀園給七少爺打工，戰前七少奶回天津娘家省親，所有家眷傭人加起來二三十人浩浩蕩蕩北上天津，友姐隨行負責炊事。

距離友記約 100 米的新陶園西餐廳，也有銀絲幼麵供應，而且廣獲老饕推崇！奇怪的是，全西堤也似乎僅新陶園及金華（位於西貢黎利大道卡斯諾戲院右鄰）才有這種爽口彈牙的銀絲幼麵，該兩食肆都是海南人開的，所煮的廣東麵，美味竟然在廣府人之上。

拉架街梁海記、愷記、凱旋、水兵街松桂坊，安恬街豉油巷等，是堤城 Mì xào giòn 的名店。梁海記的五香鴨腿麵、龜苓糕、酸芒果片，一直是老饕最懷念的美食。愷記的五香鴨腿麵亦不遜色，據聞麵條是採用日本麵粉拌以鴨蛋擀出來的，很有咬口，湯底加進大地魚，特別好味。

從前豪華戲院一散場，祖母就牽著我和妹妹來光顧梁海記，最先映入我眼簾是一疊疊早已炸妥的麵餅。每逢春節，由年初一到初三下午，我最愛來拉架街看舞獅，梁海記幾乎雲集各堂口的獅隊。

梁海記老闆原先在海防賣車仔麵（有說是「獨得獨得」的挑擔小販），南撤後在堤城拉架街開鋪，後來還在第三郡德可街市開分店叫海記。還有，梁海記隔鄰的添記、棠記、巧穿甜的糖水冷飲都相當不錯。

變天後，梁海記舉家移民美國，這是他們第二次逃避共產黨，聞說在橙縣落腳開店。只不過南加的梁海記常鬧雙胞，搞不清哪家是正宗。多年前盛傳橙縣梁海記老闆死於交通意外，後經證實，該梁海記的老闆是梁海，在越南是記者，非拉架街梁海記老闆，而死者是梁海的女兒，跟梁海記家庭無關。

以前有許多造麵世家，知道越人愛吃五香鴨腿麵，於是紛紛到第三郡德可、左闆、新定、或更遠的平盛郡開麵家。我的同學鄧平，他也是我的功夫師傅，輟學後他天天一大清早前往平西車站，向鄉下人收購用火水罐盛載的一桶桶豬油，然後轉售德可及新定的麵家做豬油渣，光靠賣豬油就夠他養活一家大小，而且工作時間短，故能騰出時間醉心習武。

有行內朋友勸我別吃五香鴨腿麵，因有些老闆很貪便宜，專買死鴨入饌。每趟長途運輸總有不少鴨禽暴斃而死，商販遂以水盆鴨出售，廚子只消加重醃料，用熱油泡過，在五香湯鍋煮軟，誰也吃不出是死鴨。

德可有一家車仔麵，位於金邊廟鄰近，距海記麵家不遠，檔口設在一家獨門獨院內，因庭院有兩株龍眼樹 ，該麵車因而有雙龍眼樹麵家 Mi Hai Cây Nhãn 之稱，生意甚好，連達官貴人也驅車來大快朵頤。

雙龍眼樹麵家鄰近還有一家西餐廳，海南老闆名字不詳，只知他曾給印支最高統帥塔西耳 Tassigny 當過廚子，名將手下無弱廚，西餐水準非同小可。塔西耳 1950 年代初曾在北方打贏過好幾場硬仗，他亦曾試圖說服蔣介石讓黃杰部隊留越協助剿共，遺憾其獨子在寧平省陣亡，他又得了骨癌，只好丟下戰局回法就醫，名將一去，法國就遭逢奠邊府慘敗。

三多戲院街角的添記和相隔咫尺的大良合記，水餃麵名聞遐邇，最懷念大良合記的卡座，跟王家衛電影《花樣年華》的卡座一般的迷人。尤其每次飛影走進來賣唱，氣氛很自然地更加復古。飛影張開其充滿歲月黯然的煙槍喉，唱起徐柳仙的《情淚種情花》，那幾聲「故鄉共此關山月，塞外戰士又思家。」一碗水餃，頓時浮沉著南國的幾許滄桑。

添記的爐灶設於臨街位置，每次路過均見身穿白色文化恤的添叔忙於掌爐煮麵，身手跟他頭上丹頂髮蠟一般的亮眼，湯鍋旁的豬油缸及生抽缸，是所有美味的神祕來源。壁上的一張張鮮艷奪目菜單、還有鹿嘜芳泉汽水的五顏六色陳列，全都深印我腦海，一次的相遇，再也難忘。

若稱劉松記是南國潮州沙爹牛雜粉的少林寺，不知有無人反對？環顧西堤，論劉松記牛雜粉之美味，無人能出其右，後來的人煮沙爹，大多向其師法。每次劉松記在廚房祕製沙爹，香氣必然溢出街外，把拉架街熏得不啻變成馬來街，沙爹香氣還飄進隔鄰大國手何少中的診所。

劉松記的木瓜絲及黃瓜番茄小伴碟，正好調和沙爹的濃烈辛辣，即便吃清湯燉牛雜，用其特製沙爹醬蘸吃，依然清爽怡人。此外劉松記的潮州魚餃火鍋，可以啤酒佐食，享受一流。大家可有看過迪士尼的《料理鼠王 Ratatouille》？正如該賣座卡通片，劉松記廚房常駐很多鼠王，隻隻胖嘟嘟，顯然都得了營養過度飽和症。

劉松記對面的南都茶室，跟廣東街的奇南和漢興均為堤城文化界的茶敘聖地，記者編輯教師常到南都暢敘。西貢自由街的 Givral 有「國際記者俱樂部」美譽，相對來說，堤城南都雖則略遜文采，但怎麼也算華文報界的「新聞茶枱社」，滿座喧嘩，正好標榜堤城無處不在的豐沛生命力。

南都昔有詩壇三結義，即成功日報編輯莫昭民、知用中學教師馮若炎、鬧市隱士詩翁黃鴻瓊等，文化界稱之為「南都三友」，他們天天來此舉行「啡奶會」或「雞粉會」，抒發騷人雅興，品詩評詞，唱和酬酢，臧否古今，常忘其所以而深宵不歸，惟如斯情景今已大浪淘沙。正是「流連相酬酢，入夜未能回，回思往歲謙，舉目俱堪哀！」一場大動盪令很多無辜報人身陷囹圄，當中就有弱質報人莫昭民，勞改三月即去世，據說是凍死牛棚。「南都三友」雁行折翼，空留堤城茶室一樁心酸往事！

當時文化界很淒涼，三餐不繼，有人自嘲文化人是「蚊化人」，餓到身材縮水如蚊！昔日經常在茶樓歎咖啡的「茶枱社」記者，因時勢迫人，由花錢喝咖啡，轉而在街邊擺檔賣咖啡！據名記者陳大哲憶述，無冕皇帝「淪落」街頭賣襪袋咖啡者有越華報的唐昌周、成功日報的馬森、光華日報的張湘業、建國日報畢潮佳等，日子雖苦，總勝於關在勞改營，從勞改營活著出來如亞洲日報農穫，因受苦過度，獲釋不久就離世了。

為了追悼文化戰友莫昭民，「南都三友」之一的馮若炎以痛徹肝腸的心情寫下一首七言律詩：

「越裳血染面全非，文教生涯苦歎欷，回首南都三剩二，傷心北海去無歸。九原埋骨荒煙冷，孤塚零霜鬼火飛，遺墨依稀難認取，幾回淒咽哭餘暉。」

謹以此文向昔日水滾茶靚、一盅兩件、茶室茶樓、路邊麵車之華人飲食先輩表達敬意。

牛丸牛火君子好

剛上小學的頭一年，有天放學時間到了，母親現身課室外的走廊，我大為驚喜，飛奔迎向她，母親一向忙於給人縫衣服，很少來接放學，正是那難得的一天，我第一次嚐到牛肉丸。

離開學校，我牽著母親的手，一路蹦蹦跳走到羅腰街的麵包巷口（西貢華僑聖母教堂對面），母親停下腳步，向路邊的牛丸流動小販給我叫了一碗淨牛丸。

我使勁豎起腳跟，伸長脖子，好奇的目光先打掠餐車的每一件物品，然後緊盯那位嘴角叼著捲菸，頭戴闊邊鹹水草圓帽（英法殖民地產品，法文叫 Casque Colonial，越南公安、解放軍、小販，即便美國杜魯門總統，也都戴這款帽子）的大叔是如何一邊跟人擲骰子，一邊快手快腳給我準備一碗香噴噴的牛丸。

大叔先用眼角瞄我一眼，彷彿說，小傢伙，瞧著吧，大叔炮製的牛肉丸，保證你吃到美人照鏡。大叔的手先在一塊髒兮兮抹布擦了擦，然後在玻璃箱掏出四粒小得像龍眼的牛丸，每粒一開二，在沸湯裡泡一泡，然後舀進小碗，再撒點冬菜末。我的饞嘴貓咪相一定很滑稽，因為母親望著我，不時露出微笑。

說時遲那時快，一碗肉香四溢的牛丸便端到面前來，我先把鼻子靠上去，跟牛丸香氣來一個親吻，但不敢狼吞虎嚥，而是慢慢細嚼，先用小叉子把牛丸均勻地蘸上甜醬，這邊咬一口，那頭嚼一角，吃得很用心，那時還不知道什麼是沉醉，見到碗中牛丸越來越少，不期然緊張起來，那麼好吃的牛丸實在捨不得一下子就吃到碗底朝天。

自己雖不懂事，可沒忽略母親，我仰頭問：「媽，妳不吃？」她只微笑搖搖頭，沒答，光看我吃得眉飛色舞的樣子，母親的滿足感勝於品嚐天下奇珍。如今踏遍天涯，怎麼也吃不回那一碗滿溢親子之情的溫馨牛丸。

那時家中沒甚麼錢，吃過很多苦的祖母很注重節衣縮食，即便吃路邊攤也是不許的。所以寵我的母親，趁接放學之便，就讓我獨享一碗牛丸（那年代小孩吃什麼都要分食，只有大人才可獨享一碗），回到了家，母親以食指豎於嘴唇中央，示意我要保守吃牛丸的「祕密」，我會意點點頭，母子相視而笑。

吃過人生的第一碗牛丸，奇怪的是，以後每逢路經該牛丸餐車，我都會對那位牛丸大叔有一份難以言喻的親切，他的模樣恆常不變，叼著老是燒不完的捲菸，襯衫敞開鈕扣，露出舊得泛黃的背心，十足一個邋遢癟老頭，他偶爾會瞪我一眼，彷彿在說：「小傢伙，看你猛吞口水的饞嘴相，又想吃牛丸了？」

不過，媽媽不在身邊，吃牛丸就免談，祖母來接放學只肯在麵包巷口給我買一個黑芝麻烤米餅（Bánh Tráng Nướng），但我的目光卻緊盯近於咫尺的牛丸餐車。烤米餅雖又大又脆，卻淡而無味，始終不如一碗飄送肉香和冬菜香的牛丸。那時的烤米餅只有加芝麻和無芝麻兩款，不似今天有四五十種款式之多。

我有個鄰居大哥哥，是該牛丸車的常客，牛丸對他吸引力不大，倒是那三枚頑皮骰子最讓他著迷，他的擲骰本領很有一手，但有點毛躁，反而那位牛丸大叔永遠氣定神閒，莫測高深。有次跟大哥哥一起去見識，他把骰子握在拳心，要我用力吹一口氣（恍似測試醉駕），結果他贏了，我也獲得三粒牛丸作獎品。

我家後來遷至番衣街開雜貨，父親經常上堤岸巴哩街、牛角街、鄭懷德街辦貨，星期天我不用上學就充當父親「跟班」，主要任務是負責看守父親的 Máy Sachs 機車，讓他走進批發店跟掌櫃洽購貨品，辦貨完畢，父親有時會帶我走進夾於平安戲院和趙大光藥房中間的窄巷「醫肚」，品嚐全越南最好吃的牛丸。

那是一條毫不起眼，陽光不大照得到的窄巷，想不到會以牛丸打出大名堂，實在不簡單，窄巷裡的牛丸很彈牙，牛骨湯熬得也很夠入味，且時刻保持滾沸，令牛肉臊香溢滿巷頭巷尾，即使小角色如冬菜及古月粉，亦能恰如其分，處處相得益彰。

巷內還有一檔越南小吃攤，專賣豬皮絲卷（Bì Cuốn）和越北粉皮（Bánh Ướt），魚露尤其調校得異常美味。昔日隨父親來此大快朵頤，常須在牛丸或越式粉皮之間二擇其一，讓我小小年紀就遇上魚與熊掌不能兼得，又想兩者兼得之煩惱及貪婪。

巷子實在太小，食客一多，通道就顯得擁擠，人與蒸汽，須互相擦身而過。王家衛的《花樣年華》有一段慢鏡頭是拍梁朝偉與張曼玉走進巷子買雲吞麵之擦身而過，令我驚艷之餘還有似曾相識之感，梅林茂給電影配上中提琴的幽怨樂韻，加深窄巷「霧鎖煙迷」的蒙太奇，令我不期然回憶牛丸窄巷的桌子、折凳，湯碗、人聲、蒸汽、燈泡、牆壁的絮絮舊夢。

窄巷採光不足，屹立巷尾的古宅看上去陰陰森森，我幼時坐在小吃攤的折凳，不時別過頭回望古宅，把它幻想成一棟鬧鬼的老房子。古宅主人是名中醫師尤文瀾，因其廣告經常標榜專醫花柳，因此該窄巷亦被人謔稱花柳巷！尤家有個兒子在遠東學校唸書，被老師洗腦，年紀輕輕就回大陸建設祖國。另一兒子在香港，是當地中華總商會的負責高層之一。

十多年前，我曾重臨巷口的原址，來回踱步，左顧右望，竟然再也找不回夢中那條「霧鎖煙迷」的食神之巷，頗有桃花源記的「迷不復得路，尋而不獲」之茫然，我找了路邊小販相問，對方反問我哪來的巷子？自己忽然變成了「少小離家老大回」的賀知章，面前的人豈不就是「笑問客人何處來」的稚童？

站在一家金鋪門外，我嘀咕良久，總覺得該金鋪所處位置應是巷子所在無疑，於是我冒昧找金鋪負責人一問究竟，對方年紀比較大，思索少頃說，他依稀聽人說過這裡很久以前的確有條小胡同，只是經不起物換星移，巷口已被封起來，至於巷內尤醫師的古宅，早已湮沒人間矣。我禁不住O嘴，心底一陣悵然。劉以鬯說，時間是永遠不會疲倦。我想補充，時間豈止不疲倦，而且還永遠不倒流，哪怕只是一瞬間。

光吃牛丸並不飽肚，最好是吃牛丸粉。回憶在博愛學院上學，有好幾次中午溜去金像戲院路口的茶室，若非吃海南雞飯（芥菜雞湯奉送），就是吃路邊牛丸粉，不過白天吃牛丸粉比不上宵夜吃更過癮，入夜坐在路邊品嚐一碗舒腸暖胃的牛丸粉，總能讓人帶著滿足感進入夢鄉。

西貢潮州街順記糖水鋪門外的牛丸粉，就是一個香字，入夜生意甚佳，其牛丸跟順記的的燉雞蛋同享口碑。順記有位跑堂大叔，講話聲如洪鐘，每次下單喊話，連聾耳陳都聽得到，我童年最愛模仿他喊蛋茶冰、紅豆冰！大叔白天不賣糖水就跑去挑擔賣草紙

（舊時的廁紙，從前人們不敢用有文字的紙張擦屁股，恐會唔識字），全年無假，勤奮如一頭壯牛。

堤岸三山會館，入夜十分熱鬧，庭院擺滿食檔，其中的牛丸粉檔很受歡迎。孔子大道世界餐室門外的牛丸更特殊，可要求牛鞭加料！食檔隔鄰是經濟西餐，所烹調的豬腰通心粉和日本八寶飯（一粒煎蛋鋪在混有雞雜的茄汁炒飯上面，模樣像日本旗）同樣非常精彩。

堤岸白鐵街市有位挑擔牛丸小販，經常在阮文瑞街及遠東學校一帶叫賣，其獨特之處在於有熟豬皮奉送，甚獲大眾喜愛。牛丸彈牙爽口，豬皮柔軟威化，堪稱牛豬一家親！大叔還在湯煲裡備妥很多白蘿蔔，凡是舊客仔，大叔就會「醒」對方一塊兩塊！

該潮州大叔真是個奇人，五短身材，卻氣力無窮，肩頭的一根扁擔挑著兩個大竹籃，前面裝湯鍋子和碳爐，後面裝兩個大木箱，分別盛載碗叉、醬油、牛丸、豬皮。光是這些東西已然沉重不堪，大叔竟還騰出一隻手提水桶，用作清洗碗具，這份氣力只有「少林三十六房」的劉家輝才使得出來！

大叔長得頗像「鐘樓怪俠」，身形佝僂，臉上長滿白斑，雙目因白內障而看似「陰陽眼」，又有些似「盲俠聽聲劍」的勝新太郎，這副尊容本來很嚇人，但人們太喜歡他的牛丸了，所以無人計較其「世外高人」的特殊外貌。

安恬街出名的大排檔有：①豉油巷的炒麵（可媲美新越戲院松桂坊的炒麵）；②肥佬康主理的康記經濟西餐；③青山俱樂部門口的糖水；④牛丸潮州三父子。可惜因鬧家變，牛丸世家一分為二，為了搶客，兄弟好幾次爆發「牛丸風波」，差點演出全武行。

舊日堤岸大水鑊一帶為貧民窟，煙囪腳街（傅基調街）和醫生街（范友志街）的木屋區常為賣肉生涯者所盤踞，巧的是這裡也聚集幾家牛丸作坊，兩者皆「賣肉」，惟此肉不同彼肉。

當地小孩，夜間無所事事，一般會走進牛丸作坊觀看潮州大叔揮舞兩支鐵棒，有節奏地拍打一堆牛腱肉團，據說要敲打一萬下才合標準，比起花縣人騎大竹昇擀麵還要汗流雨下。當肉醬剁至起筋，韌度足夠，大叔將肉醬拿在拳心滾動搓勻，擠出球狀肉丸，放在開水裡煮熟即告完成！

從前的牛丸都是採用當天屠宰不經冷藏的鮮肉來打造，牛的臊香特別鮮美，加上純靠人力搗剁至肉質起膠，效果自然遠勝機械。我們幼年唸的磨豆腐、磨豆腐、半夜起來磨、磨好還要煮，造成豆腐真辛苦……其實做牛丸也何嘗不是粒粒皆辛苦？

收藏在記憶相冊的一切美食都是最美好的，當相冊 Fade out 為空白，那就只可靠記憶來「回味」了。香港女作家張小嫻說得很對：「懷舊，不是那個時代有多麼好，而是那個時候，你年輕！」也許我懷念的不是童年的牛丸，而是我捨不得的青春。

講完潮州牛丸，也得講其遠親——越北牛肉粉。

越北緊鄰中國，然則牛粉會否是廣東湯河演變出來？尤其粵東潮人的牛雜粉及牛腩，跟越北牛粉頗似表兄弟的關係。

但現實中有更多人願相信牛粉是來自法國家常菜「Pot-Au-Feu（牛腱腩雜菜火上鍋）」。據說 19 世紀末法國人登陸越北，詢問南定省民開的食店可有供應 Pot-Au-Feu，店主猛點頭，少頃端出一鍋集合越廣法三家精華的牛肉火上鍋，雖似是而非，法國人仍欣然受落，從此 Feu 有了個越南名稱叫 Phở，越北人也把 Pot-Au-Feu 聽成了 Bung-Tô-Phở（端碗粉），由於 Feu 的漢譯是火，當年我與曾任亞視新聞主播李敬基聯合撰寫歐洲日報美食專欄時，把吃牛粉戲稱為吃火，取其熱辣辣如火的意思。

牛粉雖成形，但起初流傳有困難，只因當時牛肉非常短缺，農民一般只豢養耕田的水牛，自己也不吃牛，連累法國人要吃牛亦不容易。

話說 19 世紀末，越南芽莊來了一位 Bác Sĩ Yersin，即國際疫病專家耶爾森博士（越華媒體譯為逸仙博士，西貢舊伍倫所在的街道就是叫逸仙博士街），耶爾森以越南人體質孱弱，關鍵是不吃牛也不飲牛奶，對牛油及乳酪更不識貨，而農民一般只飼養水牛，這是社會風氣使然，大家習慣以水牛多寡來計算財富，送嫁妝也是論水牛多少頭來算，至於供肉食的黃牛沒人肯飼養，因黃牛先天上瘦骨嶙峋，怎麼養都不長肉。

有鑒於此，耶爾森向法國政府申請，把法國布列塔尼和諾曼第的巨牛引進越南配種，冀能改善本土瘦牛的基因品種。只可惜農民不領情，寧願種植法國人帶進來的咖啡，可憐法國巨牛離鄉別井來到越南，被農民棄養，放逐森林，任其自生自滅，慘變老虎大餐。

黃牛品種改良雖不成功，但耶爾森教曉越人吃牛肉、飲牛奶，還把洋蔥帶進越南，貢獻至鉅，尤其耶爾森鼓勵吃牛，無形中為 Phở 的日後擴展鋪好了道路。所以耶爾森堪稱牛粉之父，其創立的西貢巴士德院，今天竟成為牛粉聖地，周邊開了不少牛粉名店如巴士德、和記、祿記等。

Phở 起初是不見於越南字典，直至 1937 年法國殖民政府編的 Gustave Hue 大字典面世，Phở 才正式被收錄，但當時稱的是 Cháo Phở，漢譯是牛粉粥，法釋是 Soupe Tonkinoise 東京湯（越北湯）。

南越人要到很遲才見識牛粉，二戰後西貢新街市始有牛粉小販沿街叫賣，光顧者主要為越北公務員，南方人不愛臊味，獨鍾情雲吞麵。1954 年，百萬越北人大舉南撤，牛粉也像避寒燕子往南飛，他們最早落腳開店的地方是六岔路李太祖街及棋盤市，漸漸擴展到巴士德街、賢王街、燕杜街、公理橋等，當時誰都沒想到牛粉後來會揚名世界，在美加的「外來美食 Top 10」高踞榜首，凌駕墨西哥 Tacos、印度咖喱、日本壽司。

李太祖街的飛船牛粉店，誕生於南遷之後，店主叫范文閒，在河內挑擔賣牛粉，因經常頭戴飛行員的鴨舌帽，所以顧客乾脆叫他做飛船大叔（越北人習慣把飛機叫作飛船），他聽了很受用，牛粉做得特別抵食，分量有飛船和火車頭之分，前者標準型，後者超巨型。

飛船牛粉店其貌不揚，走平民路線，車仔佬光顧最多，牛粉又平又大碗，粉條多，出菜快，高峰時間煮粉師傅忙不過來，把一大簍子的粿條全傾進沸湯鍋，煮一下就撈上來，亦即一口氣煮十來碗，有人吃就淋上骨湯及肉片，即刻上桌，速度快如飛船，不過我的評價是一個「粗」字。

其實這才是最原始的越北牛粉，亦即除了青蔥、洋蔥、紅辣椒、青檸之外，無千層塔、刺芹、豆芽等配角，更無甜醬辣醬，風格不複雜、不花俏，不嘩眾！但為了滿足南方人的口味，飛船到後來還是放下堅持，增加香草豆芽甜醬供應，還多了油炸鬼！

自由街有一家牛粉店很特別，位於游泳池斜對面的土耳其街，店號叫 Phở Turc，顧客以穆斯林為主。據說該店所售的牛肉，乃來自長老認可的屠場，牛隻宰殺前須唸經，然後砍頭放血。我沒嚐過，但可肯定，土耳其牛粉店只供應熟肉，皆因伊斯蘭教是戒吃生肉及帶血肉食。

西貢太平街市的 Phở 79，店主來自河內，起初在新定市沿街挑擔叫賣，儲夠了錢便結束小販生涯，選在武性街六岔口落腳，後來店子擴張為孖鋪位，曾獲食家推崇為全西貢最清潔的越北牛粉店。事實上西貢嘉定的牛粉店，的確很不衛生，蒼蠅到處亂飛，非常嚇人，有閒階級常望之卻步。

從前每去國際或凱旋看電影，散場後我多數就近前往太平街市大圓環的啤酒亭，吃海南西餐豬腰通心粉，因而錯過光顧 Phở 79，今日思之不無遺憾。聽說該店牆壁有一張牛身解剖圖，顧客可按圖點自己愛吃的牛肉部位。不少美國大兵到此光顧，好幾次把該店的牛肉一掃而光。

棋盤市有家邋邋遢遢的牛鞭粉，店主煌叔是河內南撤的老廣府，牛鞭粉的受歡迎程度雖不及飛船粉，但多仔公的車仔佬一般最愛吃牛鞭，所以煌記始終有其特定捧場客，人們吃完牛鞭粉還會多要一杯牛鞭藥酒，讓老漢推車更加氣力無窮。

公理橋西婆婆牛粉店 Phở Bà Dậu（西婆婆夫家姓汪，應為閩人的後裔），初期生意平平，但不影響西婆婆對捍衛南定正宗牛粉之堅持，老火湯就是要用長筒牛骨來熬，火候飽滿，清澈見底，西婆婆牛粉有三無：無香草、無豆芽、無醬料。但保留洋蔥片青蔥青檸，粿條亦較一般南方幼細粉條略粗，跟廣東河粉近似。

西婆婆有一群鐵桿粉絲，他們吃不慣變了種的花俏牛粉，經常來光顧西婆婆，欲找回夢縈魂牽的家鄉原味，連當時貴為副總統的阮高奇亦是西婆婆的常客，以致該店名聲大噪，多了一個店號：「Phở Ông Kỳ（奇哥牛粉）」。聽說「奇哥」愛上西婆婆敖的牛骨湯，吃完河粉，還多要一碗冷飯，泡在牛骨湯一起進食，吃法相當高桿！

美國大使館左翼的莫廷芝街，很久以前開了一家叫高雲牛粉店，店主陳文繁也是越北南撤，他煮牛粉之獨特祕訣是一律採用油柴作燃料，以前的油柴很便宜，怎麼燒都沒問題，但是今天燒柴成本不低，但是他不在乎。為了燒柴，陳老爺子特地找人做了一個連貫著大煙囪的混凝土密封灶頭，不使濃煙污染環境，他的牛粉就是靠「乾柴烈火」熬製而成的。

高雲的湯底最堅持牛味，所以從來不加桂枝、茴香、草果，以免香料的濃烈氣味蓋過肉香，當年美國使館的阿兵哥及公職人員常來光顧，店主必定優先服務他們，理由不是巴結洋人，而是為了食店的安全，盡快把美國人打發走，否則的話，店裡坐滿美國外交人員及衛兵，不怕游擊隊來丟手榴彈乎？聽聞美國大兵愛喝味精骨湯，吃完還多要一碗淨湯來「解渴（其實越喝越渴）」，埋單時卻被陳老闆搵笨，算兩碗牛粉價錢！

陳文繁若健在，如今應超過百歲，據說他有件憾事在心，就是熬湯材料找不到北方廣寧省外海的沙蟲（Sá Sùng），若用芽莊沙蟲取代則嫌泥腥味太重。沙蟲藏身沿海泥沙，形狀如蚯蚓，美味不遜海參，沙蟲不但是熬湯好材料，還可補腎壯陽，是順化皇宮的貢品。

吃牛粉吃到以沙蟲進補，南方確聞所未聞。沙蟲就是龍蝨，把龍蝨精油加進魚露，聽說寧捨不同，尤其配搭越式腸粉或粉皮，美味更不在話下。相傳廣西王趙佗每年進貢大漢皇帝，龍蝨精油是少不掉。

閒話表過，話說巴士德街 Casino 戲院，右鄰是金華飯店，天天高朋滿座，其招牌菜「玉樹臨風雞」相當精彩。左鄰是一條胡同，內有小吃攤陳明記，老饕最喜歡來光顧他的烤肉串蒙、春卷蒙，田螺湯蒙、雞湯鴨蛋絲蒙、紅薯炸蝦餅、粉皮肉扎 Bánh ướt chả，當然還有明記牛粉！

鄰近黎聖宗街有位鞋店老闆陳君，每早必帶備曙光報及白黑報來光顧明記，一邊品嚐牛肉粉，一邊追閱金庸的「笑傲江湖」連載，讀到眉飛色舞處，陳老闆以筷代劍，學著書中的林平之使出辟邪劍法。

某天該金庸迷詩興大發，賦打油詩一首贈陳明記老闆，意譯大概是這樣：《名滿京城遠近知，陳明美食考心思，牛腩牛筋隨便揀，魚露青檸辣椒絲。》高雲牛粉店老闆獲悉後很不服氣，為了不讓臭皮匠專美，也找詩人為該店寫下一副對聯：《人間美饌君子好，牛火佳餚無價寶。》

一碗美味牛粉已有很多牡丹綠葉，想不到還有打油詩及金庸小說給它錦上添花。不過世間妙事，真莫過於賣牛粉賣到當上日報老闆！

聽說武性街有意記牛粉店，老闆熱愛文藝，也愛結交文化界，而意記所處的太平街市六岔路有一條范老五街（我考駕照就是來此街考筆試，親眼目睹考官公開集體作弊），許多報社及印刷廠均雲集於此，所以意記座上客常是記者編輯、詩人墨客，他們一邊吃牛粉一邊縱論世界大事，又或叼著香煙低頭趕稿，意記老闆看了深為孺慕。

1963 年吳廷琰倒台，媒體全面解禁，報紙由原本的 9 家一下躍增至 30 家。意記老闆可能牛粉吃多了，不但長力氣，連膽子也大起來，竟傾其所有要趕搭辦報列車，奈何隔行如隔山，報紙維持沒多久就因虧損過鉅而倒閉，辦報夢碎的意記老闆竟因此而氣病了，未久一命嗚呼。

意記老闆娘收拾心情，承繼丈夫留下的食店，繼續掌爐賣牛粉，每天有不少現代司馬相如到來光顧，他們常藉故親近風韻猶存的新寡文君，難得老闆娘亦大方得體，周旋每桌客人之間，逢人就打招呼 Bông Zu（即法文的 Bonjour），惟日子一久，還是不勝其煩，遂以打油詩勸退身邊的狂蜂浪蝶：《牛粉已成炊，生芽變熟芽。》生豆芽在越文是 Tái giá，通漢越字的「再嫁」，老闆娘借熟豆芽已非生豆芽，暗示老娘不再嫁也。

必須一提，正宗越北牛粉是吃熟腩肉的，南傳後便多了生肉片。對於這樣的「變種」，大家樂於接受。但是巴士德研究院外的牛粉店竟然推出牛乳粉（Phở Sữa 採用牛的乳腺部位），那就不是人人接受得來。其實變種又何止牛粉，順化牛粉傳入南方，亦無端多了一隻「鹹豬手」！

越人和華人煮的牛粉不盡相同，前者當然最正宗，味道偏鹹。後者則帶潮粵風，湯料有白蘿蔔，個別食店還用焙魷魚乾來提升湯底美味。學生哥時代在堤岸吃過的牛粉店有霞彰會館對面的心性，啤酒廠的安利，鳴遠學校隔鄰的 Phở Tuong Lai，牛粉實而不華，符合學生哥的消費。

很多年前，我第一次回越，在堤岸婆廟斜對面窄街的標記吃過一碗牛粉，若無記錯，要吃標記牛粉得在下午四點之後，因之前只賣雞粉及沙爹粉。該窄街通向第五郡警察局，有幾戶人家仍保持唐山趟櫳門，很有民國風。我最欣賞標記的湯底，蕩漾著幾點黃油，聽說其湯底也是採用焙過的魷魚乾，惹味非常，粉條入口香滑，且有蒜油，是潮式牛肉粉！

今天人們進食牛粉，不但豆芽、九層塔、薄荷、刺芹（Ngò gai）等百草齊下，連紅醬黑醬沙茶和油炸鬼也都來湊熱鬧，這是柬寮吃法，今天卻同化所有越南老饕，牛粉尚未沾唇就迫不及待把白沙糖往碗裡傾，再猛加是拉差辣醬，一碗牛粉變成了畢加索的立體畫，但顏色上更似亨利馬蒂斯的野獸派！

幾年前在阮惠大道 Palace 酒店（半世紀前這是全越最高的大廈，比帆船酒店還要多蓋一層）吃過牛仔骨 Phở，湯碗是洪七公的痲石缽子，可惜牛仔骨熬得不夠火候，埋單 18 萬元，完全不值，反而在河內劍湖、西湖的蘇菲特五星酒店，牛粉雖一般貴，不過餐具器皿全屬高級瓷器，牛粉味道清爽宜人，屬老派越北牛粉的豪華檔層次。

麵包糕餅黑咖啡

少年初涉文藝，第一篇作品是《愛情與麵包》，發表在越華報學海版。至於內容寫什麼？大概是寫愛情飲水飽的膚淺小品文吧。

受法國人影響，越南人超愛吃麵包，特別是夾肉麵包，不論白天黑夜都愛吃，早餐吃，午餐吃，宵夜吃。所以俗語有云：Ăn sáng lót lòng, ăn trưa dằn bụng, ăn tối phì.（早餐吃最開心，午餐吃最飽肚，宵夜吃最肥肥。）

愛情與麵包，孰為重要？越南人會回答：「請先給我愛情，然後我一輩子開著機車載妳買麵包！」一夜涼如水的西貢白藤碼頭，是出了名的姻緣道，而三文治的流動小販必定在場，因情話綿綿累了，總得有塊麵包下肚，沒麵包的愛情，能偉大多久？

法國人登陸之後，越南人才知道原來不吃飯也可吃麵包。

越南最早期的麵包是圓形的，法國人叫 Pain de campagne，那是拿破崙為打仗而叫人烘焙的軍糧，這種古老麵包外皮堅硬，可保護麵包的水分不易變乾，軍人只消用棉布包裹藏在行軍背囊，幾個月都不發霉，早期輸入越南正是這類麵包，經後來的進化，才冒出今天最常見的長棍麵包。

有傳說稱，拿破崙見農村麵包不好攜帶，就指示廚子烘焙一種可藏在長褲管的麵包，方便士兵帶著它 Un Deux Un Deux 地操步行軍，吃時就把麵包從褲管裡拔出來，怪不得英國人打死都不吃法國人的褲襠麵包。

北方人黎明玉和阮氏靜夫婦，是南越三文治的最先開拓者，他們本來在河內一家法國 Charcuterie 凍肉廠打工，學會法式火腿、肉腸、醬肉等凍肉製作，後來法國人撤退，凍肉廠結業，二人便南來定居棋盤市，以賣凍肉麵包為生，未幾遷往潘廷逢街開和馬麵包店，後又搬去高勝街，我們最喜愛的肉扎 Chả 及豬蹄扎 Giò heo，正是這時期誕生。

昔日咸宜大道有很多麵包路邊攤，其中一家叫如蘭，位於洞發酒樓門外，自家出品火腿肉扎（Chả）等凍肉，相當出名，後來南越變天，如蘭舉家偷渡出海，定居美國橙縣，當時有個小女工叫阮氏酉，留下來繼承該路邊攤，並順理成章成為如蘭的新主人。

昔日小女工如今貴為全越「三文治女王（Bánh Mì Nữ Hoàng）」，如蘭亦由路邊攤搖身變為越南首屈一指的食品巨擘，阮氏酉不但買下了洞發酒樓，連同街的燒臘老鋪如天然、安合、廣合馨、泰棧、永泰、廣泰興，還有廣太和藥房，安利號洋貨等，全都一併收購於旗下。

阮氏西的造化讓人嘖嘖稱奇，其實世上何止一個阮氏西，好幾個國際大都會也都誕生不同的阮氏西，她們靠越式三文治得以致富。倫敦金融城 La City 有雙越南姐妹花，起初在路邊擺攤，後來擴展成為金融城的一家小鋪，還上 BBC 節目接受採訪。英國人把越式三文治捧為 Healthy Food，牛津大字典更把 Bánh Mì（餅麵）兩字收進牛津辭海。

洋人認識越式三文治應始自越戰時期，當時我住在西貢番衣街，經常見到賣夾肉麵包的小童向美兵兜售，那時的三文治只有四五片肉扎及豬腳扎、加料一層薄薄法式 Pâté 肉醬，還有酸蘿蔔絲、黃瓜、辣椒絲、芫荽、胡椒鹽等，當然那幾滴畫龍點睛的 Maggi 醬油是不可少的，雖無今天三文治之豐盛，已足令美國大兵已吃得眉飛色舞。

昔日三文治所淋的 Maggi 當然絕非來佬貨，而是採用本土釀製的米老鼠冒牌 Maggi。此牌子醬油興起於二戰後，包辦所有西餐廳供應，老闆是福建人石雁三，後來潮商辛朝龍加入競爭，創辦黑貓冒牌 Maggi，暗示黑貓吃掉老鼠。說來湊巧，兩大醬油王在商場勢成水火，但他們的「貓仔鼠仔」，在中法學堂是同班同學。

隨著大量北方人的移入，西貢的凍肉店越開越多，最出名有新定街市的然香（Nhiên Hướng）、賢王路的富香（Phu Hương），以及謝翁三岔口（Ngã Ba Ông Tạ）。南方人開的玉釧（Ngọc Xuyến）異軍突起，總算打破了北方人的壟斷局面。福建人開的新振發，專營法國進口凍肉，老牌西餐廳如東發、天南、馬賽、西南、新陶園、金華等均向新振發取貨。

除了和馬，黎利大道的老牌餐廳清白，也是三文治的先驅。清白的三文治很獨特，橢圓形狀，大小如手掌，所以又叫「蝸牛三文治（Bánh mì ốc）」，吃幾口就完，但你可多要一個法式巴的酥「打底」。

清白裝潢簡單，但有法國人的 Bien-être 生活氣質，門外桌子常坐滿大學生，他們菸不離手，一邊喝咖啡，一邊 Ngắm gái đẹp（瀏覽街上美女），那年代的知青反戰爭、反信仰、反主流、反傳統、反禮教，崇拜嬉皮與存在主義，追求精神上的解放，無拘無束，即越南人所稱的 Sống lang thang。清白的咖啡，不清也不白，反而像個壞男人那樣黑得頹廢。如果你找不到朋友，他一定去了清白「夢遊」。

西貢好吃的三文治頗多，堤岸人不熟，所以萬千寵愛集中在西貢郵政總局的香蘭雞絲三文治。（聞說今天越南最好吃的三文治集中在會安古城，當中又以 Madame Khánh 和 Phượng 的三文治最頂呱呱。）

香蘭是一座路邊小吃亭，主要承製法式生日蛋糕，但它的雞絲三文治卻又名滿全西貢。雞絲是仿效法國勒芒的肉絲醬 Rillettes，寫過《人間喜劇》巨著的大文豪巴扎克最愛吃這種肉絲醬，稱之為「山谷裡的小百合（Lys de vallée）」。可惜香蘭的肉絲醬太乾身，法國風味不足。

法國肉絲醬是採用豬肉釀製的，但到了越南，豬肉換成了雞絲。有此變化，得追溯1960年代美國工業雞之飼養熱潮。

大概是 1969 年吧，西貢人忽然瘋狂起來，家家戶戶打造木籠，繁殖美國大白雞。熱潮最高峰期間，南越處處「聞雞瘋舞」，不管上誰的家都見到一座座雞籠，人人庶幾與雞同眠。

春節我上親友家拜年，發現很多人的客廳變成室內養雞場，我被擠到雞籠旁邊的小木凳，想翹起二郎腿亦不容易，當賓主拜年互相寒喧，雞大哥也加入對話，咕咕叫個不停！即使在博愛學院的老師宿舍，亦見馮懷銓、龐堯民、張兆裕、林正中等老師全都在家養雞，不好意思說出來，我還聽聞老師之間為了雞瘟防疫之事而彼此鬧得不開心，互不過從。

後來一場世紀大雞瘟爆發，首都很快變成「執死雞」之埠！死雞肉源源流入市場及山寨加工場，我們最愛吃的雞絲三文治，查實是來自病死的雞肉。我想假如大家知道真相，愛情與麵包，說不定有更多人會選擇愛情。（按，雞瘟爆發過後，人們又忘記教訓，轉而瘋狂飼養鵪鶉。）

跟香蘭相距百米的內政部外牆，有個風味奇佳的小吃攤，所售的三文治也很出名，跟香蘭不同在於麵包夾的餡料不是雞絲，而是豬皮絲，最精彩是塗上那厚厚的一層蔥花豬油，淋以甜辣可口的魚露。該小吃攤兼售豬皮絲豬排碎米飯，生意很好，只是飯香肉香隨風飄送內政部高牆內的拘留室，實不知鐵窗後的淪落人，會否思念家裡的飯香？

如果該小食攤的碎米飯不夠好，那麼你可前往黎文悅街大監房的路口，光顧「大監房碎米飯 Cơm tấm nhà tù」，不過要等晚上九時之後才有得吃，烤豬排是採用帶肥的脊里肉，醃和烤都非常入味。名伶如 Bạch Tuyết、Hùng Cường、Tùng Lâm、Thành Được、Út Bạch Lan 等每逢戲院打烊就結伴來此吃宵夜，導演 Ba Nga 更是騎著哈雷摩托車一路呼嘯而至。想看大明星的戲迷，都會選擇子夜時分到來吃「牢獄飯」。

陳興道大道也有好幾家雞絲三文治小店，由黃光仙路口到交通警察總局的發艷路口，短短路段曾經是「三文治一條街」，最出名的店子叫阮遇，來光顧者多數是興道中學的學生。住在西貢的博愛學校男生，從前騎單車上學，定必路過該處，對阮遇的雞絲三文治不會很陌生。

走筆至此，忽然懷念起廣肇母校門外的肥大嬸三文治，她賣的 Sumaco 沙丁魚麵包很出名，番茄汁又香又可口。肥大嬸的牛油砂糖麵包、乾蒸燒賣麵包、咖椰麵包，Pâté 肉扎麵包無一不受歡迎。不過有時我會省下麵包錢，光顧廣瑞安及亞洲書局的集郵玻璃櫃。

逸仙學校外面也有一檔流動三文治，檔主叫「阿郎」，是一名有季常癖的潮州胖叔叔，但又最喜歡吃女生的豆腐。每逢年輕女生光顧，他就不迭加料，肉扎片多到溢出麵包外，仍殷勤備至問：「夠嗎？唔夠出聲啊靚女！」男生也嚷著要加料，他立刻攏出黑臉：「再嘈喧巴閉，下次唔做你生意！」有人向其越南悍妻打小報告，結果這名醋娘子來到檔口把阿郎罵到頭耷耷，這時麵包所夾的蘿蔔絲一定比平時酸上一百倍！

從前的如蘭（Nhu Lan）只賣凍肉，沒烘焙麵包的，公理街的文郎（Văn Lang）才是正式麵包烘焙大王。每天下午 4 時，文郎麵包出爐，大群光顧者一早就聚集門口守候，他們是咸宜大道的麵包攤販，部分人則是三文治流動小販，另外也有餐廳業者來買牛角包及巴的酥，文郎烘焙這兩款法國包點最捨得用法國金錢嘜牛油，所以香味特別濃郁。

我最記得文郎老闆才哥（Anh Tài）是一個相撲型的大胖子，普通日本機車載他不動，所以他用 Vespa 代步，而後座的依人小鳥是一位美麗的混血兒，不管她如何從後展臂環抱，頂多只能夠抱住半個才哥，酸溜溜的男生總愛譏笑他們是美女與野獸的組合。

還有一家華人麵包作坊叫萬金，位於阮文好戲院對面，店名滿有意思的，如果麵包代表「萬金」，那就怪不得在人生的天秤上，面對「萬金」的挑戰，愛情總是輕飄飄的！

前段提及金錢嘜牛油，法國名稱為 Bretel，我真有些懷疑該法國布列塔尼人調製的這款牛油是否含有罌粟成分？否則，何以越南人不論老幼凡吃過該老牌牛油就上癮，而且愛死了它！

Bretel 沒嘜頭，罐頭上的「金錢」，其實是 Bretel 在歷屆法國商展所獲得的獎牌，並非金錢。Bretel 揚名全球甚早，19 世紀只要有人提起法國牛油就會聯想 Bretel。舊時還未發明冰箱，牛油為了久放，尤其是出口到熱帶地區，一定要加進定量的鹽來防止變壞。越南老饕吃牛油麵包，必定會撒上砂糖，藉此中和牛油的鹹味，喝咖啡的老手亦會加半匙牛油，海南人炒咖啡粒特別愛用金錢嘜牛油加料！

時至今日，仍有許多美加澳的越僑，老遠跑來巴黎尋找其夢縈魂牽的金錢嘜牛油。定居華盛頓的前第二軍團司令兼大叻士官武備學校校長呂蘭中將（真名呂夢蘭，明鄉人），在世時經常求我家長輩自巴黎給他寄金錢嘜牛油。有趣的是，當消息走漏出去，呂將軍的親友紛紛登上其「三寶殿」，要求分享法國牛油。

海外越僑對殖民時代美食眷戀不已，那份難割難捨，活像一對老情人。當人們用小刀刮一片黃澄澄的金錢嘜牛油，給麵包片來回塗抹，不啻連自己的心也抹上了一層牛油，也許那代表一層刻骨難忘的貼心回憶。

相對西貢人的師承法蘭西，堤岸康樂園的糕餅烘焙則師承大不列顛帝國，兩者孰優孰劣？應該是各有千秋吧。

早年有麥當（可惜差一個勞字，否則發大達）、麥岳兩兄弟，原在香港英國人開的告羅士打、嘉頓餅店做烘焙手，後來追隨葉漢來越南闖天下，因留戀南國大煙，長留不歸，並在參辦街金龍藥房隔鄰開康樂園，盡量發揮英國烘焙技藝，西貢北極雪糕的奶油蛋糕及巴的酥有口皆碑，正是康樂園所炮製。

麥當既是烘焙界奇人，也是越南翻生關雲長，其最大樂趣不是滾動擀麵棒，而是舞動手中的一把青龍偃月刀，他以麥雪峰藝名參加崇正體育會和梁氏宗親會粵劇組演出，拿手戲是《單刀會》《狄青闖三關》《衛青平蕃》，功架了得，手中關刀舞得虎虎生風，相信跟平時擀麵有關。

康樂園的斜對面亦有一餅店叫中山合記，所售的中山杏仁餅乃全越獨家。隨著時代演變，這類吃得滿嘴是粉末的家鄉糕點日漸受淘汰，最後剩下專門產製雲片糕及潮州勝餅的本立齋及饒順興。

本立齋創辦人以勤儉出名，大熱天做烘焙，為了不使褲子被汗水沾污，老闆把草蓆圍起來當褲子。福興街口的喜臨門，下午出爐的金黃雞蛋仔，香氣四溢。趙光復街的都城麵包，亦為蛋糕迷最愛光顧的地方。

住過越南的人，沒誰不愛吃「碧的波 Petit Beure」及砂糖香檳餅（Boudoir），兩者皆為法國百年老店 LU 的招牌食品。李良臣與余養家於 1970 年合創的幸福餅廠 Lubico，就是要跟 LU 互別苗頭，生產線全部採用德國機械，鐵皮餅盒製作非常美觀，買來送禮最為大體。然而一場大變天，幸福餅家被查封，老闆余養家受不住越共的晝夜迫供，憤而撞牆自殺身亡。

二戰後流行文明婚禮，長衫馬褂、鳳冠霞帔、三書六禮等古老石山東西，遭到淘汰，但是婚嫁禮教如過文定、過大禮、大妗姐等仍始終一脈相承，尤其是嫁女餅，更加不可偏廢，畢竟那代表雙方家長的體面。

從前過大禮，男方登門給女方雙親送上禮金紅包，還有以雙數計的冬菇鮑魚、髮菜蠔士、扁柏檳榔等。滿臉笑容的大妗姐更是步履敏捷，挑著嫁女餅跨入女家門檻，什麼名貴禮品可以少，就是嫁女餅不可少，因嫁女餅等於「昭告天下」自家千金已吃過茶禮，從此名花有主，謝絕媒人上門。擺酒過後的「三朝回門」仍得繼續送龍鳳餅孝敬父母。所以糕餅店全年不愁沒生意，中秋節是黃金檔，平時的嫁女餅訂單亦不閒著。

嫁女餅的送出必須是雙數，多寡視親疏而定。越戰時的新郎因躲兵役的關係，既不能出門迎娶，也無法上酒樓設宴，於是嫁女餅的作用庶幾與報上的「我倆情投意合，並徵得雙方家長同意……」之「鸞鳳和鳴」啟事是一致。親友對嫁女餅很重視，否則就會牢記一輩子，說某某人嫁女無禮餅派贈。以前拜年，親友之間常互詢，你家女兒什麼時候請吃餅啊？

親友收下嫁女餅，一定多口詢問是哪家餅店的？所以派餅人家對餅店的挑選，不敢太馬虎，因此那些飲譽數十載的老牌餅家永遠最吃香，堤岸隆昌是禮餅界龍頭，其他要算安樂、廣源隆，繞順興、皇上皇。西貢新街市新新、東興園、舊街市的泗興、安樂等，均屬同業中之翹楚。

按照唐山規矩，嫁女餅含八款酥餅：紅綾蓮蓉酥、黃綾蓮蓉酥、五彩皮蛋酥、蛋黃蓮蓉酥、瓜仁合桃酥、蓮蓉雞蛋酥、雞油蛋黃酥等。潮福人則多了花生糖和芝麻糖。南越易幟前的風氣趨向西化，嫁女餅有人代之以海南茶室的瓜仁蛋糕（紙杯蛋糕）及忌廉餅等，更有人乾脆換上西餅禮券。聽人說過嫁女餅可沖喜，病危老人家吃了會化危為安，但也有老人吃完就一命嗚呼，於是又說嫁女餅非人人受得起，矛盾否？

今天的胡志明市，風氣復古，華人社會又回到昔日那個繁文縟節的年代，嫁女禮餅不但重新大行其道，還比過去任何時候更加誇張，每逢有女兒出閣，家中大廳擺滿禮餅，連坐的空間都沒有。

按規矩，嫁女餅放在繪有雙喜或鳳凰于飛圖案的漆器圓禮盒，以每盒有 30 個禮餅來算，十幾個禮盒等於送出嫁女餅有 400 多個（一擔為 360 個合重 60 公斤），若是大戶人家，嫁女餅等閒成千個！只是苦了挑擔的大妗姐，如果禮餅太多，大妗姐只象徵式挑了一擔餅跨進女家門檻，其餘就由旁人代勞。所以當大妗姐者多數是能挑能抬的健婦，我家大姑姐出閣還要大妗姐揹著出門呢。

還有，家有喜事者還須前往阮惠大道選擇出租花車，那年代的花車滿有氣派的，全屬美國流線型大轎車，雖是老爺車，但性能完好。凱迪拉克、雪佛蘭、佳士拿、林肯、惡死無比（Oldsmobile）等均屬首選。阮惠花店所賣的長長劍蘭，有紅有白，是當時最流行的結婚禮花。

對烘焙業來說，中秋節就好比聖誕節，行內人吃飯吃粥，年尾花紅多寡，端看中秋餅市之銷售成績！月餅大師傅通常過完粽節就得密鑼緊鼓籌備，第一步是先支領上期酬金，在行內招兵買馬，組成作戰班底。

同慶酒樓的月餅生產分包給細金生、杜良、大粒墨、豆皮郭等師傅主理，其位於鵝頁的大作坊一早部署成百人手，各司其職，彷如一支紀律嚴明的軍隊，大師傅的前期工作是給綠豆、蓮子、鹹蛋、臘腸等食材上倉或加工，那時的人很敬業，什麼都自家一手一腳炮製，堅持個人風格，不似現在為了追求高利潤，餡料九成是採用中國進口的山寨貨。

大師傅如小金生者，每年中秋要生產數以噸計月餅，所以其承包酬金起碼七位數字，否則調動不了百人團隊，三軍未發，糧草先行，個個工人要先支上期，所以從前同慶酒樓要搞月餅會，為的是吸納資金來應付前期開支，後來同慶自己開同奈銀行，融資便捷，月餅會才告式微。

往昔的月餅會類似月蘭會，大有大做，小有小做，論規模當然以同慶月餅會稱冠，只是同慶月餅會年年大失預算，酒樓門外總是擠滿憑證來領月餅的人群，洶湧如銀行擠提，這些會友大部分是草根階層，無能力一口氣買數十盒月餅送禮，所以才參加月餅會，然而儘管他們訂購在先，但無優先分配，節日越迫近，排隊的人越鼓譟，有次杜良師傅在樓下大廳示範冰皮月餅製作，群眾一擁而入掃光工作桌上的月餅！我幼年聽過鄰居大姐姐為同慶月餅會而大發牢騷，埋怨跑了好幾趟都領不到月餅。

承包同慶月餅的大師傅有杜良、細金生、豆皮郭等，在他們之前又有唐山老師傅如煙屎佳、瓦罉林、黑鬼超、大頭為，整餅師傅們各有諧趣外號，就是沒誰叫「阿茂」！在最後衝刺的一個月，大師傅薪酬常追加五工（乘五）、二三線師傅亦升高到三工。順便一提，香港大班月餅誇耀冰皮月餅是其大師傅郭鴻鈞 1984 年首創，事實不確，冰皮月餅是靠越南船民傳入的。

月餅會並非大酒樓及老牌餅家的專利，其他山寨也招收月餅會。那時的社會人情緊過債，中秋送禮給長輩固不可偏廢，老闆請員工吃月餅亦為不成文規定，有些公司還派發花紅獎勵員工。做醫師的，一年當中治癒無數病人，也收到很多感恩月餅。舊時的人很講究「受人恩典千年記，得人花戴萬年香。」送月餅往往代表一份感恩之心，例如學生送老師、女婿送岳家，或送給幫過自己忙的好朋友。

昔日中秋節期間的水兵街，熱鬧非凡，同慶酒樓的嫦娥奔月巨大廣告看牌，還有外牆的宮殿彩色屏風，把中秋佳節點綴得華麗悅目。愛華酒樓有一年也找人繪製八仙過海看板，可惜應節裝飾只做一年就不復見。賽瓊林酒樓沒什麼設計，但主辦老椰杯足球賽，算是中秋節的點綴。

最妙是 1969 年的中秋節，適逢美國阿波羅 11 號成功登陸月球，太空人阿姆斯莊在月球漫步 21 小時，見不到廣寒宮，也找不到嫦娥姐姐和她的搗藥小玉兔，完全打破了中秋節的美麗神話。不過西貢東興園很會隨機應變，立即僱畫匠繪畫太空人登月的看板作招徠，蒙頭蒙面的阿姆斯壯變成中秋月餅的代言人，可憐嫦娥姐姐從此要嚐到失業的滋味！

賽瓊林酒樓一帶，因「唐山」燒臘店的存在而更像唐山，這裡的月餅銷售，競爭激烈，梁晃的唐山、何三郎的良棧，姚灼華在五指燈的巧益，還有三棧、天祥、李和珍等，全都掛滿花燈和跑馬燈，商店反覆播出新馬仔的《風流天子》戲曲，將節日的歡樂氛圍推向高峰。

馮興街也是最有年味的街道，誰要買九江煎堆非要來此不可，基於年晚煎堆，人有我有，年尾來此購煎堆的人潮，摩肩接踵。李其牧校長常說：「千江萬江，不如我家九江。」或許要修改為：「家家煎堆，不如我家九江煎堆。」廣府人愛吃的蘿蔔糕也可來馮興街訂造。越人製的蘿蔔糕無臘腸蝦米，純屬白糕，吃時矖上花生碎，蘸以甜辣魚露進食。

變天後的第一個中秋節，月餅在市面絕跡，革命政府以月餅浪費進口砂糖，警告誰造月餅，罰款之餘還送勞改。其實那年的中秋怎會有人慶祝呢，入夜戒嚴，很多華人因中秋節大換鈔而身家蕩然，富人大戶更被掃地出門，中秋過得非常苦澀，月餅吃進口是鹹的，因上面沾滿了淚水。

家父少年時曾在舊伍倫街市利民餅家打零工，自此以後家父竟視吃月餅為畏途，原因月餅工場的衛生非常嚇人，老鼠數之不盡，有次家父還目睹糖漿缸有一隻大老鼠浮屍！家父還說有位缺德師傅為顯示自己膽大包天而跟人打賭，竟在赤腳踩拌五仁餡料時，在上面撒了泡尿！

有博愛同學，家住黎萊街新新餅店隔鄰，她兩兄妹利用近水樓台之便，經常沿著互通的陽台，爬進新新樓上倉庫拿月餅吃，這些「頑童歷險記」的回憶，每到中秋節就重現腦海。另一位老友家住安恬街豉油巷，他母親在隆昌餅家打工，每天都把無用的鹹蛋白自月餅工場帶返家做餸，我老友餐餐吃鹹蛋白撈飯，吃到反胃。

住過越南的人，對 Uống cà phê（喝咖啡）或 Nhẩm xà（飲茶）一定不陌生，尤其出自警察之口，那是索取「孝敬」之代名詞！

在越南，由古至今，大小問題得靠咖啡錢或茶錢來疏通，所以你可以不喝咖啡，但出門身上不可不帶備咖啡錢。

拜法國人的開拓，邦美蜀很早就是亞洲的著名咖啡產地，發展到今天，邦美蜀的咖啡產量亞洲稱冠，有個叫 Đắk Lắk 的地方，產量密度甚至世界第一。法國人臨撤退前，把咖啡園統統售予中圻的瓊商閩商。歸仁有位海南葉先生，他不但是咖啡大王，還是西貢美心夜總會的大股東。

越戰年代的咖啡品質有 Moka、Robusta、Alabuska 等，這都是法國人留下來的遺產，Moka 屬最低檔，供應路邊咖啡檔及「擁抱咖啡 Cà Phê Ôm」。Robusta 的馥香相對濃郁，適用茶室飯店的藥煲襪袋咖啡。講到與時間作慢跑比賽的滴漏咖啡則非要用優質 Alabuska 或 Arabica 不可了。

凡愛咖啡的人，對藥煲襪袋咖啡特別有感情。從前家裡開餐廳，早市須備妥三個咖啡藥壺，這些土製容器很能保溫，經柴火長年累月焚燒，藥壺熏成半黑，沉澱著不光是咖啡殘跡，還有鎏金歲月的輝煌過去。

老工人阿北沖咖啡的忙碌樣子至今仍存我腦海，他把沸水傾進填妥咖啡粉的襪袋，先用匙羹攪拌一會，再把沖好的咖啡倒進另一微火保溫的藥壺備用。他總是熟練地這壺倒那壺，像變魔術變出一杯杯「細淨」「白小」「啡奶」「黑鬼」，遺憾是變不回我人生曾短暫輝煌過的時光。

西貢的海南茶室，最多勞動長者光顧，午後熱浪迫人，老人最喜鬆開胸膛衫紐，豎起一腳，嘴角叼著一根藍色巴士多香菸，先把少量熱咖啡傾在墊碟，吹涼了少許，再把碟子端近唇邊吸吮，每吸一口，老人總會長長抒一口氣，「碟子咖啡」是否特別好味？我不知道，只知喝的人很陶醉。

西貢加甸那街（自由街）的法國咖啡館 Givral，是咖啡迷的「麥加聖地」，越戰年代這裡是新聞界收風的天文台，中情局和共諜亦會來此尋覓獵物，一杯法式咖啡和一張攤開的英文報可能在遮掩某些「千面人」的炯炯眼神。大學生年代我曾學人家騷包，來過這裡消費，覺得冷氣超勁，當時的 Givral 已易名嘉頓（Garden），老闆是廣肇體育會會長陳偉初。

你聽過越南天字第一號間諜范春隱嗎？其越戰時的公開身分是美國時代雜誌記者，此君每天都流連 Givral 喝咖啡，也許他的獨家消息特別靈通，所以同行送他一個外號「Givral 大將軍」，殊不知他的確是如假包換的情報少將。他最擅長把情報用間諜相機拍下，再把菲林藏在春卷，輾轉經古芝，再送到武元甲手中，河內曾因此意氣風發說，審閱來自 Givral 咖啡屋的情報，我們彷彿坐上了美軍參謀部的會議桌。

從前有留法牙醫鄧文博，胞兄是海南幫長鄧文紀，家住大水鑊的新成街尾，每天都花錢搭的士遠赴西貢光顧 Givral 的咖啡，他說整個越南就只有 Givral 的咖啡能喝。某晚這位仁兄可能咖啡喝多了而鬧失眠，遷怒李成源街紡織廠的噪音，拿起幾個芳泉汽水瓶擲向紡織廠，結果一大群紡織工來到他家樓下叫罵，此君情急致電同學吳廷麗水，即陳麗春的女兒，向她求救，沒多久一大卡車軍警飛馳而至，眾人見狀嚇得四散逃遁。

巴士德牛粉店隔鄰有一家紅玫瑰咖啡館，是浪漫咖啡迷最嚮往的約會處，該店有三名秀髮如雲的姐妹花，雖非美人，但氣質清純，尤其擁有一雙纖纖玉手，給顧客端咖啡或幫忙調勻咖啡的煉奶，對很多咖啡迷來說是紅玫瑰咖啡的迷人風情所在，店內有泰晤時報和新聞週刊供高級知識分子借閱，也為處於大時代十字路口的文青提供一個很好的精神加油站。

照道理，越南人該是一個很懂咖啡的民族？錯！現實恰恰相反，地球上最不懂咖啡是越南人！

有越來越多的越南媒體指責越人根本不懂喝咖啡，媒體還大力敲響警鐘說，如果國人繼續忘情大喝「新潮咖啡」，那麼從咖啡館到墳場的那段路程，就會越走越短！

越南的炒咖啡豆模式一直備受爭議，原因炒筒內的咖啡豆永遠裝不滿一半，其他盡是粟米、牛油、焦糖、雜七雜八的各樣化學東西，這些物質經高溫處理全都變焦，含頗高毒素，可以致癌。近閱越南青年報，驚悉有黑心咖啡商為牟取暴利，竟然把含有重金屬的電芯粉、泥土、石粉等混入劣質咖啡豆，與牛油一起攪拌來炒！

在歐洲，咖啡室使用強達 9 bar 的高溫氣壓機來沖咖啡，西方人是非原質咖啡不喝，還拒絕喝咖啡因超標 1.5%的飲品，但越南滴漏咖啡由於泡在沸水太久，咖啡因含量比 Espresso 還要高，多喝不利心臟健康。

越南人近年還趕時髦喝象糞咖啡，由泰國大象排出來的 Arabica 輸入越南被炒到每公斤 1500 美元。更瘋狂的是，越南是世界第二大咖啡出口國，但越南人卻迷上進口的貓糞、鼬鼠糞、象糞咖啡！難道外國糞便咖啡特別芬芳（越文 Phân 一語雙關，可譯芬芳的芬，也可譯糞便的糞）？

年輕時喝咖啡，不加糖會嫌苦，如今年紀大了，喝咖啡走糖，仍然嫌不夠苦！其實一杯完美的咖啡，必須烏黑如魔鬼，苦澀如地獄，純美如天使，甜蜜如愛情。

扇傘時尚文藝情

「扇子好清風，時常在手中，有誰來相借，問過主人翁。」此一摺扇詩，跟「床前明月光」一樣同屬我們幼年最愛的啟蒙詩。

看過凌波、樂蒂主演的《梁山伯與祝英台》，大家應還記得戲中男女主角去哪都一扇在手，瀟灑得很。從前上學也愛用紙扇，午後高溫令人昏昏欲睡，最好是一邊朗讀、一邊搖紙扇，既驅暑也驅走瞌睡蟲。

扇子詩最末兩句也可寫成：「不問猶自取，就是大賊公。」妙的是寫上「大賊公」，扇子不管放哪都不虞有人順手牽羊。那個年代，凡書本、間尺、筆袋等只要加註：「不問自取是為賊也！」準不會丟。

祖母每次去堤岸三多、皇宮戲院看電影，一定扇不離手，只因那是堤岸最熱的兩家戲院，老爺吊扇又經常故障，辛苦了祖母，她不是給自己搧涼，而是給滿頭大汗的妹妹和我驅熱，搧著搧著，小孩猶如西遊記的魏徵，很快被涼風搧進了夢鄉！

戲院老爺吊扇經常鬧故障，向帶票員投訴，他就高舉長竹竿，搖動風濕病發作的老吊扇，這種蠻幹方式搞不好把吊扇砸下來。據說豪華戲院發生過吊扇脫落，把一名觀眾的頭顱切飛，事後街坊盛傳該戲院鬧鬼。

祖母有兩件「寶物」，一件是犀牛角，幼年我長痄腮，祖母除用犀牛角磨汁給我塗抹，還著父親拿毛筆在我腫脹如豬頭的臉頰寫個虎字（有人蘸藍藥水或塗黃薑水），因長痄腮又叫豬頭，故須畫虎吃豬。另一件是鵝毛扇，閒來在家就搧，很有一家之主風範。擅演惡家姑的譚蘭卿，手中就有那麼一把扇，隨時搖出家庭風暴的八號風球！我的葉蘭愛老師也常搖扇，誰太頑皮，老師摺扇一合，就在誰頭上「咯」一聲敲下去。

從前的人送殯，必獲主人家分派藍紙扇，扇子是用來遮擋烈日，免於中暑。越南華人叫出殯是出山，送殯叫送山，十里相送頂著大太陽，非要有把紙扇遮額不可。出殯很少人撐傘，可能受鬼片《大鬧廣昌隆》之影響，人們擔心帶傘上義祠會把幽魂「小芙蓉」帶返家吧。

舊年代的人一般都喜歡打傘，洋行職員或衙門孖薦出門更是「大雞遮」一把在手，用不著的時候，就當士的棍（Stick）拄著走路，滿有紳士氣派的。知用校長唐富言一向有「洋遮校長」外號，只因他每天出門，不論晴雨，一定洋傘在手，成為其校長威嚴的一部分。

以前的人禿子不多，一頭茂盛的頭髮最愛塗到油膩發亮，若非採用日本碧綠「丹頂」，就一定用檸檬黃的法國「美人愛」，故在烈日下非要撐傘不可，以免髮蠟遇上高溫，熱上加熱。以前男士最愛把小梳子攜帶身上，從威士霸跳下來，第一件事就是梳理塗滿丹頂髮蠟的髮絲，貪靚程度不遜女性。江澤民也喜歡在大庭廣眾梳頭，在西班牙國王的國宴上，老江拿出小梳子旁若無人梳理自己油亮的頭髮，一副很自戀的樣子。

南國婦女愛白，所以出門必定撐起一朵碎花傘子，往往謀殺了不少菲林。今天我們重溫許多女性舊照，發現凡在動物園、騷壇公園、白藤碼頭留下的倩影，一把斜靠肩膀的花傘必然少不了。所有堤岸攝像館的櫥窗，起碼會有一或兩張美人擔傘的特寫，像攝石般攝住路人的目光。

閱各大華文報的寫作園地，經常會讀到撐傘的描寫，那年代，文友為寫一篇浪漫散文，最喜歡讓筆下的男女共撐一把傘，傘外傘內，有寫不完的悲歡離合！

也許，大家的文風多少受到台灣現代詩人瘂弦的《傘》和余光中的《六把雨傘》之影響，瘂弦把撐傘說成擎著房子走路，雨點絮絮不休在講「風涼話」，而兩只破鞋就是兩隻青蛙，走一步就叫一聲！余光中把傘形容是反面的黑日葵，雨裡盛開，雨後枯萎！雨點淅瀝淅瀝打在傘上，那是雨夫人的指頭在演奏敲打樂。兩詩對生活在蕉風椰雨的越華文友引發很大共鳴，以傘入詩，是永不落伍的時尚。

童年的我，最欣賞「翻生黃飛鴻」關德興把長柄黑傘當武器使用之雄姿，還有我的太極螳螂師公趙竹溪，他也是雨傘兵器高手。

說來也只有中國人才會有的荒誕，傘在庚子國難是會招來滅門之禍的，那時橫行京津一帶的義和團殺人不眨眼，看到誰使用洋傘，就把誰打成洋教徒或三毛子，然後全家砍殺。

從前華人很少買現成皮鞋，多數找相熟師傅量腳訂造，而且又愛使用鞋揪，沒鞋揪就穿不了鞋似的。現代人反而不懂鞋揪是什麼，聽說有人在舊貨攤買了一個長柄鞋揪，當作鑊鏟或舀子用。

馮興街的大華、同慶大道的廣新、恒棧、安安，是老牌鞋店，特別是大華，樓上作坊有師傅十數名，老主顧可挑選合自己心水的師傅。大華在戊申年端午節毀於賽瓊林戰火，庫存的兩千雙皮鞋要不被焚，就是被南越軍盜走，並轉賣西貢新街市地攤。大華皮鞋的特色是鞋底的鐵碼，走路特別響亮，跳舞更佳，宛如穿花蝴蝶，媲美好萊塢舞王Fred Astaire。

安安鞋店門口以「豈有此履」四字作招徠，以前罵人會說對方是安安鞋店，亦即「豈有此理」。玉蘭亭酒樓對面的廣新鞋店，越南官太太最喜光顧，她們來訂造高跟鞋一定要老闆親自接待，然後咕咕噥噥跟老闆耳語一番，說白了就是請老闆幫忙在鞋跟加工，留一個機關來藏匿鑽石。

鐵鬍子將軍阮高奇訪問台北，老婆鄧雪梅很愛扮靚，曾溜出圓山飯店到衡陽路訂造了一批高跟鞋，不知她可有要求店家在鞋跟加設機關？敝友早年留學巴黎，買過一雙名牌 Carvil，穿舊了就趁赴台之便，前往衡陽路找人給他造一雙複製鞋，出來的手工質地竟然不遜法國原裝貨。

1970 年代華商不再訂造皮鞋，轉而愛上瑞士 Bally 鞋，當時很多水貨客自香港把 Bally 鞋帶回越南炒賣，不論多貴都有人要。我是到了巴黎才穿這款玻璃鞋 Bally，皮質柔軟舒適，走路不刮腳跟，可助我日行千里。

以前水貨客還炒賣法國產製的免燙波恤 Montagu，一般有鴨屎綠和土黃兩顏色，這是便衣警探及海關人員最愛的時尚，穿上這款「的確涼」尼龍波恤，再給自己擦滿古龍香水，騎著威士霸出門兜風，好不威水！

當嬉皮蔚為潮流，年輕人最愛到「對面海」的慶會，找越北師傅訂造厚底大頭鞋，鞋跟要夠高，以便跟長可及地的喇叭褲配套。如果長髮女生穿了緊身打褶開叉襯衫（Áo eo），高腰喇叭褲，足蹬 Grand Sabot 潮鞋，騎在藍色的 PC50 迎風馳騁，必定招來滿街的驚艷眼光。

從前我的皮鞋也是在慶會訂造，那兒聚居很多越北鞋匠，最高峰期的山寨作坊，有約 20、30 戶，手工不錯，服務也佳，然而自從中國廉價皮鞋大舉入侵，慶會的傳統造鞋業很快走向式微，如今更從世上消失。廉價的中國貨全球大傾銷，對傳統手工藝來說，是一場滅頂的災難。

以前的人喜量身訂造衣服，潘廷逢街及棋盤市就有很多越北裁縫高手開店，西裝褲頭要造多少個「鋒利」摺紋，或喇叭褲有多似大掃把，這些師傅均可如你所願，做到你滿意為止。

以前男生愛模仿貓王及小林旭，愛惜髮鬢如命，理髮師傅若錯手把它刨掉，一定會有人跟你拼命！愛蓄鬢者喜歡找越南師傅理髮，只因他們的剪削功夫了得。舊日華校因受台灣影響，規定女生一律剪娃娃頭（我們叫 BB 款），男生不許蓄髮鬢，一定要刨得光光，像電影裡的阿甘。

西貢舊街市的民眾、松青，屬上海式老牌理髮店，有花露水熱毛巾侍客，顧客主要為銀行大班或經紀白領。民眾長駐豆皮茂大師傅，剃刀掏耳堪稱一絕，連鄰近的中華民國大使館官員也常來光顧，他們最愛享受茂師傅的刮鬍子及掏耳朵，那是人生最享受的時刻。當洗頭吹髮妥當，茂師傅把丹頂在手心塗抹均勻，然後施展五爪金龍順著髮絲很有條理反覆向後抓，再細心梳出一個 All Back 的殖民時代髮型（賭神周潤發造型）。今天習近平的髮型也是塗滿髮蠟，膠硬程度不輸其腦裡的僵化思維。

徐小鳳來大光戲院登台，她的冬菇頭（茶籮蓋）令我印象深刻，當時越南小女生最愛此髮型，聽說黎利大道美容院的貴叔 Chú Quay，是剪冬菇頭的高手，他還拿手燙出何莉莉的「獨眼虎」髮型。不過若誰要燙李麗華或凌波的「巴黎鐵塔」型，非要上堤岸找老師傅不可了。

年終歲晚，理髮師傅就以店為家，因天未亮就有人來拍門，她們多數來自下六省的村婦，沒什麼指定髮型，只求髮絲越鬈曲越好。舊時燙髮有「電熱氣」或「電冷氣」之分，捲筒熱得像烙鐵，因此美容院需要兩三把大風扇不停開動，驅散熱力及髮焦氣味。有些村婦愛光著雙腳走路，假如外面下過雨，她們經常因此而觸電，頂上髮絲不鬈曲亦難矣哉。

舊時婦女也喜光顧挑擔賣針線及刨花油的自梳女，請她們上門梳理髮髻，更多是要求做線面脫毛，那是華人的古法 Facial，方法是用兩手指頭及牙齒把綿繩扣緊成較剪狀，在顧客的臉頰、額頭、唇上、後頸來回滾動，拔除汗毛，她們手法純熟，比現代激光除毛並不遜色。

這些又叫梳頭婆的自梳女常在西貢羅腰街、潮州街及榮遠新巷一帶出現，堤岸婆廟門前也有其背影。每逢年終歲晚，她們就到水兵街擺年貨攤，售賣胭脂水粉。十多年前我在婆廟門前見過兩位擺攤婆婆，據說她們是全越碩果僅存的梳頭婆，出於憐惜之心，我什麼都買，更不議價，還向她們買了一本三世書：「無眠清風翻舊頁，三世猶勝萬言書，似痛非痛舟心岸，欲悔何悔月頂烏。」豈非正是梳頭婆婆的人生寫照？

生逢亂世，處處烽煙，加上滿街惡警抓兵役，兵役男的日子過得很鬱卒，終日跎縮家中，不見天日，唯有透過閱讀尋找精神寄託。

因應市場需求，華文報蓬勃發展，最高峰期有約 13 家。吳廷琰倒台後的越文報，更創下 44 家之空前絕後紀錄，每戶人家一天最少看兩至三份報紙，讀報樂是當時人們生活的一部分。1973 年 12 月上旬，越南華文報界出錢出力，在西貢皇后大酒店主辦第六屆世界中文報業大會，新聞暨民運部長黃德雅親臨主持，場面極一時之盛，大會議題是如何面對白報紙全球價格飛漲之挑戰，當時稱得上是紙媒之黃金時代。

《今日世界》《讀者文摘》《生活》等，在越南曾經一紙風行，幾乎家家必讀，它既是大家的精神糧食，也是我們知識之窗。《今日世界》的南宮博野史小說，配上白羽的水墨畫，分外精緻。《讀者文摘》的開懷篇及浮世繪，還有書末中英對照的勵志小品，均是我們的良師益友。

除了新聞快報之外，所有華文報均設文藝版，供讀者抒發悲秋傷月之寫作雅興，這些園地計有學風（遠東）、學生（成功）、青年文藝（亞洲）、東風（建國）、筆花（光華）、學海（越華）、文苑（論壇）、人人文藝（人人）、新文藝（新越）、新苗（新生）。全屬正體字創作。天天百花盛放，是槍林彈雨下的一道奇特文化風景。

文藝版的投稿者主要來自三方面：①校園的寫作幼苗；②不見天日的兵役男；③感歎生命如朝露的戎馬筆桿。

大家雖來自不同的社會階層，但共通點是熱衷探索新事物及樂於模仿新潮流。日子形同軟禁的兵役男，寫作慾最旺盛，文字天馬行空，這是他們對現實生活之另類對抗，而戎馬筆桿則用沾滿硝煙的原稿紙向死神乞討時間，寫來有血有肉，對命運及死亡充滿了敬畏。

受台灣影響，越南也曾一度掀起中原鄉土熱，但為時短暫。我曾就此提出自己的見解：「越戰年代的抓兵役恐懼，讓人加速告別青澀，有分量的作品均愛發出大時代的歇斯底里，作者把滿腔苦悶發洩對台灣懷鄉文學的模仿，錯誤地認為中原就是自己的鄉土，其實那時的越華作者是在荒謬世界的憂鬱夾縫中追求一個無戰火的烏托邦，人們心底的江南水鄉並非中原的江南水鄉，而是一個人人享受自由和尊嚴的精神烏托邦！」

無可否認，凡是反映越戰的文藝作品，在華文世界特別吃香，香港當代文藝對越南來稿就另眼相看。1972 年當代文藝的「苦與樂」徵文，入選 48 名，越南佔 9 名（黃廣基、李錦怡、甄子傑、鬱雷等），大部分作品均涉及戰爭寫實！可敬的徐速後來知道越南船民登陸香港，與老伴帶著衣物棉被跑到難民營呼喚營中有無當文作者的名字！

除了文藝版，越南還有另一文化奇景，就是路邊的閱報牆。昔日各家報社及華文書局，門外一定有閱報牆之設，貼的是當天出爐的報紙，供市民免費閱讀，路人最愛駐足「揩報油」（齋睇唔買，亦即打書釘，越人叫 Coi cọp 或 Coi báo chùa）」，我也是其中一員。

身穿白汗衫及孖煙囪的大叔們，經常佔著位置不動，不看完牆上大小新聞是不離開的，我為了看投稿有無著落，也鑽進人群翻看文藝版。當時報社常被華運特工扔手榴彈，越華報的閱報牆還被人淋汽油縱火。水兵街越南新聞處（范敦街口），每天吸引不少老人家前往閱報及聊天，然而這裡也挨炸彈，死傷枕藉，足見那年代新聞業之不易為。

最後一道文化奇景是報社之「軍事化」，現代人是無法想象昔日華文報社是須要架起鐵網及沙包來防範襲擊，門邊還有便衣把守，他們是大使館指派的武裝自衛隊，成員主要是國軍退伍軍人，獲配備槍支。連社長記者出入皆有槍防身，惟敵暗我明，一旦被暗算，少有能倖免者。

文友投稿，通常會把「第一次」獻給越華報的學海版，因其錄取門檻很低，即使不設稿酬，仍深受初出茅廬者的歡迎，越華報鼓舞了很多人的寫作信心及熱情，但其貢獻卻往往被遺忘，連大名鼎鼎的慧茵、尹玲、黃廣基，在寫作世界揚帆逐夢，也是自學海版快樂出航的。

文藝版雖有助報紙促銷，但其稿酬卻很寒酸，所以我們領稿費須靠積沙成塔，一次過領多篇才見到鈔票的厚度。報社一般論字數計酬，詩的稿酬大概 20 來塊吧？怪不得我老友黃廣基、黃梅、李錦怡（三人同屬野聲文社）那麼熱愛寫小說啦。

現代詩的正反觀點，在越戰年代也曾出現零星筆戰，一邊是現代主義鼓吹者，另一邊是新老古典主義的捍衛者，相信這是受台灣詩壇覃子豪 Vs.紀弦及蘇雪林，洛夫 Vs.余光中之筆戰影響。

據黃廣基憶述：「越華現代詩崛起之初，不少文藝版主編是非常抗拒的，有些主編甚至不用或強行加標點以表示態度。這是為什麼現代詩的先驅要自印詩頁、借版，及向港台進軍。嚴格來說，詩作是老編用來填塞版位的點綴品。現在的人都愛誇說當時現代詩的成就，都是自欺欺人。當然也有支持現代詩的主編像編論壇報文苑版的楚珊、藤蔓。隨著寫現代詩的人越來越多，一些主編也改變了態度，像接編成功日報學生版的羅立就相當重視現代詩。」

踏入 1970 年代，現代詩發展更蓬勃，詩寫得好的人更轉移陣地到香港《詩風》和台灣詩刊，即使投稿本土，也是優先投給成功報學生版及論壇報文苑版，因老編羅立、楚珊，對現代詩不存偏見，思想開明。

凡愛電影亦必愛讀小說，躲兵役者沒上電影院的自由，只好靠讀小說彌補，故報紙的小說版特別叫座，金庸、倪匡、瓊瑤、依達、郭良惠、楊天成、我是山人的連載，我們一天不讀，一天渾身不自在。

依達和亦舒的新派小說，短行短句，敘事以兩性對白為主，對白雖多卻不囉嗦，帶有西洋風，書中人物愛用西方牌子的奢侈品，也很能滿足讀者的崇洋口味，這跟台灣瓊瑤的新古典或半老派寫法，大異其趣。

黃廣基的小說帶有依達和亦舒的影子，後又換上司馬中原的鄉土風格，寫了〈斜陽外〉〈石鼓莊〉〈劉二痳子〉等三個短篇。黃廣基還以民初背景寫了〈門〉，並憑此榮獲香港環球小說徵文冠軍。據資深文友施漢威的資料蒐集，越華文藝在那一屆環球徵文是大贏家，因徵文的前三名優勝者，全由越華文友囊括，黃廣基掄元，蕭鳳儀和雲幻則包辦亞季軍，香港出版界大感詫異，硝煙下竟然冒出那麼多的小說寫作奇葩。

本土文藝自 1970 年代起出現了十字軍東征，為了挑戰港台刊物的更高門檻，越華文友紛紛給香港《當代文藝》《純文學》《文藝世界》、台灣《幼獅文藝》投稿，雖鎩羽者眾，但不少人仍願前仆後繼。《當文》的一篇稿可領 20 至 30 元稿酬，這些錢在香港夠阿燦買七八個漢堡包吧？

那時的黃廣基，著作產量無與倫比，他和另一筆壘創辦人谷風，同為本土徵文比賽的常勝將軍，贏盡所有殊榮。他在香港環球文庫推出：《陋巷》《愛河兩岸》《野鴿的黃昏》《半個暑假》《短雨》等五部中篇，封面繪圖全由紅到發紫的董培新執筆（董氏還給大小說家金庸、倪匡、依達繪畫封面，也包辦邵氏的海報設計）。

黃廣基父親在孟子街開幸運書社，每逢有人來租閱黃廣基的小說，黃父記下租書人姓名之同時，不迭跟人說：「這本小說係我個仔寫㗎！」說話時，鼻樑上的老花鏡都快掉下來了，不掩其以兒子為傲之威風感。

越南本土作家獲得環球文庫出單行本，黃廣基是第一人，若非一場大變天，其環球小說之發行又何止五部？當創作生涯如旭日東升，卻戛然終止，其個人的遺憾，也是越華文壇的遺憾。

黃廣基為環球文庫寫小說，一本四萬餘字可領 400 元港幣稿酬，相當那時越幣 10 多萬元，等於西貢小白領一份月薪，可見當年其收入之豐，在窮哈哈的寫作圈子他算是「小富翁」。

當年報界有幾支健筆，值得今天向他們致敬：

●新論壇、成功、新越的老編漫漫，獲公認文藝版的最佳編輯，其編採寫，樣樣在行，是新聞界的萬能泰斗，很欣賞他的影評及撰寫中華歌舞劇團在大光戲院登台的特稿，其與夏行、陳大哲在新文藝版的「三人行」專欄，叫好又叫座。

●遠東日報副刊有好幾位名家執筆，當中有蟄蠻者，專門撰寫深山獵虎的手記，佩服此老，足跡踏遍邦美蜀高原及印支的原始叢林。

●新聞快報副刊走小報格調，有陣子天天刊登古靈精怪的「花題解夢圖」（字花），該報的《八仙鬧西堤》《濟公鬧西堤》連載，走通俗趣味，作者署名半老西堤，行文風格頗似鄺魯久。眾所周知，鄺魯久早年以寫《古都街二奶》《新海角紅樓》而名聲大噪，他和遠東日報的鄔增厚同樣以文思敏捷見稱，後者只要上足了電，文章更是倚馬可待。

●昔日華文報流行設讀者信箱，讀者閒來無事就細讀信箱的 A 君與 B 小姐的盡訴心中情，裡面總有很多癡男怨女的故事，很能滿足讀者的八卦。成功日報的隱鳳信箱，可媲美香港《姊妹》的孟君信箱。出身排字工人的隱鳳原名陳貫之，起初讀者誤以為隱鳳是女性，稱他是鳳姊，他亦順著大家意思自稱為愚姊，他主持信箱成名後，跑去選都城市議員，他的當選粉碎了很多人的幻想，原來黃梅調裡的鳳姊是個鬚眉男子！

●原名林建中的雙木，曾贏得首都百米短跑冠軍，他撰寫團結杯籃球巡迴賽，非常了得，報導精武杯及天香杯兩大歌王歌后大賽，寫法新穎，不落俗套，是我揣摩的對象。聞說變天後的雙木，常以中共地下黨員自居，後來定居舊金山，更給中共充當傳聲筒，不惜跟好友陳大哲翻臉。

公仔書與小說迷

童年看的第一本公仔書，是法文兒童繪本，裡面的雪人和小毛驢都很有趣，不過最可愛還是長耳朵、白嘴巴的小毛驢，在許多古典童話裡小毛驢無處不在，大人說孩子不乖是會變小毛驢的。

明月當空，母親給人趕縫洋裝，我坐在她腳旁翻這冊童話繪本，如果那算是公仔書，有個紅蘿蔔鼻子及戴上黑禮帽的雪人，算是我接觸的第一個連環圖公仔！後來同屋的大哥哥給我看《尼爾斯騎鵝歷險記》，精彩極了，小腦袋的想象力如神奇豌豆般一夜之間向上飆長，自己渴望變成尼爾斯，騎在大天鵝背上，飛向一望無垠的藍空。

廣肇母校鄰近的冠珍棧（西貢華人天主教對面），真不簡單，除賣醬油，還增售冰花糖水，且購備很多套一頁一圖，大小如手掌的公仔書供小顧客借閱，我最樂就是一邊吃菠蘿蜜薄荷冰花，一邊翻閱公仔書，書中人物皆來自戲曲造型，類似武松、御貓、錦毛鼠的文武生打扮，帽子有一個倒V，耳邊有一個絨毛球，上衣排紐是曹達華式的腰花圖案，腰間鸞帶結一個長長下擺，英姿颯颯，威武至極。

有一則聽來的故事，堤岸品湖街劉棟榆大宅的老太太，是最典型的公仔書迷，老太太三步不出閨門，最大消遣就是閱讀公仔書。據一位媽姐透露，老太太的公仔書堆積如山，而且寢室有很多鏡子，使得終日手不釋卷的她，更似活在一個虛幻世界。

冠珍棧除了常備公仔書饗客，還把飛利浦收音機開大聲浪，依時依候就播出「越南之聲」的《如來神掌》電影廣播，偶爾消費者也會聽到李大傻講古，尤其是方世玉打擂台的故事，那個年代的生活情趣經常圍繞著收音機，頗似懷舊電影《涼茶・馬尾・飛機頭》。

我的李澤民老師講述方世玉惡戰雷老虎，精彩不輸李大傻，李老師形容方世玉的輕功，手腳並用，並且愛用說時遲、那時快之口頭禪。李大傻的鬼古節目採用《旱天雷》作序曲，被我們越南小孩混入越語，唱成「邊個話我傻，我請佢食 Bánh Bò（原文是食燒鵝）……」

幼年能學好漢文，中華民國僑教應記第一功，第二功臣該輪到租書社了。我家被很多租書社包圍，有舊妹的提探書社、鳳山寺的果園書社、圍仔巷口的莉莉書社、福源三層樓的大眾書社、榮遠大樓的時代書社、舊街市棋記書社、宗室帖街的三民書社等，是陪著我長大的精神糧倉。

租書社多數設在公共樓梯底或巷口的角落，也有人擺地攤，母校隔鄰實用輪胎公司門外，就經常有老翁提著兩個大藤篋的公仔書及幾張凳仔到來擺攤，小孩子付一塊幾毫，就可租許冠文畫的《財叔》《神筆》《神犬》，當街蹲著看（此許冠文非電影界許冠文，財叔雖愛國，但九七前還是舉家移民溫哥華成為加國公民），一本書往往有五六個小頭顱擠在一起閱讀，閱速慢的小孩經常嚷：「嗨，別翻別翻，還未看完呢！」擺攤的老翁時刻雙臂繞膝，悠悠吞雲吐霧，如世外高人在打坐練功！

校方是嚴禁公仔書帶返校的，嫌其內容荒誕，教壞細路。訓導主任何幹鈞主任很兇，學生一經查獲，大腿必須領受其降龍十八掌之其中一式！

隨著美軍登陸，大力水手、Lucky Luke、二戰風雲等西洋公仔書，開始闖入我的閱讀世界。堤岸愛華酒家樓下的洋書店，參辦街的傘陀書店，西貢自由街的 Le Portail 等，均可找到《玻璃鞋》《丁丁歷險記》《圓桌武士》《唐老鴨》《米奇老鼠》《唐吉訶德》等西洋公仔書，無論畫功或紙質均屬一流，即使不懂雞腸字，光看公仔，已夠不忍釋手。

《兒童樂園》的小圓圓和小胖，靈感應該來自小安琪和小波比，總是一個聰明配搭一個遲鈍，笑料多籮籮。最愛看羅冠樵的封面設計，常見孩子三五成群在大自然的懷抱追逐螢火蟲、挖蚯蚓、點花燈、放水燈、鬥蟋蟀、放風箏等等，童趣溢滿紙上。每次重睹《兒童樂園》的封面，自己彷彿緊貼時光老人的門扉，找回久違了的童年笑聲。

台灣《模範少年》面世，是童年的震撼。書中錢夢龍的《西遊記》《封神榜》《白蛇傳》採用國畫工筆白描，跟古裝公仔書的戲曲造型一脈相承。我們幼年畫公仔，最愛臨摹錢夢龍的孫悟空和豬八戒。童年也愛死黃鶯繪畫的《地球先鋒號》，看到先鋒號一飛沖天的英姿，孩子們的興奮就好比看到銀幕上曹達華在《如來神掌》裡大喊一聲「萬佛朝宗」！

可惜黃鶯活到 28 歲便英年早逝，地球先鋒號維護世界和平的重任從此落在手塚蟲治繪的《小飛俠》，醫師出身的手塚，畫功冠絕東瀛，他的《小白獅》《怪醫秦博士》《藍寶石王子》在舊日租書社很叫座。《模範少年》有一單元是劉欽興的《阿三哥與大嬸婆》，很受歡迎，不知是誰帶頭，忽然之間「阿三哥去美拖，撞見兩個安南婆，問你愛邊個？愛個大肥婆……」的歌謠，唱遍當時所有華校。

台灣武俠連環圖《小俠龍捲風》登陸越南，所向披靡，作者陳海虹獲讀者譽為「台灣金庸」，他用連環圖寫小說，把電影的剪接技巧套用在漫畫裡，只是畫格有太多爆炸狀及閃電狀，浪費不少篇幅。葉弘甲的《諸葛四郎》也不錯，惟畫功略嫌粗糙。

好景不常，台灣的連環圖也步上武俠小說後塵，遭到全面取締。原籍番禺的著名反共漫畫家牛哥，為了禁令跟政府大興訴訟，終獲勝訴。牛哥筆下的牛伯伯，在越南無人不識，那是個家喻戶曉的醜八怪人物，但牛哥本人則英俊如大明星。1950 年代「小野貓」鍾情自港赴台訪問，牛哥與佳人在烏來演出一段甜蜜「羅馬假期」，但事後被台北當局抹黑為「綁架」事件，據牛哥遊巴黎時告訴我任職的歐洲日報，他被抹黑，完全因為他和蔣經國是情敵關係，兩人均拜倒鍾情的石榴裙下。

台灣禁連環圖，整肅冷風還吹到西堤華校，我的廣肇訓導主任何幹鈞老師下令學生不准帶「禁書」回校，查獲一律沒收兼記過，班主任葉蘭愛老師指武俠小說怪力亂神，讀之無益，說有小孩子因沉迷武俠世界，有樣學樣，離家出走，上山拜師學藝去。其實廣肇校內圖書館的西洋藏書就有基度山恩仇記、玻璃鞋、睡公主、圓桌武士、阿拉丁神燈、美人魚、豌豆姑娘、青蛙王子、天方夜譚等，還不是劍客啊、神仙啊、女巫啊、魔法啊？卻從無禁止，難道西方月亮特別圓？

西貢最初見到的金庸武俠小說是薄薄的書冊，像環球小說般可以捲起來插在褲子後袋，小說封面及插圖是白描國畫。從前武俠小說一套有十數冊，每冊含五回合，租書社的生意長做長有，因小說迷追完一冊，明天再追下一冊！租書社老闆全是緊張大師，緊盯顧客限時交還，以便再租出去，最怕丟一兩冊，整套書就殘缺了。每逢學校放年假，我一定租兩套小說「過節」。後來小冊子被淘汰，換上厚厚增訂本，本來是一項進步，但我已經失去追讀的樂趣了。

武俠小說上了印支華文報章連載，應始自 1950 年代，起初遠東、亞洲、成功等大報對金庸小說是瞧不上眼，後來見鄺魯久的光華日報率先連載，讀者反應熱烈，適逢香港峨嵋公司推出由曹達華和容小意主演的《射雕英雄傳》在大光戲院公映，場場滿座，大報終於低頭了，忙跟進連載金庸及梁羽生的小說，沒人再在意作者的左派背景，一切在商言商。

國府甫播遷台灣，《蜀山劍俠傳》《血滴子》《女俠夜明珠》就遭扼殺。1960 年「暴雨專案」出爐，禁令升級，迫使臥龍生、諸葛青雲、司馬翎等武俠小說名家被迫移船就塢到香港出版。那時台灣把武俠小說宣傳為怪力亂神，連胡適也鼓勵民眾閱讀偵探推理小說，遠離意識下流的武俠小說。吃左報飯的金庸氣得以《最下流之胡適之》社論作反擊，痛罵胡是雞鳴狗盜，投靠美帝，行為下流。胡適與金庸本該同病相憐，兩人兒子均自殺身亡，一個在大陸因受迫害，另一個在美國因失戀打擊。

回說昔日西堤華文報的金庸小說連載，當時各報都倚賴在香港星島日報任職的檳椥華僑陳威信負責剪報供稿（老陳是中法學生，與我相交卅餘載），然後經由堤岸聯興書報社專人當天自香港帶回西貢交收，見報速度比香港晚一天，各家晚報為趕下午四時發行，分秒必爭，不等剪報送上門，各自派出摩托車好手到新山─機場「哄搶」，所以晚報的金庸小說連載，比日報還要早大半天。那時沒知識產權，金庸小說是「天下為公」，各報瘋狂轉載，一毛錢稿酬也無需付。

連載金庸小說的柬華媒體有湄江日報和新生活午報（惡搞的人稱生活「牛」報），他們的連載也靠香港每天寄來的剪報，當時政局混亂，航班不正常，郵件每次中斷，連載就接不上，哪天若開天窗，哪天報紙銷售就銳減。剪報寄達也往往次序顛倒，令編輯老總頭痛不已。

新生活「牛報」社長劉華，確實「牛」到了家，哪天剪報沒來，他就權宜代筆，把故事接過來寫。其競爭對手魏智勇亦不執輸，硬著頭皮為情節作狗尾續貂，結果「笑傲江湖」變成花開兩朵，各表一枝。這些辦報祕辛，就連金庸也矇查查，他若知道真相，一定氣炸了，原來世上除了倪匡，還有金邊報人也給他的小說「代筆」。

湄江日報社長魏智勇見不是辦法，於是赴港找金庸洽商，請他每天發稿前夕把副本快遞寄湄江日報，從此該報跟明報同步連載《笑傲江湖》《鹿鼎記》，速度甚至領先越南華文媒體。

戊申戰火期間，許多地方都不能去，唯有在家狂覽武俠小說，西貢時代書社的舊裝武俠小說，是我全力進攻目標，遍覽金庸、梁羽生、諸葛青雲、倪匡、司馬翎、陳青雲、柳殘陽、臥龍生等作品。鳳山寺的果園書社，給我提供了潘飛鷹，伍寄萍等許多武俠公仔書，前者的《天龍八部》把喬峰、段皇爺、段譽、虛竹等畫得栩栩如生，後者的《絕代雙驕》《多情劍客無情劍》亦屬經典，憂鬱的李尋歡和佻皮的小魚兒躍然於紙上。崔成安編的風行漫畫叢書在越南很搶手，每集由四位名家執筆，既有曹達華探長式故事，也有傻偵探和豬油高的笑彈大發放。

當陳寶珠、蕭芳芳掀起阿哥哥電影的青春熱潮，女生爭相崇拜各自的偶像，李惠珍的《13 點》和謝玲玲的《嬌滴滴》亦應運而生，大大滿足女生的時裝繪畫嗜好。西貢潮州街大眾書社由一對姐妹花經營，那是冬菇頭女生的聚集熱點，她們不放過每期的《南國電影》《銀色世界》《影壇週報》《姊妹》雜誌，最愛是剪下印花向雜誌社索取明星的簽名玉照。

倪匡的武俠小說在越南不乏讀者，但我個人比較喜歡他的現代武俠作品如《女黑俠木蘭花》《衛斯理傳奇》。同類型冒險小說有馬雲的《鐵拐俠盜》，在越南租書社很叫座。倪匡的情色小說《浪子高達》比楊天成的《二世祖手記》寫得更露骨，正好迎合躲兵役的人之需求。

昔日兵役男最愛看《老爺車》《浪子高達》，前者是為了看美女火辣圖片，後者是為了看倪匡的慾海奇情。倪匡自認色情小說寫得比武俠小說好，據聞他家收藏的色情光碟比性商店還要多，他建議金庸試寫鹹濕小說，金大俠聽了立刻掉頭走，顯然被這名文壇田伯光嚇壞了！

藉著李小龍的旋風，《小流氓》《李小龍》順勢崛起，給堤岸聯興及衡記兩家書報批發公司帶來大筆生意，以上的公仔書為半周刊，白天在港推出，入夜十時許就可在百喜酒店門外買得到，每逢出版日，不管路有多遠，我甫離開大學就騎機車自七賢四岔路趕往堤岸漏夜購買。

幼年閱讀習慣來自我家的大書櫃，我把它看成一株千年古樹，每次吱呀一聲把玻璃門打開，彷彿開的是《愛麗絲夢遊仙境》的樹腳大門，門後面是一個夢幻宇宙，文字都長了翅膀，可負載著我無遠不屆地飛翔。

玻璃書櫃收藏我家上兩代人的藏書，父親早年買的平江不肖生、還珠樓主、散髮生等人作品，是我最先接觸的武俠世界，《江湖奇俠傳》舊得無與倫比，依稀記得那是木刻本線裝書。那時年幼，閱讀能力不高，但仍囫圇吞棗。書櫃裡的巴金、老舍、冰心作品，多數是姑姐留下的。相對來說，無名氏、劉以鬯、俊人的小說比較合我口味，俊人的《罪惡鎖鏈》是我的第一本文藝奇情，長大之後才領略劉以鬯是最好的小說家，他擅於心理獨白，往往帶出非常雋永的現代詩意象。

祖父是愛書兼編寫戲曲之人，卻家無恆產，才三十而立就離世，遺下滿屋子線裝書，當時肩負養家重擔的祖母日夜操勞，生活過得很苦，有天祖母把祖父的藏書統統賣給收破爛的挑擔小販。說來感慨，祖父走得早，錢沒留下來，卻留下一屋子的書（錢稍微多一點就寄回唐山），難怪祖母生氣，不過父親還是把祖父的毛筆手抄本搶救下來，帶來巴黎，存放大廈地窖，豈知地窖爆水管，結果千里迢迢帶來歐洲的祖父遺墨，悉數泡在水中。

從前每週日早上，隨父親上堤岸馮興街辦貨，時代書局有一列高及天花頂的玻璃壁櫃，全部陳列民間章回小說，為了尋找獵物，我往往要豎起腳跟窮目而視。最初購買的章回小說是《乾隆下江南》，繼之《薛仁貴征東》《七俠五義》《火燒少林寺》等，書內文字密密麻麻，既無標點符號，亦不分段，閱讀頗為費力，妙的是章節一開頭就「話說乾隆」，完了就像李大傻講古之虛晃一招：「欲知後事如何，且看下回分解！」

除了章回小說，時代書局也售大小算盤（越南僅此一家，唸小學時算盤課每週一堂），同街泉興行則以代理 Pilot 派律（百樂）鋼筆馳名全越，其競爭對手是第五郡警察局對面某書店所代理的日本 Sailor 水手牌鋼筆。黑市還有大陸製造的英雄筆，書寫雖不錯，但不耐用，跌到地上就得報銷。以前我們上課不准用原子筆，規定要用墨水鋼筆，初期填墨是要泵的，後來進步為使用墨膽。越文 Tập viết 用蘸飽紫墨的鋼嘴筆一點一劃書寫，好怕這款練字，墨汁常在藤書篋內溢出，把書薄弄得髒兮兮。

越南人酷愛閱讀，華文世界的小說不管武俠或文藝，越南人兼收並蓄，無一錯過，其閱讀興趣之濃，比華人猶有過之。

越戰期間，順化有言情小說家從龍夫人（真名黎氏白雲，筆名來自風從虎，雲從龍之引申），任全國婦聯會祕書長，擅寫愛情，獨霸女性小說市場。然而自從 1970 年瓊瑤越譯版小說《窗外》面世，從龍夫人的小說女王地位就動搖了，連越南出版商也感震驚，寫武俠小說殊非越南作家所長，但沒理由連寫文藝小說也輸給華人作家？事實當時的越南，戰亂頻仍，男女戀愛常須面對生離死別之慘痛，「有情人不成眷屬」的苦戀，可說千千萬萬，而瓊瑤愛情小說確實輕易虜獲越南讀者的心。

最先翻譯瓊瑤小說的人是越南科技大學數學講師廖國爾，他起初翻譯依達的《垂死天鵝》，讀者反應平平，接著他譯瓊瑤的《窗外》，竟然一炮而紅！人生報（Báo Đời）老闆杜貴全立刻用銀彈打動廖國爾，請他翻譯《菟絲花》，一年之內再版三次，累計發行三萬本，賣到斷市。

廖國爾後來又被現代出版社撬走，推出《翦翦風》譯本，發行七千本，僅匝月就售罄，這時越南出版界可瘋了，發現原來除了金庸，還有瓊瑤這座文藝「大金礦」！當時有四名翻譯家各為其主，不分晝夜開快車搶譯瓊瑤小說。有商人開出版社，純粹獨沽一味發行瓊瑤越譯小說。《彩雲飛》面世之日，恰逢電影公映，《千言萬語 Mùa Thu Lá Bay》唱到街知巷聞，連帶小說也異常搶手，短短一周賣光七千本！

越南人超愛電影《彩雲飛》，純粹出於對甄珍之崇拜，但對《菟絲花》之著迷，則完全出於對小說本身的欣賞。其實《菟絲花》故事擺在任何時代均可，仍然脫不了兩代人的恩怨及多角戀！瓊瑤因經歷師生戀而自殺過，也因情傷而考試落第，她讓自己的三段情史透過小說獲得輪迴轉世。越戰年代很多女性仰藥輕生，越南學者歸咎瓊瑤是間接兇手。

早在二戰之前，越南小說迷已盛行閱讀中國的鴛鴦蝴蝶派小說，最典型是清末民初徐枕亞用駢偶文寫的言情小說《玉梨魂》《雪鴻淚史》，獲老儒譯成越文，風靡一時，賺盡天下人淚水，也讓越南知識界首次中了中國言情小說「毒」。跟中國讀者一樣，越南讀者厭倦封建老套小說，對徐枕亞為挑戰封建而寫出盪氣迴腸的不倫戀，極為喜愛，當時有越南讀者閱罷《玉梨魂》的悲慘愛情故事，因無法抽離而服毒自殺。

《玉梨魂》是徐枕亞的成名作，敘述老師何夢霞愛上學生的守寡母親白梨影，但不獲社會原諒，兩人只好暗地偷情，寡母受不了外界眼光，有心斬斷情絲，於是用接木移花之計，桃僵李代之謀，把亡夫之妹嫁給何老師，豈知反鑄大錯，痛苦由兩人變三人，兩女自戕，男的本想隨死，後來決定以身殉國，在武昌起義捐軀。越南大作家石嵐 Thạch Lam 坦認徐枕亞的鴛鴦蝴蝶派作品對越南文壇起有啟蒙作用，還掀起過寫作跟風。家父年輕時看過《玉梨魂》，到了年屆九十，仍讚不絕口。

金庸也許不知，越戰的金庸熱，比美國 B52 投下的燃燒彈還要來得烈焰萬丈。南朝的官員將領，每天會議召開前，總是人人拿報在手，兩臂張開，埋頭細讀，他們第一時間關心的，並非國家大事或戰局報導，而是關心喬峰踏破鐵鞋要尋覓的帶頭大哥到底是誰？令狐沖的獨孤九劍能否戰勝練就葵花寶典的東方不敗？娶了七個老婆的韋小寶在忠孝兩難全之下能否憑其「神行百變」全身而退？置身前線的將官就算面對槍林彈雨，也不減其對洞庭君山大會丐幫幫主鹿死誰手之關心。

金庸小說的武林人物，往往融入越南國會的口水戰。有次下議院爆發朝野激烈攻防，高坐議長之位的阮百謹慘被一反對黨議員狠批為君子劍岳不群，亦即指責他主持議事沒堅守中立，是偽君子一名。此語一出，全場爆笑，因滿朝文武盡皆金庸迷，翌日越南報章的顯著版面刊出「岳不群在國會挨批」「阮伯謹慘變岳不群」之醒目大標題。

西貢都城議會議長劉永旅（越南劉氏宗親會名譽會長）是我姑丈的表兄，逃亡時攜家小登機飛關島，際此魂飛魄散關頭，竟不忘把幾套金庸小說譯本帶在身上，後來到了芝加哥定居，他就出租金庸小說賺外快！假如知道越南有這樣的知音人，大難臨頭猶捨不得丟下《笑傲江湖》《天龍八部》，金庸會不會淚崩呢？

早在二戰前後，越南人已閱讀民初俠義小說了，最迷是《火燒紅蓮寺》《蜀山劍俠傳》《乾隆遊江南》等（譯者陸壽南，任職東方匯理銀行，也是蘇天疇粵劇社的二胡樂師）。小說家平江不肖生本身是真材實料的武林高手，他寫的《火燒紅蓮寺》拍成 17 集電影，在越南上映場場滿座，反覆放映十數年。越南小說家文泉、范高鞏見獵心喜，跟風寫了一部《六劍童》，據說可跟上海舶來的武俠小說分庭抗禮。

日本投降後，南越處於無政府狀態，共產黨大舉滲透，報章天天鼓吹打倒法帝，武俠小說必須讓位給政治口號。直至吳廷琰上台，何成壽任總編的民願報才恢復連載《藍衣女俠》，市面亦見《呂梅娘》出售，原本處於冬眠的武俠小說，一下子又重新生猛過來。

明鄉人前鋒（徐慶鳳）是最早翻譯金庸小說的人，1960 年他的《碧血劍》和《倚天屠龍記》（越譯 Cô Gái Đồ Long）連載於同奈報，該報因此而倖免破產！說來倒也有趣，金庸小說不但救活明報，還救活越南的同奈、金邊的湄江報。

潘景忠、老山人、徐慶鳳、寒江雁、三魁等，均為武俠小說越譯名家。不過以寒江雁的名氣最大，其漢學淵源來自堂叔，他用鬼谷子卜卦占出自己命格屬於「雁影過江多失墜，桃花植雨亦傷神。」之「雁過寒江格」，遂採用寒江雁作筆名，可見越人的文采雅興不遜華人。

翻譯過金庸七部小說的寒江雁，也兼譯臥龍生、梁羽生的作品，還有古龍的新派武俠《多情劍客無情劍》《絕代雙驕》，可惜古龍小說還未來得及蔚為熱潮，就遇上越共入城，武俠小說被打成反動墮落文化（Văn Hóa Phản Động Đồi Truy），有很長時間絕跡市場。

《射雕三部曲》在越戰年代報壇，上演過「三分天下」：《射雕英雄傳》立足越民報，《神雕俠侶》坐鎮新報，《倚天屠龍記》雄踞同奈報，三報鼎足而立，儼如《三國演義》，天天隔空過招，讀者哪天買不全該三份報紙，就連吃牛肉粉也會沒胃口。

佩服越南人克服文化差異，依樣畫葫蘆也能寫出魚露派武俠小說，從前有位原在新西貢報撰寫文藝小說的作家叫武平書，為了向錢看，此君跳槽曙光報，棄文從武，改撰武俠奇情小說《廝殺令》，那是正宗越人原創武俠小說，炮製出一個江湖上到處留情的浪子楊志宗。

記不起是哪年，通訊次長陳玉煊不滿武俠小說「一統江湖」，下令取締各報連載，豈知引發「武林公憤」，陳玉煊變成人人得而誅之的魔教教主，還好他在位不滿一年就被總理廢掉武功，接任的范泰在上台翌日，就立即宣布武俠小說解禁，八大門派重出江湖，天天華山論劍，日日君山大會。金庸的影響力竟能令一名南越部長丟掉烏紗帽，匪夷所思乎？

那些年，戰局越緊張，翌日讀到的連載小說越精彩。夜來的隆隆槍炮聲，時遠時近，彷彿在向我們預告明天武俠小說的新情節！

球王棋仙鬥雞經

當越人仍然在玩赤腳大仙足球，華人已經穿上「來佬貨（Royal 的譯音，意指西洋舶來貨）」釘鞋，馳騁綠茵球場。

上世紀初全球大蕭條，人們生活無聊，踢球活動反而興起，南星足球隊以這期間發展得最好，那是華人第一支比較正式的足球隊，經常遠征柬寮鄰國，還贏過好幾座獎杯，其在越南的對手一般是「番鬼佬」如總參謀部、三板廠、第四炮兵團，陸軍十一師、新公車廠等。

其時南星猛將有張文澄、鍾育生、陳嘉慶、區河祥、陳惠生、梁星林、李桂昂、區耀森、吳安慶、湯君毅、朱才安、歐金水、林欣榮、胡文森、程志寬等，BNP 銀行知名買辦吳應鐸是南星的守門大將。富壽牛皮行兄弟也有一支球隊，由陳桓才、鄔友發、冼鐵等人帶領。

其時中山學校的體運最發達（我的體育老師馮懷銓當年是中山籃隊的神射手），所以當年投考重慶少年空軍的小孩以中山學生佔多，南星足球隊也以中山學生為骨幹。當時南星體育會、中山學校、萬益源球場全都近在咫尺，渾為鐵三角組合，天時、地利、人和，全皆齊備！

可惜，當南星和中山的體運發展如日中天，澳門撈家來越開賭，說服萬益源老闆劉增出讓包括球場在內的數畝大片吉地，用於僻建大世界娛樂場，這對中山和南星打擊很大，失去場地練球，體運無以為繼，戰後便自我解體，連會所也分拆出售，南星從此隕落，其當年邀請美國哈林球隊來越作賽的球壇盛事，徒然留下「往事只能回味」之唏嘘。

最諷刺是，中山學校校長鄭彥徽（僑委會委員長鄭彥棻的胞弟）不知何故也把學校結束，堂堂校長竟然搖身一變，成為大世界開大小賭桌的監場（即監視荷官派彩和賭客下注），還熱烈追求交際花林妹妹。

當南星諸將高掛球靴，另一批足球新秀崛起取而代之，當中就有夏蝦、畢洪、李洪、李牛、陳恒才、杜福海、林澤（其幼弟蝦餃，擅踢七人小型足賽，盤球技術出色，二弟林潤是法國廣肇同鄉會創會會長）等，為越華足運壽命，多延續一個世代。李惠堂出身客家梅縣，越華球員則多屬花縣，即洪秀全的同鄉，家裡從事雜貨、白鐵、車仔麵等小生意。

夏蝦等人在南越足運曾經享有名氣，相繼踢過越南甲組聯賽，表現優異，這些華人球將大部分獲實力雄厚的總參謀俱樂部羅致，成為隊中靈魂人物，翼鋒夏蝦、李牛，前腰畢洪、中衛林澤等就是例子，他們均曾入選國家隊，越南老球迷對他們毫不陌生。

早年華人踢球是靠「天才波」再加後天苦練，不似今天年紀輕輕就獲得球會重點栽培，華人球員踢球之餘還要兼顧三餐奔波，平時也沒什麼營養進食，一碟叉燒飯落肚，就上陣跑足 90 分鐘。

加甸那街暗訪樓有一支青年軍 AJS，是甲組的常勝勁旅，領隊由大探長梅友春出任（梅是到聖心教堂捉拿吳廷琰兄弟的政變將領），也許因梅的緣故，許多球隊作賽時故意放水。AJS 門將是客家機房仔林敬，此君十指似有磁力，救球出色，深得梅友春的器重。

講到門將，非要介紹越華子弟鮑景賢不可，他在南華職司龍門，跟名將姚卓然、莫振華、李大輝、劉儀等分屬同袍。

出生於堤岸，鮑景賢原姓包，到香港才恢復姓鮑。鮑景賢少年就讀知用中學，父親鮑才在廣肇醫院任木工，周身刀，人稱包才，「包」辦廣院一切木材傢俱及樑柱修理。

鮑景賢自幼迷上足球，且愛守龍門，1950 年代初南華來越作賽，門將譚君幹見他手長腳長乃可造之材，收為徒弟，帶返香港，薦其加入南華後備軍，因進步神速，未滿一載就晉升正選。

鮑景賢具安南仔的彪悍球風，為救險球，屢屢飛撲對方腳下，頭部因此吃過不少重腳，有次還被對手踢暈，故有「爛頭蟀」外號，1954 年南華為中華民國贏得首面亞運足球金牌，鮑景賢一夫當關，是奪取金牌的功臣之一。1962 年雅加達亞運會開幕，時已退役的鮑景賢，接替李惠堂任中華領隊，返港後繼續為中華隊執掌帥印，成就斐然，實屬越華之光。可惜鮑門神再勇猛還是敵不過肝癌侵襲，1970 年代離世。

南華戰前亦有一位姓包的中華鋼門，他就是連越南球迷也識得的包家平，與李惠堂、孫錦順、譚江柏同世代，曾多次來越作賽。南華先後擁有兩名姓包的守門大將軍，難道是看中他們鎮守城池「包有撞板」？

香港華懋集團總裁王德輝 1983 年首次被標心勒索贖金 1 億美元，幕後主腦非何許人也，正是鮑景賢的老婆鄭娜月。

東窗事發後，鮑太太攜子逃亡美國，最終被引渡回港判監 7 年，她把王德輝藏在大冰箱運回賊巢，贖金送去台灣，全盤計劃由她策劃，傳說孤寒鐸叔的王德輝獲釋歸家，一見老婆「小甜甜」就開口怪責：「妳搞乜鬼，咁快就俾咁多贖金？外國有人不付錢，一樣可平安歸家。」

越南球迷對鮑景賢事跡所知不多，但對李惠堂的軼事，相信必如數家珍！我家老夥計阿北是南華球迷，跟他聊李球王，真一樂也！他最引以自豪是曾目睹李球王在共和球場踢球的英姿，他說李球王雙腳天生神力，凌空扣射，雷霆萬鈞，勢如炮彈，本土守門員飛身接球皆心驚膽跳，害怕自己的「十指關」被球王一腳定江山所震斷，他主罰的12碼自由球，很多門將假意撲錯方向，避免因吃波餅而引致內傷吐血云云！

李球王的霹靂腳傳聞，曾經成為西堤嶺海、越華、生活園茶客之熱門話題，神奇可媲美鬼王葉漢在大金鐘所表演的「盲俠聽骰耳」。老夥計阿北每聊到這些往事，都口沫橫飛。他也最愛講「南華四條煙」：姚卓然（小黑）、何祥友（肥油）、莫振華（莫牛）、黃志強（牛屎）等征戰事跡。姚卓然左右腳皆能盤球，連越南報章也不吝稱讚，惟生活糜爛，浮沉酒色，家財耗盡，妻離子散，晚年中風臥床多年，終淒涼去世。

李球王的八卦軼事一籮筐，最熱門的八卦，莫過於李球王在越南作賽曾經把人一腳踢死之「疑案」！

話說 1931 年南華來越作賽，酣戰中途，大批球迷衝下看台追打南華球員，李球王見隊友譚江柏，即譚詠麟的父親，被一眾球迷群起用木屐圍攻（那時還沒有人字膠拖鞋，通街都是木屐，我的童年也是穿著木屐，暴露在膠皮外的尾趾經常踢到桌角，痛徹心肺），譚雖有「銅頭」外號，但終究不是「少林足球」的大師兄。李惠堂情急之下，用腳幫譚解圍，大腳踢中施襲者的下巴，竟把對方一腳踢死。李惠堂於時隔多載的1948年，在香港大公報自爆真相，並說此事給他留下永不磨滅的陰影。

李球王自爆曾踢死越南球迷，但我個人一直拒絕相信。理由是果真有其事，豈有不鬧出軒然大波之理？越南球迷非常火爆，若有華人把本土人踢死，哪能善罷輕休？過去曾發生本土球迷把泰國球員打瞎一眼之暴力事件，當時越南國腳范黃三郎（改良戲伶人白雪的先生）還用自己身軀拼命保護該血流披臉的暹羅球員。李球王踢死人，我曾多番向父老求證，大家搔破頭皮，無一人聽聞此事，越人史料亦從無記載。

本土球員每次卯上南華，一定打茅波，以彌補本身球技之不足，特別是雨中作賽，暴力拼搶鏡頭更加層出不窮，當時南華隊很討厭在越南踢雨水波，遇雨必輸。唯恐天下不亂的越媒指李惠堂鄙視安南足球乃井底之蛙：「Bóng đá An Nam như ếch ngồi đáy giếng。」越南球員受挑撥，踢球的火藥味更濃郁，有人誓要把李球王的黃金右腳鏟斷作教訓。

還好，南人北相的李球王，身高 1 米 80，體格魁梧，疾跑如風，盤球過關，妙不可言，即使三人包抄，也沒奈他何，對手要鏟斷其一足，談何容易。然而明槍易躲暗箭難防，面對安南球員的凌厲勾鏟，李球王通常踢半場或 70 分鐘就借傷要求走馬換將，反正已上過陣，算已交差。

南華隊每逢來越必拈花惹草，有郭姓門將一到埗就前往尋歡，被公安逮著，扣押於水兵街警察局，到比賽臨開打才放人，結果該匆匆上陣門將因心緒不寧，害南華狂吞光蛋，事後有人指郭某是掉進人家的陷阱，南華焉能不敗？另外一趣聞是南華李大輝在堤岸大光戲院被人打荷包，活該那名文雀倒霉，遇上最能跑的南華悍將，兩人沿著總督芳街一路追到廣東街，扒手累到臉青唇白，終被李大輝奪回荷包，再賞以一巴掌。

其實全盛時期的南華若認真作賽，連高頭大馬的洋球員也未必是其敵手。1930 年代李惠堂協同鐵腿孫錦順、飛將軍葉北華、鋼門包家平等來越作賽，表現如有神助，迫使法國陸軍隊淨吞 9 粒光蛋！整個西堤為之震動，球迷走出街外歡呼，總商會還為南華設盛宴慶功。

1952 年李惠堂率隊來越踢賀歲波，再與法國陸軍作賽，重演爆冷絕殺，為何稱爆冷？原因那年法國隊是國際陸軍錦標賽的新鮮出爐冠軍，但在南華腳下竟俯首稱臣，那時李惠堂已經退役，否則勝果必更輝煌。

賽後法國軍方在芽皮的水上俱樂部以 Châteaubriand（煎牛腓利）名菜招待全體與賽者，但南華名將對法國大餐不識貨，反而對水兵街新陶園的紅燒乳鴿及雲吞麵（雲吞是四方）吃到「舔舔脷」。

戰後 1950 至 1960 是張子岱、張子慧的年代，至於李惠堂則已高掛球靴，轉任領隊，其子李育德，又稱「太子德」，繼承衣缽成為甲組神射手，那時的南華是亞洲足球豪門，在越南仍然有很高叫座力。他們在越起初下榻京華及中央，後來乾脆吃住由同慶一手包辦（可能同慶是外圍波老闆）。南華亦前往西貢舊街市的洞發進膳，只因西貢新街市某金鋪的朱老闆，跟南華有合作關係，南華每次來越均為朱老闆客串走水貨，把玉石珠寶自香港帶入越南，後者投桃報李，熱情款待，作為回報。

憶述足球往事，不能不提越南之聲的名嘴玄武，人家踢球用腳，玄武踢球用嘴，還有大氣的電波，其招牌戲碼就是那一聲中氣充足的 Một cây mạnh dầu，接著 Vôôôôô！令聽眾興奮得整個人彈跳起來，只要有玄武的連珠炮旁述，即使最沉悶的賽事也會變得高潮迭起。

早年「公仔箱」還未問世，留在家的球迷只好靠玄武的直播來領略臨場感，每逢玄武開咪，球迷就會預先準備啤酒花生來享受聽球樂，連車仔佬都會暫停載客，專心聽玄武的賽事直播。

聽球需想象力，投入感更強，比現場觀球更過癮。我也常去共和球場看聯賽，由下午看到天黑，淋著雨也看，中場休息，男球迷紛紛溜到看台後座的巨牆下集體「救火」，場面壯觀！

玄武是足球活字典，對香港球員名字熟如數家珍。氣如虹文友和我都是玄武的粉絲，這位周老哥很厲害，他能夠以文字重現玄武旁述南華隊來越與總參謀作賽的一段精彩直播：「現在皮球在姚卓然腳下操縱，盤球前進，帶下去，再帶下去，莫振華即時配合，以三角短傳推進，嘩！三郎迎上搶截，姚卓然緊急交給前面黃志強，總參謀阿牛、洪二合力圍堵，黃志強毫不猶豫連忙起腳勁射，哎呀！入啦入啦！球飛入網啦！噢不不！阿朗及時飛身迎頂，球彈出界外，現在改為罰角球，噓好險！」

直播時，玄武口中不時喊出一大串華人球員名字，聽來頗有趣，特別是李洪和畢洪，玄武稱之為 Hồng 1 和 Hồng 2，李牛就稱 A Ngầu。很遺憾這幾位華人足球健將今天沒名留越南足球史冊，被人刻意遺忘。

畢洪、夏蝦與馮懷銓體育老師交情甚篤，每年母校舉辦博愛杯小型足球賽，他們例必臨場指導，其他名宿如薛昌、伍和、張清池、鍾源、邵雨雪、佘夢魂、陳恆才、李桂生等也出任球賽顧問，共襄盛舉。

王爵榮博士主政博愛校委會期間，對足運提倡不遺餘力，利用本校球場設施，年年舉辦七人足球賽，除東道主博愛子弟兵外，參賽常客有南星、金新、報販、電力、晨聯、中行、交行、華美、華麗、邊和、僑志、東風、鐵聯、海華、富壽和、決勝村等，球員來自各階層，有金鋪老闆也有鐵匠木工，連文弱書生如編輯記者、中國銀行白領全都落場切磋，以球會友，反映昔日華人之熱愛踢球，是如何蓬勃一時。

博愛杯球賽予我印象最深刻是那幾場雨中比賽，變成了泥人賽，雖云友誼第一，比賽第二，但因拼搶激烈，肢體衝撞時有發生。有某球隊最愛招募堤岸石仔廠的一群小霸王來增強實力，比賽往往踢人不踢球，令主辦當局頭疼不已。

還好，輪到西貢廣肇、崇正、寧江、花縣、菓聯、海華、明江、記者工會等老椰隊登場，賽事重現一團和氣，老爺子大多練太極拳出身，所以賽程比較滋油淡定，四兩撥千斤，累了就變「阿駝走路，春春下！」

西貢尚美金行老東主邵雨雪，年臻古稀猶以隊長身分代表西貢廣肇老椰隊上陣，我還記得馮懷銓老師拿著擴音器介紹邵老出場，誇讚對方是球場老黃忠。邵老是廣肇體育會太極拳師傅，暇時與西貢鐘錶金行老闆一塊到 Lái Thiêu 踢七人小型足球，賽畢就跳進小河沖涼，讓清涼的河水驅除身上疲勞，再席地野餐，盡享南國鄉野樂趣，沒誰會再思念唐山。

隨著戰局吃緊及時代更迭，1970 年代起華人足運日薄西山，新生代都轉打籃球，原因打籃球比較有出路，尤其兵役仔，說不定有機會加入軍方球會，免上戰場，當時籃球職賽盡是華人天下，國手由華人包辦，常見諸報章的國手有別號豬仔的亞籃神射手許桐欽、陳克國（此君球風彪悍，性格暴烈，曾抱著共幹在義安學校跳樓自殺）、邵鵬海、陳永祥、曾廣章、文燦、洪壽、李渭鰲、許志誠、黃國沛、李錫翔、李錫猛、李偉熊等。由中華民國大使館催生的團結杯全越巡迴賽，是華人籃運的黃金時代，團結杯雖標榜團結，但上場無父子，一樣有飛腳鐵肘的火爆演出。

相對足球籃球的「火花四射」，同樣是殺聲四起，寸土必爭的中國象棋，反而鬥智不鬥力，講究以靜制動。

越南有三分之一人口有下象棋嗜好，普及率勝於中國，堪稱世界象棋強國。若非卅載越戰限制了有生力量發展，令象棋薪火一度斷層，今天的車馬炮盟主寶座，想必由中越兩國高手輪流坐莊也。

象棋在越南，古已有之，若論真正發展應始自曾展鴻和鍾珍的安南之旅。曾展鴻原籍中山，乃「粵東三鳳」之一，來西貢創辦先施公司分行（北極雪糕隔鄰），適逢同為鄉里的葉伯行在越創立精武體育會，曾氏二話不說就為精武會開辦象棋組，對登門求教的新秀盡量傾囊相授，後來湧現的越華棋壇好手，有不少人曾獲曾氏之親炙。

曾展鴻前來南國，還把同屬「粵東三鳳」的鍾珍一併帶來，兩人個性迥異，曾氏不愛賭博，為人正派，而鍾珍來越志在發財，四處踢館，合該他遇上貴人，對方是洗馬橋瓊籍名將陳就，二人不打不相識，陳就變成鍾珍的經理人，帶領鍾周遊蓄臻、芹苴、永隆、薄寮，鵝貢，會安、峴港、順化等城鎮，挑戰各地棋王，贏得彩金，兩人二一添作五。

每逢稻禾飄香，金風送爽，是佃戶地主的一年好時光，很多越南棋王必在此時南征北伐，四出求戰地主富人，待盆滿缽滿始賦歸程。

有掌故記載，陳就若探悉某棋王滿載而歸，便與鍾珍在其歸途客棧作守株待兔，等到肥兔撞上門，鍾珍就訛稱自己叫金重原（「原姓鍾」的意思），說仰慕大名，欲來討教，對方被套高帽，讓子讓先，到了與鍾珍真正對弈，首局便敗，很懂演戲的鍾珍佯稱自己勝出全靠好運，越南棋王急於翻本，彩金加碼，三番四次力邀再戰，結果全軍盡墨，可憐棋王環遊全國辛苦博弈之所得，全部進貢給鍾珍。

鍾珍旅越十載，縱橫各地大小棋壇，賺了不少錢，堤岸的酒樓飯局若有鍾珍在場，猜枚必定是他橫掃千軍，收穫比贏棋更豐厚，一般人以為鍾珍強於棋藝，實則他的猜枚比躍馬驅車、走卒架炮還要了得。

越南棋迷最初接觸的《梅花譜》，是鍾珍所遺下的。越南棋手還精研《橘中祕》《百局象棋譜》，堤城有人學了古譜，擺下「雪擁藍關」欲奇襲鍾珍，意圖以重炮封死鍾的臥槽馬再以迫和當贏，好個鍾珍苦思一夜就找出連神仙都破不了的竅門。鍾珍的

「棋仙」外號遂不徑而走，其實鍾氏終日貪戀貴妃床，快意煙霞，其仙風道骨外表，早已仙氣洋溢。

歲月一長，「棋仙」不論跑到哪都沒人敢迎戰，即使他化了名，假裝有輸有贏，但其左眉黑痣恍如孫悟空的尾巴，儘管有七十二變，還是無法把尾巴變消失。路邊棋攤一見他來，趕緊掛起免戰牌，鍾珍見收入大不如前，遂決定買棹還鄉，惟其時適逢抗戰，誰還有心情博弈？據說鍾珍回到唐山，把在越所贏的兩千大洋用於走私鴉片，但失手多次，貨財兩失，自己落得身無分文，潦倒不堪，有人看見他餐風露宿，病死梅縣街頭。鍾珍若留在南國終老，晚景未必淒涼，大世界擂台賽可供他維生，再說鍾珍若長居越南，今天越人棋藝肯定神仙放屁，不同凡響。

曾展鴻、鍾珍相繼離越之後，越南棋壇的「楚河漢界」並無因此沉寂下來，1935年輪到外號「金牙坤」的廣州五虎將趙坤，南來闖蕩。如鍾珍一樣，趙坤四出博弈發財，棋迷明知無法取勝也願給他交「學費」。

據振中學校校長李文雄憶述，趙坤弈法陰柔，擅於布陣圍城，有乃師鍾珍的刁鑽謀略。趙坤也如鍾珍一樣，浪跡越南，到處挑戰棋士，讓兩先或讓單馬，地攤棋手仍然飽受其蹂躪，後來大家輸怕了，一見面前有個滿口金牙的人蹲下來請戰，個個冇鞋挽屐走，溜之大吉。

沙瀝市有 13 歲神童許文海，福建漳州人士，設「停車問路」挑戰趙坤，然而不論執子是紅是黑，許童全跳不出趙坤的如來佛祖手心。趙坤對這名初生之犢萌生憐才之意，願加以指點，許童棋藝因而一日千里。

1943 年鵝貢市舉辦癸未春節「王對王」象棋賽，獲趙坤打通任督二脈的許文海，一鳴驚人，遇王擒王，逢將殺將，橫掃阮文頑、阮成會、何光布等前輩，勇奪冠軍！同年大世界舉辦中秋杯象棋賽，許文海又技驚四座，勇摘冠軍。奈何命運弄人，許文海翌年染肺癆亡，人生只渡過 26 個春天，好比一顆彗星剛橫空出世，瞬間又在世人唏噓聲中消失。

昔日越土棋王多數短命，他們腦力虛耗過度，終日廢寢忘餐，又與煙酒為伍，對弈時，病菌互相傳染，故易得肺癆。棋壇「桃園三結義」除阮文頑享壽 66，何光布和阮成會均早夭於 42、51 壯齡。

說起何光布，他是金甌明鄉人，唯一曾力擒趙坤的人，不過該仗何光布獲趙坤禮讓一先。何氏 1943 年在大世界中秋節擂台賽勇擒西貢火車站地攤棋王阮文來而封王，1949 年臨亡故之前把台主之位傳給關門弟子李英茂，李是邊和棋王，放棄成家，願終日與福壽膏及楚河漢界為伍，51 歲亦腦溢血亡，遺下 10 本象棋著作。

李英茂和許文海、何光布的結局相似，本身是棋王，與人對弈屬上手，須讓車、或讓炮、或讓兩先，且和局當輸，故每仗即使勝出，亦心力交瘁，如此日復一日，即使鐵打身子也會垮下來。

西貢交通銀行斜對面，即德茗飯店隔鄰，有家理髮店叫同心，由范文玉、文燦兄弟開設，兩人皆來自越南象棋之鄉的鵝貢市，大哥文玉思路敏捷，走子如暴風驟雨，擅於戰車大炮節節搶攻，他於 1943 年大世界的中秋杯，勇戰三軍，最後只敗給金牙坤的記名弟子許文海，但亦一人之下，萬人之上也。弟弟文燦棋路陰柔多變，棉裡藏針，曾奪 1949 年精武體育會象棋賽冠軍。范氏兄弟和蔡文協合稱「同心三劍客」，蔡氏鑽研廣州象棋天王周德裕著的《象戲勾玄》極有心得，享有「舊邑棋王」封號。

該三劍客每天在剃頭店設下擂台，恭候各路英雄，熱鬧不輸鄰近百藝學校的棋攤。昔日廣州西關翩翩茶室，茶客終日布陣行軍，酣戰終日。同心與翩翩差不多，不過這兒是越盟的聯絡站，神祕人經常出沒，棋盤上的戰雲密布，與諜報戰的波譎雲湧，正好是你有半斤，我有八兩。

舊日越華棋壇人才濟濟，風雲人物有陳就，陳裕琛、雲子謀、李文雄、葉逸蓮、黎榮堂、邱慶雲、雲鶴大師、梁梯雲、梁木、馮壽昌、林伯荃、畢鏗揚、祁展鵬、陸發、陳美、王方來、馬東生、鐘日新……等。

據李文雄和黎榮堂1949年出版的《越南象棋譜》記載，1931雲子謀因一著之差而擠不進廣東象棋賽前十傑，但兩年後他揚威韶關，在比賽獨佔鰲頭，其地位僅居四大天王、粵東三鳳、五虎將之下。陳就在洗馬橋南就茶室跟梁木為「停車問路」大戰三晝夜，從此名聲大噪。堤岸二府廟住持雲鶴和尚，亦象棋高手也，此出家人精於心算，能閉目對弈，擅長「仙人問路」開局，跟李文雄對弈互有勝敗。

陳裕琛1936年來越之前，早已經是廈門棋王，打遍福建無敵手，其棋藝應高於雲子謀、陳就等人，沙瀝神童許文海在世之時，所向無敵，唯獨遇上同是福建鄉里的陳裕琛卻一籌莫展，屢戰屢敗。當時許與阮霸先、何光布合稱「安南三寶佛」，全屬陳裕琛的手下敗將。老報人佘夢魂封陳裕琛是安南棋王，黎榮堂則是安南棋聖。

陳裕琛既是越南象棋總會常務理事，還是精武會象棋組主任，平時還勤於筆耕，為遠東、亞洲、中國（建國）等報撰寫排局拆解棋評，擁有不少讀者。陳裕琛和葉逸蓮於戊申戰役翌年，成功爭取越南象棋總會保送赴台北參加東南亞象棋錦標賽，當時越南戰爭成為舉世焦點，所以陳葉兩人的亮相，獲全場報以嘉許掌聲，主辦當局特頒二人精神獎以示褒揚。

1950年代的大世界，每逢中秋節，必設豐厚獎金，邀請各方豪傑來到「聚賢山莊」一較高下。為追求宣傳效果，主辦人還刻意製造越華兩派高手大對決。越方由桃園三結義的劉玄德——阮文頑、關雲長——何光布、張翼德——阮成會（此君西寧人，臉黑如張飛），再加趙子龍——蔡炳生聯合領軍，華方由陳裕琛、陳就、李文雄、葉世珍等壓陣，當中以陳裕琛跟阮成會的盤腸大戰，最為精彩，結果陳裕琛憑著四勝四和兩敗之十局戰績封王！

南越變天後，人人籌謀偷渡，棋壇因而凋零，陳裕琛亦銷聲匿跡好一段時間，至1986年赴台定居，機票由東南亞棋王李志海慷慨代墊。陳裕琛身在國外卻心繫越土，1994年重返越南幫忙組隊赴京參加亞洲錦標賽，果然不愧老師傅出馬，越隊此役榮獲非華裔組別團體冠軍。

與其他短命名宿迥異，陳美的早亡卻相當異數，聽說1963年楊文明領兵政變，陳美和許多好奇民眾一樣，跑去嘉隆府外觀戰，哪料到槍彈無眼，陳美被流彈擊中身亡。棋盤上的激烈交鋒，一旦換成真槍實彈的「炮二平五」，分分鐘可奪人性命！

越南人除了嗜好對弈博彩，還愛上鬥雞博彩！由北到南，沉迷鬥雞的越人，數之不盡。鬥雞迷還有一句口頭禪：「Cưng Gà Hơn Là Cưng Vợ（寵雞更甚於寵老婆）！」

阮朝國師佐君公黎文悅最迷鬥雞，這位顧命大臣本是閹人出身，酒色財氣不愛就愛鬥雞，飼養鬥雞數以百計，群臣投其所好也玩鬥雞，一時之間滿朝文武全都不務正業，嘉隆皇帝出聲責備，黎文悅先承認不對，但又引用漢朝韓嬰的話強調鬥雞發揚五德之好處：「頭戴冠者文也、足博距者武也、敵在前敢鬥者勇也、見食相呼仁也、守夜不失時者信也。」嘉隆皇帝聽了，莫奈其何。

越人愛鬥雞，是來自漢朝之影響，史載漢人若非喜歡跑馬、就是愛養狗、蹴鞠、鬥雞。漢人留下的《雞經（Kê Kinh）》，流入越南成為絕世祕笈。漢武帝曾經下達全國禁賭令，連鬥雞也禁止。漢武帝的鐵腕禁賭後來重演在吳廷琰身上，後者一上台禁絕一切賭博，連鬥雞也不姑息。

愛鬥雞的高官，非黎文悅一人也，鐵線鬍子將軍阮高奇亦是一名鬥雞癡。這名外號叫翁奇（奇叔）的花花公子，有兩大嗜好，一是駕機翱翔藍空，二是飼養紅頸鬥雞 Gà Nòi！他沒利用自己的飛行技術去打仗，卻用來追求空姐老婆，再不就是飛到鄉下搜羅名種鬥雞。

1964 年阮高奇推翻羊咩鬍將軍阮慶，同年率團飛曼谷訪問，在機上邂逅空姐鄧雪梅，驚為天人，於是他在曼谷酒店演出戲劇性一幕「侍者與郡主」（香港翻拍為「白金龍」，薛覺先和唐雪卿合演），即喬裝侍應生把早餐和玫瑰花送到鄧小姐房間，花束夾著一張情信，邀請佳人在帆船大酒店頂樓共進燭光晚餐，並承諾駕駛直升機來接她赴會。

順帶補充，鄧雪梅雖有美貌卻無內涵，她知道自己老公常與法國發生外交摩擦，竟公開護夫，指責時任法國總統的戴高樂將軍因妒忌她的奇哥 Đẹp trai（英俊），才處處跟他過不去（法國承認越北政府）！

除了開直升機追求鄧小姐，阮高奇還試過貼著椰林上空低飛，深入越共出沒的柬越邊界城市高嶺，目的當然並非為了什麼軍事任務，而是為了搜購名種鬥雞，滿足其個人不務正業之愛好。

高嶺的 Gà Nòi 鬥雞，全越最出名！鴻御、鵝貢、檳椥、芹苴等地也盛產鬥雞，但品種次之。高嶺夾河兩岸有很多鬥雞飼養農戶，阮高奇是識貨之人，鬥雞非高嶺品種不要，選購也堅持親力親為。他不顧自己暴露在 AK47 的機槍射程內，貼著椰林上方低飛，連美國人都震驚，想不到此君能夠為雞死、為雞亡。有次他失蹤大半天，基地的人以為他凶多吉少，到了天黑才見他施施然飛返基地，原來是溜去章善觀看鬥雞！

鬥雞品種有：①長腳禿頸紅皮少毛的 Gà Nòi、②短腳高冠羽毛豐滿愛啼的竹雞 Gà Tre、③高冠壯碩羽毛偏紅的華雞 Gà Tàu。前兩者天性好勇鬥狠，乃鬥雞場主角，最後者比較上是和平主義者，並不好鬥。

阮高奇有次飛到高嶺，要向一個叫八爺的雞農收購其常勝將軍，阮高奇願出相當10 兩金的越幣要求對方割愛。鬍子將軍懵然不知他眼前的八爺是大越共，取他性命簡直易如反掌。說來確可悲，阮高奇一生沒打過勝仗，卻希望自己豢養的鬥雞是一隻百戰百勝的神雞。

傳說指阮高奇的鬥雞若陣亡，必有人買去煮粥給老人家或體虛多病者進補，原因他的雞泡過藥材，一身是寶云云，其實鬥雞若死於格鬥，體內淤血積聚，肉質必毒，殘弱人士吃了說不定反而一命歸西。

我幼年住雪廠街，鄰居協利汽水店的孩子愛玩鬥雞，每天必鬥，當紅頸雞 Gà Nòi 鬥到血跡斑斑，喘息不已，鄰居大哥哥就含一大口清水噴灑雞頭，然後嘴對嘴，採人工呼吸方式把鬥雞的痰涎大力吸出來，我見了禁不住嘩一聲叫出來，怎麼他們一點也不嫌髒？

南越易幟之前，芽莊有一鬥雞癡叫第爺（Ông Đệ），即新新戲院老闆，有次他飛去高嶺搜購紅頸鬥雞的名種蛋，一口氣買了 12 粒，由於價格不菲，蛋不好寄艙，第爺把 12 粒蛋抱入懷裡，一路上小心翼翼，像抱小寶寶般飛返芽莊，所費的精神氣力不遜咱趙子龍的百萬軍中藏阿斗。

戲夢人生笑風月

九龍公司執導《唐山大兄》《精武門》《龍門客棧》的著名武術指導韓英傑 1972 年應聘來越為《Long Hổ Sát Đấu（龍虎殺鬥）》，創造出「魚露式」民初功夫片之新風尚。

該片轟動之處有二：其一在片中演反派的李黃，號稱李八腳，公開挑戰李小龍；其二是外號叫越南查理士布朗臣的男主角陳光，在邊和潮州義莊拒用替身，從屋頂跳下釀意外，手臂六處骨折，須裝滿螺絲釘。

華人來越執導國產電影，韓英傑自非第一人，早在啟蒙時期，華人就已包辦越南電影的所有幕後製作，雖不懂越語，但無礙華人為越南第七藝術的萌芽茁壯貢獻光與熱。到了有聲越片面世，華人更是首席大功臣。

越南電影的起步除了靠香港人，也倚仗本土華人的出錢出力。堤岸古都街太平戲院老闆陳國炳，即曾傾盡戲院出售所得，投資開創越聲電影公司，一口氣開拍 12 部越南民間故事片，聘堤岸「紅豆電影周刊」總編輯楊弘冠（筆名雷家潭、經紀佬、高老楊）執導演筒，並羅致陳文澤、羅瑞新、金剛等藝人，成為越聲的旗下演員。

為陳國炳拍戲的陳文澤，是我姑丈的表哥，以唱建設彩票宣傳曲而成為家喻戶曉人物，他也是越南的口技王，曾參加西貢廣肇學校義唱，一首《中國童子軍》贏得華人滿堂掌聲。

楊弘冠是「外江佬」，戰前曾在香港中南公司當過導演編劇，與同為「外江佬」的洪仲豪（洪金寶父親）合作執導粵語片，作品有《人去樓空》《添丁發財》《姐妹花》《空谷蘭》《三戲白菊花》等。1941 年香港陷日，楊弘冠逃難來越謀生，加入漢奸雜誌《南風》當副總編輯。楊氏的文學底子很好，為《南風》撰寫《萬世流芳》，在大夏日報撰寫言情小說《冷巷窮冬》《小姨事件》《宿鳥歸飛急》等，讓許多青年男女讀得如癡如醉。

楊弘冠粵語不佳，卻是香港粵語片的多產導演，所以他執導越南電影，語言障礙對他不是大問題。只可惜身為電影老手的他，在嬰兒學步的越南電影圈，竟然陰溝裡翻船，其為陳國炳開的 12 部戲票房慘淡，害死了陳國炳，全副身家最後虧剩一輛法國 Citroën（粵音譯作蝕到應）。

陳國炳敢於傾盡家財開戲，完全是因受到 1953 年越南第一部有聲電影《花劫（Kiếp Hoa）》在大華（麗都）戲院轟動上映之激勵，與其臨淵羨魚不如退而結網，陳國炳決定把全副家當投入有聲電影開拍，無奈同人唔同命，人家金鐘劇團開戲發大財買別墅，輪到他卻血本無歸。

金鐘改良戲劇團班主本名陳乙龍，留學法德，滿肚洋水，回越癡戀女伶金鐘，自願放棄仕途，與金鐘成婚，創立金鐘劇團。後來陳乙龍看中有聲電影，斥資開拍《花劫》，由他本人及妻子金鐘親自擔綱主演，金鐘胞弟蕭郎偕老婆金春也加入演出，金春片酬是一枚一卡拉鑽石戒指。

鑒於這是越南第一部有聲國產電影，只許成功，不許失敗，陳乙龍特赴香港聘請專人為《花劫》掌舵，公映之日，一票難求，河內所以有黃牛黨在戲院門外炒黑市票，也是從《花劫》公映之日才開始存在。

讀者可上 YouTube 尋找《花劫》重溫，拍得滿不錯的，初拍有聲電影即有此佳績，華人應記第一功。只是該電影拍得太像中聯作品，原來所有內景都是在香港片場拍攝，而陳乙龍本人左看右看頗似吳楚帆翻版，而他老婆金鐘豈非白燕的化身？《花劫》佳評如潮，然而作為幕後功臣的華人卻默默無聲，海報只交待導演是法國人 Claude Bernard！

《花劫》有聲電影的一鳴驚人，讓見獵心喜的愛蓮劇團老闆何光定有樣學樣，赴港聘請高手來越執導《藝術與幸福》，力捧自己老婆愛蓮為銀幕大明星！范功劇團亦找香港人執導《菊花》，在自己劇團裡選角，那時香港人來越拍戲絡繹於途，華裔伶人馮蝦也接拍了多部有聲電影。

岔開話題，馮蝦是越南改良戲之母，美拖出生，對越南劇藝的薪傳貢獻殊深。馮蝦幼年喪父，1922 年隨家人乘搭大眼雞帆船護送老父遺骨返鶴山安葬。馮蝦在巴黎用粵語對家姑母說，那趟返唐山之旅她差點死於大海，因她在船上得了天花，若非奇跡病癒，她很有可能被人丟進大海，她指著臉上的痲點說，那就是在船上生天花留下來的疤痕。

1960 年代馮蝦常來巴黎看望繼子——阮慶將軍，該羊咩鬚將軍晚年多次申請回越照顧馮蝦，但不獲批准（傳聞馮蝦是越共上校）。馮蝦最吃香的角色是在《呂布戲貂蟬》反串呂布，造型俊俏，甚得女戲迷喜愛。我表弟的岳母是大水鑊醫院醫生，長期照顧馮蝦健康，馮問如何酬謝，表弟的岳母說希望馮蝦退休後能以其呂布頭飾的兩根可擺來擺去雉翎相贈。

據越南 Paris By Night 金牌司儀阮玉岸的考究，越南改良戲是薄寮潮州人高文樓所創的。此考究不無可能，因為薄寮等於半個潮汕，潮州人多如河中游魚，故薄寮歌謠才這樣唱：「Bạc Liêu nước chảy lờ đờ / Dưới sông cá chốt trên bờ Triều Châu.」。阮玉岸說早年越人的忌辰祭祀（Cúng Giỗ Ông Bà），常有人醉酒鬧事，於是懂潮樂的高文樓編寫多齣越版歌仔戲，偃伶人在席上獻唱，以化解酗酒者的戾氣，後來戲曲傳揚出去，越南改良戲於焉誕生。

有陣子越南刮起黃梅調熱潮，與時俱進的改良戲也紛紛複製李翰祥的《梁山伯與祝英台》，並同時催生「廣韻 Hồ Quảng」之新派改良戲，從此黃梅調和粵曲梆黃活躍於舞台及熒光屏，成為戲迷的新寵兒。

越南廣韻劇的行頭戲服，全部來自華人戲班的半賣半送，劇本編寫亦無一不複製自粵劇。廣韻劇的先驅伶人是慶紅和明絲，二人是粵劇名票黃侯萍的高足。韶風「四大天王」何三郎、趙華因、張游、朱新等，也調教不少越南伶人，指點他們功架唱腔，還幫他們編寫穆桂英、孟姜女、鍾無艷、妲己、楊貴妃等越語劇本，甚至為他們跨刀擔任音樂拍和。

韶風音樂社昔日每逢週二週五在越南之聲演唱粵曲，麗聲音樂社則每晚推出改編自楊天成、俊人、劉以鬯小說的時裝廣播劇，這類「空中小說」在「公仔箱」未面世之前廣受歡迎。法亞電台的國粵潮語廣播由袁福博士（非金融界的袁福）負責統籌，廣播員多為中山及知用學生，個個能言善道，名記者池信深亦曾在法亞電台兼職。

廣韻劇起步之初，備嘗辛酸。著名鬚生青松，在一名嫁與洋人的南海師奶支持下，與徒弟清白合組首都劇團，惟賣座不佳，師徒反目。青松帶領原班人馬移師西貢金山舞廳側旁的延鴻戲院響鑼，這回他的債主是一名福建銅鐵商，對方是粵劇迷，為了晚晚能坐在最前排看戲，願借錢給青松開戲，但好景不常，戲院遭祝融光顧，燒成廢墟。我以前每逢路過該戲院，目睹一片頹垣敗瓦，心頭頗有戲如春夢，夢如人生之慨歎。

越人跟香港人學電影，應追溯自二戰之前，當時有一個協會叫「安南藝人團」，獲海防華人富商鄭霖記資助，一行人赴港進入中南電影公司學習拍片（楊弘冠所服務的公司），適逢邵醉翁投資開拍第一部有聲粵語電影《白金龍》，讓前來取經的越人大開眼界，但是越南首部有聲電影仍須多待 10 餘載，然後在華人幫忙「接生」下才呱呱墮地。

陳國炳投資的越聲在影壇立足僅曇花一現，反而越北下四府華人劉澤興創辦的美雲，在影壇屹立到變天，在其廿載的銀色歲月，美雲拍過很多大片，對越南電影業的成長發展，貢獻甚鉅。

1954 年奠邊府戰爭甫結束，劉澤興夫婦先所有人一步向南遷徙，且把美雲公司的全部器材自河內搬來南方，其重整旗鼓後的第一炮是《平陽美人》，1958 年聖誕節公映，演三娘的女主角是芳華十八的沈翠姮，美艷傾倒全國。從此《平陽美人》就成為沈翠姮的終身美麗標籤。1965 年美雲與港台合作開拍《西貢無戰事》，把沈翠姮捧為國際明星。毫無疑問，劉澤興是沈翠姮的伯樂，無劉澤興，無沈翠姮也。

劉澤興的中越文造詣俱佳，美雲的中文字幕製作，常須經他親自潤飾修改，聽說他還寫得一手漂亮書法。1970 年代政府扶掖國產電影，豁免片商的菲林進口稅，獨立製片冒起如雨後春筍，但全都難望美雲項背，美雲在邊和新公路自建大片場，羨煞同行。美雲 1970 開拍《自奠邊府到西貢》，乃越南史上第一部大銀幕伊士曼彩色製作，菲林送東京沖洗，男女主角是黎瓊和沈翠姮，還有香港演員陳莉莉等。

翌年美雲開拍耗資 1400 萬元的《紫色天涯 Chân Trời Tím》，獲軍方提供百輛坦克、50 架直升機、數百軍車，還有幾個營的軍隊協助拍攝，紅歌星雄強和越南第一代性感女神金媛（Kim Vui）攜手領銜，後者在片中有一絲不掛的人體寫生鏡頭，在麗池公映兩週創下億元賣座紀錄！

美雲旗下導演有留法的黎夢煌、留美的黎煌華，出品過多部賣座商業片：《糊塗大富翁 Triệu Phú Bất Đắc Dĩ》《糊塗大丈夫 Người Chồng Bất Đắt Dĩ》《怕老婆是大丈夫Sợ Vợ Mới Anh Hùng》《五傻返鄉記 Năm Vua Hè Về Làng》。美雲最後的一部製作是由我老師杜進德拉隊到大叻取景的《挑戰死神 Nhởn Mặt Tử Tần》，惟公映之日碰上24小時戒嚴，未幾解放軍入城，「挑戰死神」的結局是「壽終正寢」。

劉澤興夫婦膝下無兒，只有一名養女及 12 頭銀狐愛犬。當兩夫婦決定作出人生第二次大逃亡，忍痛撇下所有視如命根的愛犬，只攜養女倉猝出走河仙，投奔怒海，經泰國移民美國去了。

相對劉澤興之全力開拍電影，同為南撤人士的海防閩商郭瑞訓則努力開拓院線，其麗都影業公司在 1970 年代擁有最強勁的院線，連專供改良戲演出的西貢興道戲院也被其羅致旗下，此事曾引發本土劇藝界的強烈反彈，大家擔心失去興道戲院，改良戲以後更加缺乏演出空間。

當時全國院線掌控在華人手裡，港台電影亦得以雄霸一時，可憐國產片慘被壓縮，生存殊不容易，越南片商屢屢指責院線被華人壟斷。我唸大學電影系時，就常聽到導演老師杜進德大罵郭瑞訓是扼殺國產片的始作俑者。當時越南片商為求檔期，誰都要看郭瑞訓的臉色，即使他願撥出檔期，片商也未必能上片，原因有附帶苛刻條件，片商得提供包底保證，院線每週分賬若無30萬的話，片商就得自掏腰包填數。

郭瑞訓為化解輿論壓力，1971 年斥資開拍兩部彩色國產片：《夕陽之戀 Nắng Chiều》《四傻鬧西貢 Tứ Quái Sài Gòn》等，票房亮麗。《夕陽之戀》還邀請香港富華影業公司合作，主題曲《越南情歌》曾流行整個東南亞，獲費玉清、姚蘇蓉、黃清元收進個人專輯。《越南情歌》是黎重阮為了紀念他在會安與蔡姓華裔女子的一段情而創作的。

拍完《夕陽之戀》，雄強差點要坐軍牢，因他隸屬黃花探特種部隊營，卻整天忙在外接拍電影，被人投訴違反軍紀。變天後雄強多次偷渡失手，有次還夥同和好教信徒試圖劫船逃亡。雄強很遲才踏上美國領土，可惜天不假年，於 60 歲那年的勞動節，在南加橙縣辭世。

1970 年代是港台電影的巔峰期，片花賣埠，極為搶手。陳怡遠、遠東、麗都等均是港台片花的大主顧。特別是財力雄厚的陳怡遠，幾乎包辦邵氏嘉禾片花，而積壓片花達數億元之鉅，變天後這些片花不能退款，留在香港冬眠，後來陳怡遠的陳敦炮和麗都的郭瑞訓定居巴黎，兩人便在 13 區唐人街合資開遠東戲院，把這些壓倉片花消化掉。

甄珍紅到發紫的《彩雲飛》年代，版權賣到越南可由 800 萬叫價到 1000 萬元！「悶藝片」若無淘氣公主演出，則身價大減，徘徊在 500 萬之間。王羽的《獨臂刀》

和《龍爭虎鬥》賣超過千萬元，姜大衛和狄龍也緊跟其後。據說《唐山大兄》《猛龍過江》讓陳怡遠發大財，即使賣到朱篤西寧的三輪戲院，仍可賣到很好價錢。

當時搞影片發行的華商很賺錢，買下一部拷貝，可分配在好幾家戲院作車輪式放映，因此「走片」的機車騎士必須分秒必爭，據說有次走片的人被黑幫搶走菲林，急如熱鍋螞蟻的院商只好立即支付贖金，把膠片領回趕上戲院播映。一般膠片長度約 7 本，如果是《賓虛》《最長的一天》等大製作，就片長 11、12 大本，故當時報紙廣告常見「片長十二大本，映足兩小時，觀眾入場請早」。

麗聲 B 是堤岸生意最好的影院，除了放映國語片，麗聲 B 還辦張帝尤雅演唱會（張尤每晚登台酬勞是 1000 美元），老闆黃成慶臨解放前一口氣買下兩輛法國標緻牌 504，可謂春風得意，其時該款新車剛出廠，連法國本土也不夠供應，他一買就一雙。標緻 504 在西貢咸宜大道的二手車市場受到熱捧，不管價錢炒得有多高，不愁沒買家。

陳怡遠也曾開拍一部由沈翠姮、金剛合演的《廣治之戀》，投資 50 萬美元，是中成本製作，想不到在亞洲影展爆冷獲獎，陳怡遠重臣關姑娘特別陪同金剛等前往台北領獎，過程卻發生一場虛驚，金剛從酒店驅車前往頒獎禮途中，突驚惶失措說其鑽石首飾丟了，堅持主辦當局專車立即折返酒店尋找，遲到亦在所不計，一行人拗不過金剛，只好順其意行事，結果金剛在自己房間的抽屜找回首飾，完全是她自己糊塗。

我有一位任職台灣新聞局的吳姓朋友，是留法越南華僑，因能講越語，所以獲新聞局委派一份好差事，就是陪同沈翠姮遊覽西門町（越南第二夫人鄧雪梅也愛逛西門町，尤其鍾情「點心世界」的美食），他說沈翠姮性感且豪放，橫過馬路時，總是無比熱情緊緊挽著他的臂彎，像拍拖男女般把嬌軀挨到他身上，令他頗感飄飄然。

早年獲陳國炳發掘的金剛，諳粵語，與華人片商關係良好，她開拍《晨曦細雨（Mưa Trong Bình Minh）》《怒濤（Biển Động）》就說服華人跟她合夥投資，拜華人院線優勢之助，影片果然賺大錢，金剛將所得投資旅店和別墅各一座。正是在該別墅，金剛愛子於 1977 年聖誕節被一名舊軍人綁架，勒索黃金廿兩得手，綁匪後來故技重施，綁架青娥愛子，然而此次卻開槍把青娥打死。

在巴沼駙馬廟附近有一家配音公司，老闆是印裔，獨家經營電影配音及錄音磁帶修補！大家可還記得舊日堤岸上映的西片有陣子流行粵語配音？配音製作就是在該巴沼錄音室，我曾進去參觀，有次碰上法國影星碧姬芭鐸演出親熱鏡頭，爹聲爹氣的女配音員用粵語說：「嗯打令，你又話好愛我嘅？」效果如幻似真，性感小貓彷彿真的用廣府話談情！

我在場目睹台詞撰寫員在一盞小燈下運筆如飛，每趕完一組粵語對白，配音員就立刻對稿配音，根本無暇研究劇情及培養情緒。後來得知該女配音員是麗苑紅歌星黃美玲，怪不得有那麼好的嗓子。後來讀報驚悉黃美玲某夜下班走到首都戲院門外遭神祕人槍殺，行兇動機成謎。

出身白鐵街市的黃美玲，其當街被槍殺（另一紅舞女黃小娟則在香閨自殺），十有八九涉及桃色，這使人聯想 1963 年紅舞女錦蓉被官太太淋鏹水之駭人新聞。

在六國舞廳當過媽媽生的麥姬大姐向我憶述，錦蓉的慘劇震撼西堤歡場，嚇得西貢金山和雲景的華人舞小姐紛紛轉場堤岸，而且盡量避免做越南舞客的生意，只因越妻多為無人性的河東獅。

錦蓉的悲劇源於跟一名叫陳玉識的中校軍官墮入愛河，但該軍官老婆在西貢舊妹很有勢力，她外號叫雷達五姑（因專營 Rado 雷達錶代理而得名），她花二兩黃金僱兇向錦蓉淋鏹水，手段兇殘，吳廷琰夫人親自介入此事件，以致五姑被重判 20 年徒刑，但服刑僅數月碰上政變，吳廷琰夫人亡命天涯，五姑花一大筆錢求得開釋，自此遁入空門，懺悔餘生。

錦蓉毀容事件轟動全城，各夜場姐妹紛紛趕往法國陸軍醫院探視，後來有人潛入病房試圖用枕頭把錦蓉悶死，醫院立刻嚴禁閒雜人探視。錦蓉出院後曾赴日植皮，據聞是獲得琛夫人的暗中資助，後者還針對此悲劇頒令全國禁舞，連私人舞會亦不例外。

1970 年代錦蓉常來我家西餐廳行乞，她頭戴大草笠，遮掩一張沒鼻子，沒嘴唇，雙目半盲的破碎臉孔，胸前掛著風光時與愛郎的合照，未毀容前的錦蓉的確美如春花，酷肖改良戲名旦青娥。她行乞從不哀求，人家不施捨就掉頭而去。也許日子不好過，她經常把怒氣出在身邊小養兒。聽說該男孩最後都走了，她落得孑然一身，在河仙一家廟宇含恨而終。

看過一本書，描述當紅的錦蓉是萬人迷，她略曉廣府話，為討好華人富商，她刻意穿上旗袍伴舞，而上過其香閨的華商都說，錦蓉家的華服有兩三百套，高跟鞋亦半百雙。聞說錦蓉與人伴舞常以其曲線玲瓏嬌軀緊貼對方作出撩人舞姿，令跟她耳鬢廝磨的華人舞客色授魂與。

巴黎有好幾位越南華商每聊及昔日的風花雪月，總愛炫耀自己曾是錦蓉的入幕之賓。他們說毀容後的錦蓉常到六國舞廳門外行乞，盼獲舊日老相好施捨。已故冰家餐廳林老闆說，錦蓉為打動華人舞客的憐憫，刻意在其胸前相片加註漢字：「年輕時的沈翠姮」，以示她曾經美如影后沈翠姮。結果一語成讖，沈翠姮晚年整容失敗，跟錦蓉一樣面目全非。

回憶關海山來越登台，也曾傳出桃色風波，據說一位殖民將軍的越南老婆與關海山搭上了，該將軍派人追殺關海山，老關亡命金邊，幸虧他下榻水兵街國際旅店期間，因抽鴉片而結識自金邊來越辦貨的麥老闆（其兄弟麥當開康樂園餅家），所以他逃亡金邊，就住在麥老闆家。

其實伶人桃色惹禍又何止關海山？馬師曾在廣州搭上有無鼻婆之稱的大富婆，後又跟陳濟棠胞妹相好，被陳派人在珠海戲院拋擲手榴彈欲置其於死地。老馬的拍檔陳非儂，為免殃及池魚，急忙接下閩商謝孖焉的聘金，單飛來越為大舞台（中國戲院前身）作開幕演出，因粵劇首次登上大戲院舞台，戲迷非常瘋狂，連新造的鐵閘大門也被洶湧人潮推倒！

關海山在堤岸娶妻黃麗，育有兩子一女，以前 1980 年代無線經典劇集《親情》，曾把關海山在越的風流史加進劇情。他和羅家權（羅家英的父親）均富女人緣，身邊不乏富婆團團轉。早年有福來棧糖廠七姑是出了名的富婆（六國舞廳老闆娘），最愛送鑽石給男伶，至於有無送鑽石給羅家權及關海山，則恐怕無可奉告。馬師曾在香港收過一籠鑽石叉燒包，因見過鬼怕黑，老馬趕緊登報要求鑽石的主人領回，否則鑽石捐給東華三院。

羅家權戰後攜妻譚笑兒來越，在堤岸中和橋頭新光戲院登台，演出他們夫婦的真人真事《羅家權殺虎案》，兩人毫不避嫌現身說法，當著觀眾面前做桃色兇案重演，所以在西堤非常轟動。

殺虎案緣於羅家權不忿徒兒唐飛虎與自己老婆譚笑兒有私情，遂趁其熟睡開槍殺人，事後羅辯稱自衛殺人，只坐牢一兩年，逃過流花橋的打靶，出獄後兩夫婦打鐵趁熱，炮製粵劇《羅家權殺虎》，還拍成電影（檸檬演唐飛），公諸世上，彷彿擔心全世界不知其醜聞。

有生紂王之稱的羅家權在新光推出《肉山藏妲己》，連平常不看粵劇的三腳橋潮福老鄉也到處「撲飛」，欲一睹秦小梨的「出水芙蓉」，羅家權為求迫真，著秦小梨穿起肉色比基尼當眾坐進浴缸出浴，還表演向後拗腰觸地的醉酒軟骨功。劇團有一芳齡十八新星叫李香琴，與同戲班的蕭仲坤墮入愛河，誕下一女，李香琴時至今日仍能用越語由1數到10，還曉得吃飯是Ăn Cơm。

1950年大軍閥七遠主宰堤城，華人撈家如陳福、黃大、趙湘、何聚等甘願當其軍師，合作發展黃賭毒，他們為七遠在六岔路張永記車站開設公娼風化區，以唐朝長安煙花地「平康里」命名，長駐妓女兩三百，周圍胡同的私娼亦多到數不勝數，社會淫風熾盛，實屬空前。黃大乾脆把大羅天遷往平康里，改稱夜總會，其牛角街原有酒樓改營牌九骰寶賭場。

當大羅天夜總會密鑼緊鼓期間，黃大到安恬街青山俱樂部耍樂，巧遇明星話劇團團長謝益之，即黃曼梨的夫婿，對方拍胸口說可為黃大在香港招攬舞小姐，當時越幣有價，人人樂於來越掘金，娘子軍很快成行，我的鄔世伯前往接機，竟然先後接了 40 名佳麗！

每週一的清晨，殖民當局會派大軍車到來把平康里所有風塵女子載往西貢花柳醫院做體檢，香港舞女不想跟本地流鶯混淆，多數花錢買體檢紙。平康里有兩處入口，一處是供平民自由進出，不設檢查，另一處是保留給軍人，通過時要脫褲子供專人瞄一兩眼，無性病者才准入內。

當時法兵性病非常猖獗，故殖民政府不得不加緊把關。據統計法國遠征軍，包括白帽子的外籍軍團，染上性病的比率高達 75 %，河內 70 %失明人及 25 % 夭折嬰兒，皆出自梅毒禍害，染痲瘋者亦隨街可見。

平康里嫖資平民收 100 元，法兵半價收 50 元。相對來說，西貢行情較高，分布公理街、自由街、雪廠街，宗室帖街的一樓一鳳洋妓女，嫖資是 200 元，洋妓女在交易之前一定幫客人清洗，藉此觀察恩客有無性病。

100 元嫖資，等於買舞小姐坐枱及伴舞一個鐘（亦稱買一張飛）。但走紅的小姐愛擺架子，未及一個鐘，跳完兩隻舞，就拜拜離去了。若買 20 至 30 個鐘，舞小姐當晚任由舞客支配，吃飯逛街直落，上哪兒都行。

平康里像個大軍營，所有房間均掛上大鏡，說是仿效法國帝皇的鏡宮淫樂，對小市民很有吸引力，毋怪那時連為人師表者也偷偷拋掉道德包袱前往尋花問柳，以我知道，梅山街就有過兩名校長是平安里的常客。

我認識一位陳姓潮籍老鄉，年輕時跟損友到平康里玩，豈知碰上自己的林老師，演出一幕「陌頭楊柳色，師生喜相逢」之尷尬場面，老師要敝友發誓守密始施施然離去，若干年後林老師晉升為梅山街某校校長呢！

越南人形容嫖賭飲吹是人生的四面巨牆，在七遠主政期間，民眾正是活在四面巨牆內，多少人若非被鴉片賭博荼毒，就是被性病殘害，每天打開報紙，觸目所見盡是包醫梅毒花柳、痲瘋血毒的中西醫小廣告。

昔日酒吧林立，性病氾濫成災，愛冶遊男士時刻買備抗生素自己醫自己，並錯誤認為服妥抗生素就能百毒不侵，可安心召妓。黃丸（黃霉素）、土霉素（Terramycine）、安比西林（Ampicilline）、盤尼西林（青黴素）、氯黴素（Tifomycine）等大熱賣，花柳醫院（Bệnh Viện Hoa Liễu）平均每天有 200 人掛號求診，不敢聲張的帶菌者更不計其數。

清教徒的吳廷琰，最恨黃賭毒，甫上台就迫不及待查封平康里，凡是皮肉交易一旦查獲，女的被送感化院，男的罰款 200 元，而且一定要老婆前來警局「贖身」，沒老婆者就由母親來辦手續，結果很多時候衙門常爆發家庭「六國大封相」，讓警察笑到飆眼淚！

奠邊府戰敗，法國人垂頭喪氣踏上歸途，輪到 50 萬美國大兵登陸越南，但社會淫風依然猖獗。當這邊廂的飛機大炮不斷蹂躪苦難的土地，那邊廂的美國大兵也以另類方式蹂躪人肉市場，美軍需要女人，女人需要美元，前線和後方不分晝夜男歡女愛，西貢無戰事，又彷彿戰事處處，反戰浪潮提倡的 Make love, not war，讓美軍找到更好的縱慾藉口。

據資料指出，越戰時代的西貢，光是酒吧就有兩千家，夜總會、舞廳、蒸汽浴、按摩院各有成百家，50 萬首都婦女齊齊下海賺美金。美軍駐紮到哪，酒吧開到哪，峴港、金蘭灣、歸仁、頭頓、土龍木、西寧、邊和等美軍基地，周邊酒吧蓬勃一時，海南華商就以這期間最發財。

西貢陳興道大道的美軍醫院，斜對面是阮居貞街的下六省車站，該處也是風化區，大難不死的傷兵常溜出醫院橫過馬路到那兒尋求創傷後遺症的慰藉，該區又叫 Quick-Step，到這裡的人都會情不自禁加快腳步。

美軍當局亦深知不少出賣色相的吧女，很多是越共特工，惟防不勝防，誰叫咱家美國大兵是色中餓鬼，人家一投懷送抱，就靈魂出竅。邊和空軍基地的儲油庫、隆平基地的彈藥庫，是美軍的最大補給庫，但統統被敵人爆破摧毀，此乃出自吧女特工之傑作。尤其邊和燃油庫儲存量佔全國三分之一，焚燒歷時一週，損失無比慘重。

出於厭戰心理，美軍除了吸毒，嫖妓還故意不戴安全套，有心讓自己染上「毒玫瑰」，藉此留在後方治療或申請提早退役，不啻另類的自殘身體。美軍統帥部因此對軍營周邊的色情行業立下規定，吧女每週必須接受軍醫體檢，一經驗出性病，其所屬酒吧就得查封。華府參院代表團曾來越調查美軍性病問題，感歎一場越戰令南越墮落為全球最大的人肉市場。

一個吧女可養活鄉下 10 個家庭，故很多笑貧不笑娼的越南父母鼓勵女兒當吧女。越戰高峰期，連民風保守的堤岸也湧現許多酒吧，自從張民安大廈及吳權街相繼出現大型美軍宿舍，周邊酒吧便多如雨後春筍，妖艷吧女常與身穿大襟衫的端莊阿嬸擦身而過，無意中交織成一幅東西方文化尖銳對抗的都市奇景。

不過最突兀還是同慶大道一家叫百老匯的酒吧，竟然開在老牌齋菜館佛有緣隔壁（門外牆壁有一尊如來佛！）酒色財氣與清心寡慾，原本正邪不兩立，但在亂世之中竟然毗鄰共存。記得當時我們路過美軍宿舍門前須小心翼翼，別讓身上物品掉到地上，免站崗美軍以為有人丟手榴彈而開火，而且這些地方常遭炸彈攻擊，路過時得腳步加快，但切忌奔跑。

堤岸最大美軍宿舍是崇正醫院右鄰的總統大廈，入住 3000 美軍，帶旺鄰近的紅磨坊和美玉夜總會。據說紅磨坊舞小姐之多全越稱冠，且晚晚有脫衣舞表演娛賓，李良臣等富商均是紅磨坊的大常客。

講到脫衣舞，當年有一件趣聞，坊間盛傳第 11 頻道美軍電視台深夜會播放脫衣舞，很多人信以為真，熬夜捕捉「雪花」畫面，有時只看到極模糊的人影，次日就對人誇稱看到脫衣舞。

網上有一張懷舊圖片，拍的是拉架街亞洲收音機行夜間坐滿小孩圍觀電視機的熱鬧畫面，估計那該是 1966 年電視機剛剛面世之初，人們對「公仔箱」充滿好奇，只不過當時看電視需要耐心「捉台」，畫面常雪花紛飛，直至座落動物園鄰近的天線塔落成，效果才完善，之前的節目播放是要靠兩架飛機把預先製作好的錄影入夜帶上西貢嘉定上空發放，飛足四個鐘頭才回航。1974 年我進入西貢得度攝製中心實習，從那時起才見識到世上除了錄音帶，原來還有錄影帶——Video-tapes！

越戰期間人人喜歡到黃叔抗及巴士德街地攤選購美軍罐頭，又或乾脆買下一個 B1 軍糧紙皮箱，裡面有豬牛雞各式肉醬罐頭、巧克力粉、香煙、餅乾、口香糖、糖鹽、胡椒粉、匙羹刀叉、薯條乾糧等應有盡有。還有一種軍米只須把熱水或冷水泡一下即可「米已成炊」。美軍的水壺、小鐵鑊、罐頭小刀，鋼質打火機等後來被人帶去新經濟區物以致用。至於美軍留下的彈藥鐵箱，起初被路邊修車匠拿去裝工具或補輪胎，後來被志和監獄統統拿去做囚犯的小馬桶，拉的尿的，全靠它來解決。

美軍物資氾濫南越，舉國皆偷，偷完合作社就偷軍營，我聽過一個真實故事，說有吧女給物資部美軍大灌迷湯，獲他隻眼開隻眼閉放行，吧女與同黨開車潛進冷凍庫偷走一個大鐵箱，打開時赫然發現是一具冷凍美軍遺體，嚇得忙把它棄置荒野，可憐無定河邊骨又多了一具無主孤魂。以前西貢黑道有一個大哥叫「結他黃（Hoàng Guitar）」，專門指揮小弟盜竊美軍物質，其事跡後來拍成電影《癲馬鞍上恩仇錄》。

一場戰爭，把南越變成人肉市場，但魚露國即使沒戰爭，性服務業照樣興旺，光是越人有 Xã Xui（驅除霉運）習慣，妓寨就不愁沒生意。越人驅霉運辦法有二：一是剃光頭，二是嫖妓！從志和放監出來的人一定會剃光頭，若是從戰場受傷歸來的戰士，最喜嫖妓轉運。

從前香港南華隊來越作賽，一般入住西湖或京華等旅店，賽前的戰術操練往往變成眠娼宿柳。越南球員亦何嘗不一樣？三板廠球隊每次練球完畢，必拉隊到嘉隆街龍鳳戲院門外光顧一個潮州人開的粉麵車，理由是那兒可吃到很多靚豬骨，球員認為吃豬骨可補 Xí Quách（腳骨力氣），但天知道醉翁之意是否在豬骨？因龍鳳戲院側旁有個春色無邊的胡同，球員補充 Xí Quách 之後有無在胡同「做愛」做的事？天曉得。

據好此道者敘述，該胡同鴇母為乾女兒們各準備一副啤牌，每張牌代表接客一次，打烊時就以牌數來分賬，窯子裡有一女叫蓉姑，媚功無人能及，每天的新知舊雨多到要排隊，牌數就以她最多，有次蓉姑的 52 張啤牌一天之內全派光，莫非當天碰巧整支三板廠球隊來吃 Xí Quách？

國家圖書館出版品預行編目資料

南城瑣夢／郭乃雄著. —初版. —臺中市：白象文化，2021.1
面； 公分
ISBN 978-986-5526-92-4（平裝）

855 109012744

南城瑣夢

作　　者　郭乃雄
校　　對　郭乃雄
專案主編　林榮威
出版編印　吳適意、林榮威、林孟侃、陳逸儒、黃麗穎
設計創意　張禮南、何佳諠
經銷推廣　李莉吟、莊博亞、劉育姍、李如玉
經紀企劃　張輝潭、洪怡欣、徐錦淳、黃姿虹
營運管理　林金郎、曾千熏
發 行 人　張輝潭
出版發行　白象文化事業有限公司
412台中市大里區科技路1號8樓之2（台中軟體園區）
出版專線：（04）2496-5995　傳真：（04）2496-9901
401台中市東區和平街228巷44號（經銷部）
購書專線：（04）2220-8589　傳真：（04）2220-8505
印　　刷　普羅文化股份有限公司
初版一刷　2021 年 1 月
定　　價　NT. 750 元；US. 25 元

昔日五家幫立醫院，廣肇醫院是唯一仍保持中醫部的大醫院，醫師團隊由埠上最出名的醫師組成：何少中（右起）、歐陽禧、陸順堂、伍廷琛、黃遇春。中醫部的對聯「廣資公益，肇濟群儕。」不但標誌廣院恫瘝在抱的仁愛宗旨，對醫師來說還是一份濟世扶危的神聖使命。

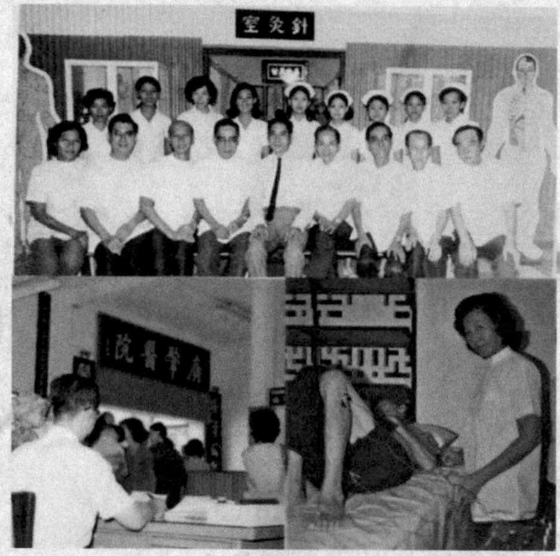

廣院中醫部不分畛域為大眾贈醫施藥，也匯聚了無數華人積善之家的捐獻，這份崇高精神歷大半世紀。當年吳廷琰覬覦華人幫產，擬充公所有幫立醫院，後來有顧問進諫，稱這些醫院乃「蝕本貨」，入不敷支，政府收歸國有徒有損無益，一言驚醒夢中人，吳氏這才把充公念頭收回。

若把牆上的五音鐘時針向後撥，時光會出現倒流嗎？一張張民國時代的證書鏡架、滿列醫籍的書櫃，一幅「月移竹影侵棋局、風透花香入酒樓」對聯，與案頭的劍蘭互相拱托……何允中醫師留下的診所照片，充滿懷舊幽思。何大國手是廣院董事長何禹疇自廣州禮聘來越擔任駐院首席醫師，他也在拉架街懸壺濟世卅載，是最早使用針灸治病的醫師，其配製的允中丹家喻户曉，肥仔嘜商標，更常見於電影院的幻燈廣告！

中正醫院的1950年大合照，坐在前排中央戴黑框眼鏡，手拿白呢帽的紳士乃創院董事長陳立矩，陳翁畢業上海震旦，古都街兆豐行東主，歷任兩屆中華總商會會長、國府僑務委員，是越南紗廠五大創建人之一。

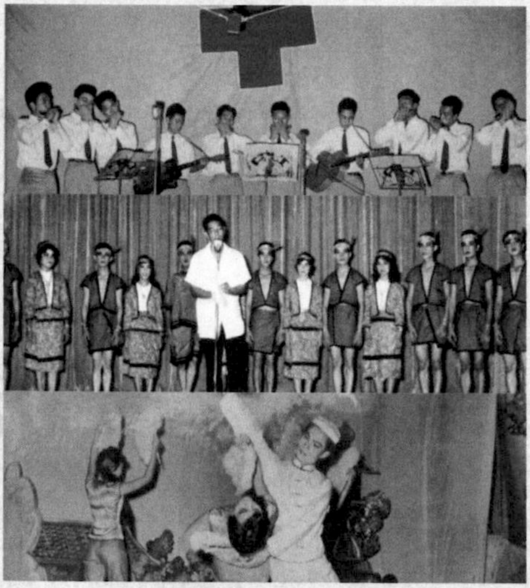

勵志體育會為福善醫院舉辦義演，圖中的山地舞，有著名歌星韋保羅參與，讀者可認出誰是他？跳扇舞的男生就是鳴遠學校老師費文偉。從前男生熱愛吹口琴，乃遊藝會必備節目，會安抗日烈士葉傳英所作的「青年與青春」是所有口琴大合奏的必選曲。

家父在姑丈姑姐婚禮以主婚人身分致辭，坐在其身後戴眼鏡者是擔任證婚人的西貢逸仙校長簡繡山，坐於家父右側者是蘇華世伯，他是梁如學街古宅主人余少臣的女婿，當年余老到樹膠園收賬，父子一去不返，疑被越盟殺害，蘇世伯本來同行，惟臨行因肚痛沒去，僥倖逃過一劫。

上圖二樓陽台正是當年逸仙學校校長簡繡山遇刺之辦公室，該校左鄰是琳瑯書局，我年輕時常在該書局的閱報牆作「壁上觀」，每年鳳山寺神誕，乩童德聲叔就會在圖中馬路大跳特跳。下圖何擎與我，簡繡山和潘展雲遇刺時，何擎剛好在場，是案件唯一倖存的目擊證人。

吳廷琰甫上台即向日索償，日方允在大叻與建丹艷水力發電廠作為替代方案，並同時在西貢中法銀行隔鄰開設東京銀行分行。圖上為銀行開幕之日家父（右二）偕其他四位開國功臣合影。圖下為殖民時代東方匯理銀行辦公大廳，祖父與父親先後供職於此，在大買辦蘇天疇的賬房辦事。

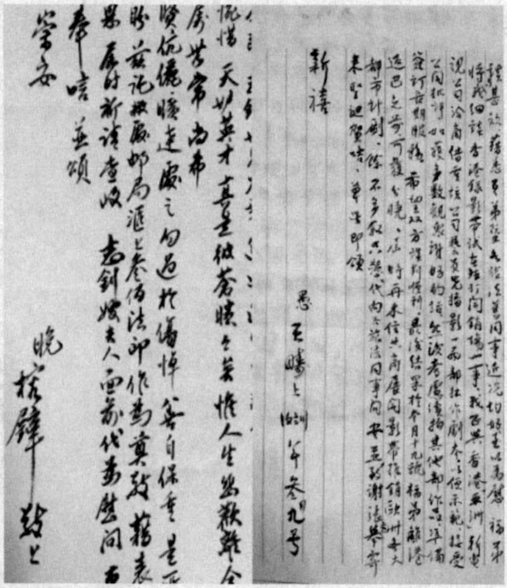

大買辦蘇天疇負笈法國里昂大學，滿肚洋墨水，難得酷愛粵劇，曾偕銀行同事創立華人第一個粵劇社。圖為蘇天疇與家父（郭榕璧）的魚雁信札。右信是蘇天疇説他為亞視撰寫劇本，試探出路，左信是家父安慰晚年蒙受喪子之痛的蘇世伯。

中秋節一到，同慶酒樓天天擠滿了等候領月餅的人龍，他們都是同慶月餅會會員，大家你擠我迫，熱鬧非凡。酒樓為襯托節日氣氛，特別把門面裝飾如一座廣寒宮或長生殿，家母最喜歡在該節日裝飾前留影。

畢業那年，與同居鄰班合辦校園徵文比賽，當時不知哪來膽子拉了陳樹源同學一起上台宣布徵文賽果揭曉。母校每年鳳凰花開，亦是校運會及七人小型足球賽登場的時候，下左圖是老椰足球隊的邵雨雪和葉球兩隊長交換錦旗，立於中間的球證是報界聞人佘夢魂。

每年校運會揭幕，那是我們最陽光的時刻，青春好比跑 100 米，我們只管奮力向前跑，面前的路總會是一條康莊大路，但青春一逝，燃燒不再，陽光路就換成了風風雨雨的人生路。

娃娃歌后鄧麗君 1970 年代以一身迷你裙的青春打扮拜訪越南鄧氏宗親總會，獲該會理監事及年輕女眷熱烈歡迎。當年鄧麗君率同火鳥樂隊常駐麗苑夜總會演唱，偶爾也在麗聲 B 登台，據說同慶老闆張炯良為了挖角，曾對鄧麗君出到兩三百美元唱一晚的酬金。

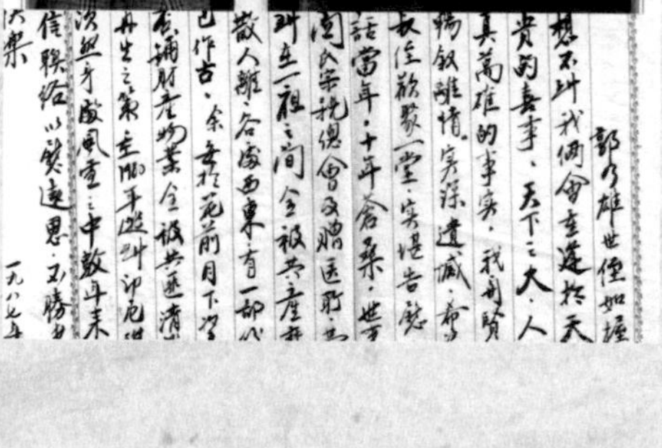

德高望重的關湖伯是關氏宗親總會名譽會長，我在該會贈醫所服務期間多蒙他提攜鼓勵。圖為 1980 年代我們在荷蘭喜相逢。關湖伯的毛筆字瀟灑飄逸，展誦其飛鴻，實為一樂。

從前沒互聯網，我們的成長離不開戲院及租書社，我家做過很多生意，但無減我羨慕老友黃廣基有位開租書社的父親（堤岸孟子街幸運書社）！黃廣基是 1970 年代首屈一指的越華大作家，香港環球文庫為他發行過《愛河兩岸》《陋巷》《短雨》《野鴿的黃昏》《半個暑假》等五本小說，他以《門》入選環球小說徵文第一名，成為該文庫的基本作家。

寶安人媽姐金姑是我袁世伯的外婆，大陸酒店的少東菲利普是她一手帶大的（見圖），金姑是該酒店家族的一代忠僕，曾深入虎穴捨身救主，她退休後建姑婆屋，收容很多媽姐，讓他們老有所依。（圖片翻攝自 Philippe Franchini 著的 Continental SAIGON）